有爱的青春陪伴者

许我一吻

小布爱吃蛋挞 / 著

四川文艺出版社

图书在版编目（CIP）数据

许我一吻 / 小布爱吃蛋挞著. -- 成都：四川文艺
出版社，2024. 12. -- ISBN 978-7-5411-7116-1

Ⅰ . I247.5

中国国家版本馆 CIP 数据核字第 2024WJ4892 号

XU WO YI WEN

许我一吻

小布爱吃蛋挞 著

出 品 人	冯　静
责任编辑	彭端至　　王梓画
特约编辑	狐小九
装帧设计	颜小曼　　唐卉婷
封面绘制	陶　然
责任校对	段　敏

出版发行　　四川文艺出版社（成都市锦江区三色路 238 号）
网　　址　　www.scwys.com
电　　话　　0731-89743446（发行部）　　028-86361781（编辑部）

排　　版	长沙大鱼文化传媒有限公司		
印　　刷	长沙鸿发印务实业有限公司		
成品尺寸	145mm×210mm	开　本	32 开
印　　张	9	字　数	286 千字
版　　次	2024 年 12 月第一版	印　次	2024 年 12 月第一次印刷
书　　号	ISBN 978-7-5411-7116-1		
定　　价	42.80 元		

目录

C O N T E N T S

目录

C O N T E N T S

第一章 ⬥

欠了情债怎么还

又是盛夏，北城连下几场暴雨后，天空蓝得一尘不染，连白云都看不见半分。

空气里并没有多少清新凉爽，但凡有得选，任何人都不会想出门。

许妍心里第一百八十次后悔，后悔自己轻易答应了室友巴朵的求助，帮她代两节钢琴课。

上课地点在学生家里，学生是个十岁的小姑娘，巴朵着重强调了小姑娘天赋极好、态度极好，让许妍务必尽心尽力地教，不要敷衍。

"要是敷衍的话，我的金主爸爸就要把我 fire（解雇）了！"巴朵双手交握，对着视频这头的许妍作揖，请求好友一定上心。

许妍只能一边涂面霜，一边对着手机屏幕哼哼两声："今天室外温度 36℃，我出去一趟也要 fire（着火）了。"

"打车打车！女人，不要让我知道你有任何一只脚沾到地面上！"巴朵学着霸道总裁的语气说完，又举着新买的包包给许妍看，问她喜欢哪个颜色。

许妍把面霜的盖子拧好，看一眼时间，不再和巴朵扯淡，换了条裙子就要出发。

因为学生是个小孩，她没化全妆，简单打了个底，涂了防晒，又抹了点唇膏就出门了。

小姑娘家住市郊别墅，许妍下了出租车后站在院门外面，抬手在眉前搭"凉棚",仰着头看这气势恢宏的院落,心想难怪巴朵对这个客户这么上心,这种大户人家给课时费那肯定大方。

阳光照在胳膊上一会儿就有刺痛感,她快走两步去按门铃,有阿姨来接待她进客厅。

偌大的客厅里,一个看起来保养得很好的女人坐在沙发上看杂志,似乎是今天学钢琴的女孩的妈妈。

听到声音,女主人抬头看了一眼,表情淡淡地和许妍打了声招呼。只见女主人穿着旗袍,披着大波浪的头发,妆容很淡,但五官精致立体得像希腊女神。

许妍不仅被惊艳到,还觉得这种美并没有攻击性,反而让人感到亲近,就像是那种上辈子见过般的宿命感。

"老师,琴房在这边。"阿姨的声音打断了许妍的出神,她伸手,引着许妍去琴房上课。

来之前还很松弛的许妍,此刻不知道为什么有了点紧张的感觉。

或许是这午后的大房子太过静谧,或许是女主人给她恍如隔世的错觉,又或许是房屋的装修风格有些复古,让她莫名地想到了各种穿越的情节剧集。

她脑子里七想八想,进到琴房里见到正在自己练琴的女孩时又安了心。

小女孩没什么大小姐的骄矜,很有礼貌地跳下琴凳跟许妍打招呼:"许老师好,我是宋淼。朵儿老师和我说过,你要带我两节课,我们是先回课吗?"

宋淼是一个有礼貌又聪慧的孩子,许妍站在宋淼旁边,欣慰之余,不禁糟心地想,比她带的那些"呆头鹅"练习生好多了。

许妍教得愉快,宋淼学得顺畅,一个半小时的课程不知不觉就结束了。

宋淼竖着耳朵听门外的动静,忽然开心地跟许妍说:"我哥来了!"

许妍把节拍器按停,也没多问什么哥哥妹妹的家事,背上自己的链条包,对着宋淼微笑:"下课了,去找你哥玩吧。"

她跟小姑娘一起走出琴房,下楼时看见客厅里放着两个大行李箱。宋淼的妈妈正在指挥两个阿姨整理房间,表情比许妍刚进门见到时生动了许多。

许妍没有见到行李箱的主人，她不想添乱，和宋淼道了别，就换了鞋子离开了。

她走得匆忙，也就没注意到有人正透过二楼窗户看她，一直到她上了出租车，那扇窗户才关上。

好端端的休息日被代课占据，许妍回家就点了麻辣小龙虾犒劳自己，又叫了附近酒吧的精酿啤酒送到家，窝在地毯上看着下饭综艺大快朵颐。

本是想找点乐子，结果在综艺里看到了她正在带的练习生，想到他们的舞台曲子还没练好，她顿时觉得手上的小龙虾肉不香了。

再往后看，居然还看到了飞行嘉宾路英奇和女嘉宾玩"背对背唱"的游戏，这酒也变得酸酸涩涩的了。

她关掉视频，心情低落地收拾干净桌面，躺回床上对着天花板思考练习生的舞台曲，想着想着，又想起路英奇来，顿时心烦意乱，整晚都没睡好。

结果第二天起晚了。许妍一路闪电带火花般地奔向地铁站，被汹涌人群簇拥着，物理层面的脚不沾地上了车，到站后又晕头转向地被挤下了车——好像在进行一种很新潮的陆上"漂浮"运动。

从地铁站出来，她身上就沾上了很复杂的味道，前调是热美式，中调是韭菜盒子，后调好像是螺蛳粉？

谁大早上吃螺蛳粉啊？！

许妍从包里掏出香水，屏住呼吸对着自己猛喷两下，然后快步走向公司。

电梯停在二十七楼。进了公司，许妍一路边走边和认识的人打招呼，有工作人员，也有练习生，见面都亲切地喊她一声"小妍老师"。

她的脚步停在2707房间门口，推开磨砂玻璃门，里面是间装了隔音墙的声乐教室，屋里已经坐了两个男生，正是昨天在综艺节目里看到的那两张熟面孔。

许妍叫他们"大跑"和"小跑"，因为这两人唱歌，真的很会以出乎她预料的方式跑调。

他俩是公司绑定的双人组合，也是即将参加选秀比赛的新人，已经参加过不少节目，虽然只是当背景板，也吸引了不少粉丝。可是让粉丝们看了会脸红尖叫的两张帅脸，在许妍这里只会因为太生气而脸红尖叫。

许妍作为他们的声乐老师，负责给他们排练三首上节目的个人曲目，还有他们自己的原创歌曲。

可就是这两个五音不全的人，也还非要选一个出来担当主唱，许妍真是掐着人中在教课。

调整好呼吸，许妍坐到电钢琴前，正要试音，"大跑"拿了个纸袋子递到她面前："小妍老师，先吃早饭吧。"

许妍面露疑惑，今天怎么这么懂事？终于知道自己的杀猪音有多摧残老师的身体健康了？

"小跑"抢先解答她的困惑："是英奇哥让我们给你买的，他说你总是忘记吃早餐！"

许妍已经打开纸袋，里面是一杯热拿铁、一份铜锣烧，确实是她经常吃的早餐。

听到路英奇的名字，许妍有些许不自在，倒是眼前纯朴如熊大熊二的哥俩，丝毫不觉得顶流前辈叮嘱他们给一个普通的声乐老师带早餐有什么不对的。

娱乐圈里都是人精，哪怕他们觉得不对劲，大概也要装出一副不知不觉的样子。

教室里不允许进食，许妍让他们开嗓练声，自己去到旁边的小房间吃东西，顺便给路英奇拍了张铜锣烧的照片：早饭，谢了。

路英奇回了她一张自己侧躺在床上睡眼惺忪的自拍：吵到我好梦了，怎么赔？

换作半年前，不，换作一个月前，许妍看见这种照片都会小鹿乱撞一会儿。可现在，她只觉得路英奇这招蜂引蝶的样子挺没意思的，也没再回他什么，喝了一大口咖啡把甜腻味压下去，就回去上课了。

依旧是魔音穿耳的一节课，许妍上课上到一半都气笑了，心想这班是非上不可吗？又想起昨天代课教的那个小姑娘，人家听音听话都是一遍就懂。

同样是做人，差距为什么就这么大呢？

也正是因为上次代课的体验感非常好，两天后再次替巴朵代家教课的许妍毫无怨言，甚至是带着愉悦和期待地去和宋淼小朋友会面。

宋淼也很喜欢许妍，在半节课休息的间隙，问许妍以后还来不来给她上课。

许妍只是代课，并没有打算挖好朋友的墙角，说："朵儿老师后天就回来啦，以后还是她来给你上课。"

宋淼似乎有些遗憾："或许我可以让妈妈同时聘请两个老师？"

她这么想着，就直接推门跑出去，打算找她妈妈商量一下。许妍慌忙去拦，想让她别去说，奈何小姑娘腿短跑得却快，一眨眼就不见了。

许妍跟在宋淼身后下楼，迎面走上来一个高大的年轻男人，应该是宋淼的那个哥哥。她没多想，垂着眼侧过身子想让他先过去，没想到面前的阴影却纹丝不动。

许妍觉得奇怪，抬起头看，只觉得眼前这男人越看越眼熟。

像是为了印证她的猜想，男人又向上走了两阶，站到她眼前。明明比她还要低一个台阶，却需要她仰着头对视。

他说："是你？"

许妍听到这句话，下意识地吞了口唾沫。

她还没能回答什么，宋淼已经跑回来了，满怀歉意地跟许妍说："妈妈说已经跟朵儿老师签了合同就要遵守约定，不能出尔反尔。"

一句再正常不过的话，却因为对面男人一声轻轻的冷哼，变得耐人寻味起来。

宋淼纳闷地看向哥哥，却只听见他说："回去上课吧。"

下半节课，许妍有些无法集中注意力，思绪飘到了五年前，在圣托里尼岛的那几天恍如昨日，那个男生的笑脸也清晰起来。

她终于记起他的名字。

下课的时候，许妍边收拾边问宋淼："你哥，是不是叫林泽？"

宋淼点头，忽闪着大眼睛天真地问："老师也看冰球吗？我哥打冰球超厉害的！"

许妍干笑，她看什么冰球啊，看冰激凌球吧。她心虚且心慌地和宋淼一起从琴房出去，再一次见到了林泽。

他好像一直等在楼梯口，倚着栏杆在想什么事，看到妹妹就告诉她饭厅有给她买的蛋糕，让她去吃。

宋淼蹦蹦跳跳地下了楼。

他却没走，站在那里，堵许妍。

"为什么没有去？"林泽问得很直接。

当年那个笑容开朗的少年不见了，现在站在许妍面前质问她的这个男人，表情黑得要命。

许妍不知道怎么回答他，她年少轻狂时的一段旅行相遇，即使分别时约定了来年再见，又有谁会当真呢。

她不说话，林泽又问："为什么没有去，你狡辩吧。"

许妍不知道怎么想的，居然"扑哧"地笑了出来，他这几年中文跟谁学的啊，感觉有点怪。

她笑完，发现林泽的脸更黑了，赶紧又绷着脸严肃起来。

林泽穿着黑色的短袖T恤，脸庞俊朗，胳膊上的肌肉壮实，堵在她面前犹如一座大山。

"怎么赔？"他忽然问。

"啊？"许妍愣住。这话听着耳熟，不久之前路英奇也问过一样的问题，因为她吵醒了他睡觉。

而现在，林泽的问题则更加尖锐，他指控许妍说："你骗走了我的初吻。"

旋转扶梯正对着的那面墙上有扇彩色玻璃窗，午后阳光从窗外投射进来，与高大的林泽融为一体，毫无违和感。

他言之凿凿地说她骗走了他的初吻，听起来是一个很严重的罪名。许妍挠头，她很真诚，却又颇为不要脸地反问："那怎么办呢，我让你亲回来，就算两清了？"

她说得这样不矜持，刚才还气势汹汹要算账的林泽，听到这话忽然就变了脸色，像是要害羞又像是要气恼，表情扭曲且复杂。最后，他盯着许妍，低声嘀咕："你想得美。"

许妍两手一摊："那你拦着我，是想怎样呢？"

林泽答不上来。他沉默了半响，再度阴沉着脸侧转身子，给她让开路。

许妍与他擦肩而过，弯着嘴角向他挥手告别，这次没敢说"再见"，怕万一没有机会再见面的话，他较真了，又说她骗他。

许妍一阶一阶地下楼，一步一步地走出别墅的院子。

离开时还镇定自若的许妍，打车回了自己家才觉得全身力气像被抽掉了，换了鞋子，坐在鞋凳上就开始发呆。

太神奇了，世界这么大，怎么又遇到他了呢？

——"我哥打冰球超厉害的！"

脑海里忽然浮现出宋淼一脸崇拜的样子，许妍摸出手机，在网上搜索了一下林泽的名字，关键词锁定在冰球上。

还真有几篇报道，是说他作为"归化"球员今年六月加入了国内著名的北城冰球俱乐部，同时更改了国籍，三年后将作为中国代表队的一员参加冬奥会。

许妍对冰球一窍不通，什么是"NHL选秀最高顺位华裔"，她也不知道那意味着什么，只是看得出来林泽的冰球确实打得很厉害。顺便还通过新闻报道知道了林泽的大学专业是法律，并且考取了工程管理的硕士，但因为要来中国打比赛不得已办理了退学。

报道里附带着林泽赛场上的照片，许妍试图从这些影像资料里，寻找五年前她认识的那个笑容可掬的男生，却感觉很难对得上号。

他现在看起来可太凶了，都不笑的。

想到下午的时候他堵在她面前，她当时还以为他要拎着她的胳膊把她扔下楼去呢！

紧张的状态下不知所谓，出言不逊，许妍都不知道自己怎么敢说的，什么"亲回来"，这算不算调戏啊？

奇遇无人分享，这样的憋闷太折磨人了，还好挚友巴朵终于度假回来了！

许妍顾不得看巴朵给自己带的礼物，迫不及待地把林泽的事说给她听。

许妍表演得声情并茂，用肢体动作复原当日场景："他就这么堵在我跟前，问我骗了他的初吻怎么赔，啊啊啊！现在想想他还挺帅！"

"啊啊啊！"巴朵抓着抱枕和她一起尖叫，兴奋又肉麻。

巴朵不仅是许妍如今的合租室友，也是她昔日的大学室友，当年毕业旅行，就是她们寝室四个姐妹一起游的欧洲，所以巴朵也认识林泽。

毕竟时隔多年，两人在你一言我一语中拼凑出来希腊游的那几日光景。

巴朵："好像是从雅典到圣托里尼的航班吧，他跟你并排坐，你看他像中国人就主动搭讪来着……后来还请人家给我们当导游！"

对对对，许妍猛点头。

林泽其实是在加拿大出生的华裔，爷爷那辈就移民了，他外婆是希腊人，除此之外一家子都是华人，所以他会说普通话。

巴朵："他比你小几岁来着？"

许妍比了三根手指头："三岁。"

巴朵"啧啧"两声："你可真下得去手。"

许妍羞愧，本来旅行最后一天她抛弃室友跟林泽单独跑去买甜品就挺心虚的。

那晚伊亚小镇的落日太美，她色迷心窍，看着笑得比冰激凌更甜的林泽，没忍住，踮着脚亲了人家。

亲就亲了吧，偏偏还被路过的室友给撞见，甚至偷拍了照片。

"照片，照片，我记得我没删啊……这里！"巴朵翻了半天云相册，真把偷拍他俩的那张照片给找出来，发给许妍。

因为是偷拍，构图并不讲究，画质也不清晰，噪点很多。

可圣托里尼那无可比拟的白房蓝天作衬，日落黄昏的背景当底，两个拥吻在一起的年轻人也就显得唯美了许多。

许妍盯着自己那张虽然看不清楚，但无疑满满胶原蛋白的脸看了许久，沉默着将照片保存在了手机里。

巴朵还在回忆："我记得咱们一起去那个火山岛泡温泉来着？小帅哥当时身材不错的呀，怎么样，现在没发福吧？外国男人的花期可短。"

许妍只顾着跟她说起自己和艳遇对象重逢了，都还没跟她说起林泽的现状，闻言把自己的搜索记录打开给她看："他现在打冰球呢。"

巴朵简单看了几眼文字，就点开图片模式浏览，嘴里不停地赞叹："可以，可以。哇，这眼神，这身材，爱了爱了。"

许妍也跟着又欣赏了一遍美图，确实挺帅。

巴朵放下手机，一挥拳头："上啊姐妹，再续前缘啊！你看，他不是跟你索赔初吻吗，你就以身相许呗！"

许妍摇了摇头："想什么呢！人家现在是国家队的球员，我可高攀不起了。"

她要脸，没好意思说出口自己当时那句"亲回来"，更没把林泽那句"想得美"复述给巴朵听。

巴朵却把她的拒绝当成害羞，好姐妹是做什么用的，那不就是在这种关键时刻挥杆助攻的嘛！

男未婚女未嫁，接触接触说不定就是一段良缘佳话！

存了这个念头，巴朵再去给宋淼上课，听到小姑娘问她周末要不要去看她哥打比赛的时候，欣然要了两张门票，回家喊许妍一起去看。

许妍对冰球没兴趣："你跟你男朋友去看吧。"

巴朵："我看起来对冰球有兴趣吗？我这是为了谁要的票啊，啊？没良心的！"

许妍赶紧接过票来，双手合十夹在掌心对巴朵拜了拜。

巴朵傲娇地"哼"了一声，去和男朋友视频了。

原本在看电视剧的许妍，坐在沙发上捏着手里的门票想了想，去看看也行，反正这周末她空闲，就当打发时间了。

她心里对林泽的态度有些微妙，相遇一场，他把她堵在楼梯上问她为什么没赴约的时候，她除了窘迫，细想起来也是有些悸动脸红的。

毕竟是让她动过心的家伙呀。

不过旅行途中她能放任自己"浪漫"一下，现实生活中她却知道他俩没什么可能。

看场比赛罢了。许妍觉得自己歪主意一点都没有，老老实实地抱着爆米花走进体育馆。

这是林泽队的主场作战，体育馆内大多是主队的球迷，场馆里只坐了个半满。

巴朵挽着许妍的手找到票面上前排的座位，远远地瞧见了宋淼和她的妈妈，跟她们挥手打了个招呼，就开始掏出手机自拍。

许妍有些无聊，一边吃着爆米花，一边四处打量球场。

看到好像是在候场的位置，有穿着红色队服的球员经过。离得太远，许妍看不清那些人的脸，她甚至不知道林泽队的队服是红色还是白色。

爆米花过分甜了，她招手向过道上站着的工作人员示意买水。

脖子上挂着货物篮的男生走过来给她递了两瓶水，等她扫码付好钱，又送了她一对充气的敲敲棒。

巴朵的手探过来，拿着她的红色充气棒放在头顶找角度摆姿势。许妍小心躲开，不出现在她的镜头内。

巴朵现在除了兼职做钢琴家教之外，还是个时尚博主，分享日常生活也算是她的工作之一。

许妍看看好友穿的露脐插肩运动衣和超短百褶裤裙，再看看自己穿的灰色宽松 T 恤和牛仔短裤，觉得当公众人物还要保持身材，好累。

比如这个爆米花，巴朵总共吃了十粒就不吃了，而许妍可以一把一把地吃。

这么想着，许妍满怀感恩之心地又炫了一大把。

巴朵拍完照，看着那些在后场偶尔闪过的大块头，跟许妍说悄悄话："你怎么想的啊，不会还惦记着路英奇吧？你看这些哥哥弟弟，哪个不比路英奇好？"

许妍不想聊这个话题，揪颗爆米花塞住巴朵的嘴。

巴朵被动咀嚼，还要再念叨两句："怎么弟弟就不合适、不可以、高攀不起了……"

许妍："嘘——"

场馆里的热场音乐忽然停了，解说员激情澎湃的声音响起，主客场队员们依次上场，观众席开始鼓掌与叫好。

许妍伸着头，等到林泽的名字被点到的时候认真多看了几眼：他戴着头盔，看不清脸，只能看到他的 33 号红色球衣，还看到他顺滑地在冰上转身，向两侧的观众挥手示意。

比赛开始，主场队抢到球权，上半节几乎是压着客队进攻。

虽然许妍和巴朵都不懂冰球规则，但体育的共通性和现场的氛围感以及解说员的讲解，都让她们无师自通地知道红色队服的球员们控着球去打门就是好球！

林泽在场上的位置是后卫，但他并不只是在球门前防守，对方攻门失败，混乱中球被林泽截断，他快速反攻，单刀带球连过三人。

许妍和巴朵都禁不住站了起来，屏住呼吸看林泽加速奔跑，看得她们的脚也想跟着他跑。

客队防守不及，场面变成一对一，林泽果断挥杆，球从守门员裆下空位打进了！

观众欢呼，许妍和巴朵也跟着一起喊。

许妍看见队员们结队从场边滑过，和教练组以及场下队员击掌庆祝。

这是 33 号离她们最近的一次，虽然明知道林泽应该看不到她，但许妍还是不自觉地把尖叫声收回，人也缩回到座位上坐好，怕影响到他比赛。

第一节结束，主客队比分 3：1，中场休息十五分钟。

巴朵用手给脸扇风，红彤彤的脸颊显示出主人激动的心情。

许妍也没好到哪里去，刚才喊得太大声，这会儿嗓子痒痒的、痛痛的。

巴朵："冰球好激烈，好看啊！"

许妍："好看！"

场上的碰撞确实激烈，短短二十分钟，不大的场地里满是速度与激情，她们仿佛能从散着寒气的冰面上感受到运动员们洒落的热汗。

巴朵又说："林泽好帅呀！好帅呀！"

虽然林泽在左后卫，远不如前锋进攻控球的时间长，但他防守的姿态和那记反击单刀球实在让人印象深刻。

来之前还说什么"两个世界不可能"的许妍，一节比赛看完就上了头，又搂着腰跟好友说："我觉得我又可以了！"

第二节客队的进攻明显更为强势，双方各进一球，比分咬得很紧。

到了第三节，客队的阵容换成以进攻选手为主，碰撞来得比比赛开始时还激烈，犯规也频发，客队的中锋被关"小黑屋"两分钟，场上人数变成六对五，林泽队利用人数优势再进一球，最终 5：2 赢得比赛。

赛后双方队员握手退场，观众们也纷纷离席。许妍和巴朵刚站起来把垃圾收好，宋淼就跑到她们面前。小姑娘拉着巴朵的手，问她们俩："老师，你们要不要去跟我哥哥合影呀？"

巴朵捏捏下巴："唔，好像是个不错的主意……"

都没等她把话说完，宋淼就拖着她往后台走了。

巴朵当然没忘了走之前一把拽住许妍，她俩跟着宋淼来到更衣室门外，门关着，里面有说话声。

宋淼跑去敲门，然后像入海的鱼儿一样钻进屋里。留在门外的巴朵和许妍对视一眼，上头过后的激情退却，现在感觉走也不是，留下来好像又有些尴尬。

好在没一会儿，门再次打开，林泽站出来半个身子，他没戴头盔，但队服护甲还穿着，显得十分强壮。

他略过离他更近的巴朵，看向后面站着的许妍，问："你要找我合影？"

许妍不知道宋淼怎么跟她哥说的，眼下林泽这么问，她也只能硬着头皮祝贺他："祝贺你们队赢了比赛，打得很棒！"

林泽："嗯。"

场面冷住了。巴朵看看这边，再看看那边，掏出手机来解围："来呀来呀，拍照？"

她话音刚落，半掩的门被完全打开，林泽的几个队友推着他嬉笑着走出来："有美女！拍照是吧，一起拍呀！"

人一多，热闹就挤走了尴尬，巴朵拍了好多合照，她准备挑选精修几张拿来发社交平台，今日份的营业额大满足。

她拍完自己的，也还记得推一把许妍，挤眉弄眼地让这个不久前还放下豪言觉得"自己可以"的女人，去跟林泽拍双人照。

许妍红着脸上前去找林泽拍了，拍完立马跑回巴朵身边看照片。她今天的穿着太普通了，妆也不够精致，还傻愣愣地比了个"耶"；而她身边的林泽，因为穿着比赛装备显得高大威猛，表情酷酷的，没笑，像被她"绑架"了。

许妍觉得打扰人家球员太久不合适，说不定他们正在做赛后的复盘。她扯扯巴朵的胳膊，要走。

林泽却跟巴朵说起话来："你好，手机里我们的照片能发给我一下吗？"

巴朵说着"好呀好呀"，要加林泽的联络方式才发现他居然还没有微信。

于是巴朵现场教学，指导他下载软件、注册账号，然后到添加好友这一步了，巴朵停顿了几秒，对着许妍暗示："我最近账号加好友太频繁被锁定了，许妍，你的手机借我用用。"

许妍立马双手捧上自己的手机，打开二维码跟巴朵说："回头你发我原图我再转发吧。"

一番操作行云流水。

加完好友，巴朵就不再逗留，和许妍拉着手撤了。

走在出体育馆的过道上，巴朵得意地对自己竖大拇指："不愧是我，助攻王巴朵！"

许妍敬礼："你好，王巴朵！"

巴朵才反应过来这称呼不对劲，追着许妍打："你才是王八！"

两人嬉闹着跑起来。跑到了出租车等位区，不适合再追打了，巴朵喘着气和她说起林泽："难怪你说你们俩不合适了呢，我记得他之前挺爱笑挺可爱的啊，怎么现在这么冷啊。"

许妍："是吧？估计在冰上打球待久了，人也冻冷了。"

巴朵："你是认真的还是在讲冷笑话？"

许妍："哈哈哈，不好笑吗？"

巴朵无语，彻底沉默前还要刺好友一刀："弟弟说不定是被一些坏女人伤透了心才性情大变的呢！"

许妍："大变？什么大便？"

巴朵受够了许妍的无聊烂梗，要不是一会儿许妍还要请客吃烤肉，她绝对要跟这家伙绝交半天。

　

傍晚回到家，许妍洗完澡一边擦头发一边看手机，发现新加的好友林泽十分钟前"拍了拍"她。好久没人用这个功能了，许妍都不知道自己猴年马月设置了个那么羞耻的默认语。

系统：林泽拍了拍我的翘臀并比了个赞。

这条系统提示下面还跟着林泽发的一个"？"。

小小的符号，包含着大大的疑惑。他大概连怎么触发的"拍一拍"都不知道，更难以理解后面那一串不要脸的动作了。

许妍火速把巴朵发给她的精修照片全选原图传给林泽，将对话框用图片塞满，顶掉最上面那一行让人"社死"的提示语，并立马重新编辑"拍一拍"的默认语。

几分钟后，林泽回复：Thanks！

然后他发来一条语音："还有吗？"

许妍翻了翻相册，巴朵拍的她都发过去了，只除了那一张他跟她的合照。她纠结了一下，还是没发过去，觉得他记性也没那么好，回了句：没了。

她只是单纯因为自己拍得不好看所以不想发，不想让他手里有自己的丑照。

等了好一会儿，他也没回信。许妍头发已经吹干了，打开平板电脑刷剧，古装偶像剧男女主角长袖飘飘爱得唯美，她却几次分神去点开手机看有没有新的消息。

一集剧快播完，林泽的消息才发过来。

林泽：Liar :(

他说她是"骗子"，甚至还带了个撇嘴的小人表情。

啊，她居然觉得有点可爱是怎么回事？

在他面前的时候，受迫于他的体型压力，她像是大黑熊面前的小白兔，乖巧安静；可是隔着手机，她就觉得他是一个连中国字都打不明白的笨蛋弟弟了。

许妍整个人不知道在骄狂些什么。她回了他一个头顶路障的小猫表情包，图上大字写着"小猫咪能有什么坏心眼呢"。

剧集片尾曲响起来，是熟悉的路英奇的歌声，从前许妍总是要完整听完的，今天却觉得有些聒噪，直接按了下一集，跳过片尾。

手机屏幕亮了一下，许妍以为是林泽的回复，抓过来看，怎么这么巧，正是路英奇的信息。

路英奇：我明天去公司，排舞。

许妍的微笑僵住，撇撇嘴，也不知道要回什么。

在那天之前，她一直以为她跟路英奇的关系是不一样的。他是选秀比赛的冠军、是"大器晚成"的中心位、是限定男团的队长。

在有那些光环之前，他还是公司一个出过几首有热度的影视配乐但一直不温不火的"老人"，许妍和他经常一起下午加餐吃煎饼和炸鸡，也会藏一瓶小酒，在录歌间隙你一口我一口地干掉，还会在公司活动结束太晚的深夜，一人骑一辆共享单车，唱着歌回家。

他们并肩走过的这些年，步履不停，关系却始终差捅破一层窗户纸。

许妍知道路英奇一直遵从公司规定没有私下谈恋爱，所以她理解他这层窗户纸没有捅破的犹豫。现在他正当红，更不可能冒"塌房"的风险恋爱了，他就该当他的事业咖。

如果不是那天因缘巧合，她拉开他的保姆车门，看见了那糟心的一幕，她说不定还会傻傻等在他的窗户纸外面。

嘀——吖——

晦气。

许妍摇摇头，把恼人的画面从脑海中甩出去。想要逃离一段感情的时候，另一个看着顺眼的对象就变得有用了起来。

她切回林泽的聊天界面，他恰好发来语音："你的猫看起来很可爱，但你有很多坏心眼。"

他一本正经的语气怎么这么可爱啊，要了命了。

许妍发誓她本来还没什么不正经的想法，也早就认清了现实，他俩不会有什么发展——即使在体育馆大放厥词也只是觉得他冰上的姿态太帅，是个人都会喜欢。

可是在这个傍晚，被夕阳映照着脸庞的许妍，对着聊天软件里说话正经的林泽，像是找到了几年前那个大男孩的感觉，开始发散出一些不着边际的念头。

"姐姐的心坏，但姐姐的嘴甜呀。"

她把这句话打出来，读了两遍，自己笑得不行，又删掉。太坏了，不能这么和"国家栋梁"说话！

她回了林泽一个表情包，是一个劈叉的小狗，上面写的字是"不知道说什么好，给您劈个叉吧"。

她还沉浸在戏弄弟弟的快乐中，巴朵敲敲门就把半掩的门推开了，看见平板电脑后面的许妍的脸，满是嫌弃地问："瞧瞧你那春心荡漾的样子，这破电视剧有那么好看吗？来吃东西，我点了芋圆！"

许妍捏捏自己的脸，把笑容平复一下站起身，将手机扔到床上："来了！"

喝了一碗糖水的工夫，等她再拿过手机的时候，林泽和路英奇都发了消息。

林泽依旧是语音："这只小狗很胖，这个姿势让它看起来不那么舒服。不知道说什么的话可以不说，我现在要去训练了，拜。"

别人发语音条许妍平时最烦点开听，都是转文字看。林泽却像是跟他的汉语老师交作业似的，每句话都很认真，甚至对她发的表情包都要解读一下。

笑死了。她又点开听了一遍。

因为他说要去训练，许妍回了个"拜拜"的表情，就没有再发消息打扰他。

然后，她点开了和路英奇的对话框。

路英奇：明早我去接你一起去公司吧，放心，不会迟到。

路英奇：在忙什么呢？

路英奇：那就说好了哈，飞机要起飞了。

这几句话许妍反复看了几遍，越看就越觉得难受，她好像还没有办法立马把他清除出自己的世界。沉思了半晌，她最终回了他一句：好。

路英奇的时间观念很强，第二天果真一大早就到了许妍楼下，打电话喊她下楼时她刚换好鞋，时间卡得精准。

许妍还没习惯跟顶流见面的状态，她大大方方地走到车边，绕过车头的时候看到是司机开车，又转半圈拉开后排车门。

她拉开门站在门外跟路英奇打招呼，被他倾身过来拉着手腕用力一拽，飞快地拽进车里，门紧跟着也被他关上，司机无缝衔接地踩一脚油门开出小区。

许妍吓了一跳，要不是熟人的话她还以为自己被绑架了。

她坐稳，把未打完的招呼接上："早上好，大明星！"

路英奇笑着应了一声，从另一边拿起纸袋子给她："早餐。"

许妍扒开袋子看，是煎饼馃子和豆浆。她只拿了豆浆插上吸管嘬了一口，跟路英奇道谢。

路英奇把煎饼馃子的包装纸撕开个口子递到她手里："吃吧，没事。"

他说完，自己也拿过另一个煎饼馃子吃，以免她怕有味道不好意思在车里吃。

许妍见他也吃了，也就放开了，正是饥肠辘辘的状态，吃东西分外香。

路英奇吃了两口就用湿巾擦了擦嘴，把煎饼馃子放回袋子里，看着她大口吃饭。他得控制饮食，袋子里那个煎饼馃子是他怕许妍一个煎饼馃子吃不饱才多买了一个备着的。虽然自己不能吃，但这样看着许妍吃也让他很有满足感。

许妍吃完煎饼，把豆浆也喝得见底，打开车窗对着外面打了个饱嗝，有点此地无银三百两的意思。

路英奇笑得嘴角更高，他由衷地感慨，"还是跟你在一起的时候最舒服。"

许妍把车窗升上去，忍不住吐槽："是吗？我看你跟 Cici 在一起的时候也挺舒服的啊。"

路英奇听到这话一愣，然后抬手去揉许妍的头发："乖，别闹，听我解释。"

一般的偶像剧女主角到这里都该捂着耳朵猛摇头说"我不听我不听"了，可许妍不是路英奇世界的女主角，所以她没躲，由着他的手搭在她头上，说："好，你解释吧。"

解释什么呢？他跟 Cici 在车后座上拥吻，是她亲眼所见，不是什么三人成虎的谣言，他还能否认不成？或者要否认的是跟 Cici 在一起的时候没有跟她在一起的时候舒服？

当她是什么，舒肤佳吗？那她这块滑不溜秋的肥皂可就要从他眼皮子底下溜走了。

许妍心里想着无聊的冷笑话自嘲，却也竖着一只耳朵等路英奇的解释。

结果路英奇说："我们在对戏。"

许妍满脸问号。下一秒，她喊司机靠边停车。狗男人，她不发火真当她是傻子啊？

车当然没停，可许妍已经不想再听路英奇信口开河了。她拿出耳机戴好，随机播放音乐，无视他盯着她的目光。

车子驶进公司大楼的地下停车场，许妍下了车就马不停蹄地一个人先行离开，电梯都不想和路英奇乘同一部。

路英奇在后面看着她，有些无奈，却也只是给她发了条苍白无力的语音信息："那天是她突然扑过来。"

许妍翻了翻白眼，又戳了两次电梯按钮。扑过来又怎样，他也没推开不是？

早高峰的电梯慢得要死，直到路英奇踱步来到了许妍身边，电梯才下来。两人同时进轿厢，许妍走到最里面的角落，和他拉开距离。

电梯上行，到了一楼，乌泱泱进来好多人，这下不必许妍躲，人挤人就把他俩物理隔离了。

许妍缩在角落看着大家跟路英奇打招呼，每个人脸上都带着笑容，即使路英奇只是礼貌地点头或是答应一声，他们也会觉得他人很好，说不定还会发朋友圈夸他。

名声真是个神奇的东西，从前路英奇不火的时候，可没这么好的路人缘。

到了公司楼层，路英奇先走出电梯，走了两步回头看了一眼，看到许妍挣扎着从人群中钻出来，才转过身继续走。

公司同事看到这两人一起出现，也没人说什么，路英奇排舞的教室和许妍上声乐课的教室很近，他们顺路同行。

要分开的时候，路英奇说："中午一起吃饭？"

许妍摆摆手："再说吧。"

路英奇："我们连朋友都当不成了吗？"

许妍："我们本来也只是朋友。"

许妍说完这句，自己先酸涩起来。她有什么立场生气呢，她本来也只是他的朋友，他从没说过喜欢她，更没承诺过要跟她在一起，她凭什么因为他跟别的女人接吻就要和他绝交。

在路英奇还没开口之前，许妍补充了一句："今天课排得很满，不一定有空。"

她说的是实情，最近演出活动多，有几个"差生"需要补课。

一上午连轴转，许妍连喝水的时间都没有。

快到饭点的时候，路英奇从后门悄无声息地进来了，坐在后排的椅子上，手里拿着个玻璃瓶，许妍远远瞧见瓶子里泡着的是胖大海。

屋里现在上课的两个人是"大跑"和"小跑"，"大跑"站着唱完，扭头回去坐下的时候看见了路英奇，羞愧地挠挠后脑勺，叫了声"英奇哥"。

路英奇从后排走到钢琴边，把玻璃瓶递给许妍让她歇会儿，然后坐在她的座位上。

"喝口，歇会儿。"

他说完，把"大跑"喊回来，重新弹"大跑"刚才唱的那一段伴奏，边弹边带着"大跑"唱："一二三，走！我是被……"

有他带着，"大跑"这次倒是在调上了，只是这么一对比，更显得路英奇是天籁之音。

许妍拧开他给的那瓶水，也是真渴了，喝一大口润嗓子。

她站在一旁看着弹琴带练的路英奇，想起从前他说过，如果到三十岁还不火，那他就申请当声乐老师带新人，不然做歌手的薪酬不够还房贷。

他也确实很会教，比她更有耐心更加和善，许妍慕强，正是因为他有才华有能力，她才会那么喜欢他。

可惜造化弄人，他二十七岁那年火了。这个世界于是少了一位优秀的声乐老师。

教室门外，有路人被路英奇的歌声吸引，拿着手机透过玻璃门拍他。

许妍看了一眼门外逐渐聚集的人群，把水瓶盖子盖回去，有些遗憾地想，或许从他火了的那一刻开始，他们就已经在渐行渐远了。

午饭还是没能一起吃，路英奇的经纪人来接他，说带他换衣服赴个煤老板的局。

路英奇走之前不忘给许妍叫了个比萨外卖，提醒她按时吃饭。

许妍受了他的好，又觉得这"好"实在有限。她不是他的无脑粉丝，不会因为这一丝一毫的恩惠就沉溺。她欣赏他的才华，但不为他的光芒眩晕。

许妍再次告诉自己，认清了就放下吧，他不是从前的他了，她也不该还停在原地。

"拿得起放得下"并不是一个简单的口号。

为了防止自己心软犯贱，每当许妍想起路英奇的时候，就反复让自己回忆在保姆车上撞见的那一幕。恶心的感觉涌上心头，别说喜欢了，她现在吃饭的时候都不能听到"路英奇"三个字，已经彻底应激了。

可她越是躲着路英奇，反而让路英奇越感觉放不下了。好像非要失去过才知道珍贵。

许妍跟巴朵吐槽男人："得不到的永远在骚动。"

巴朵反问她："你对他还有感觉吗？听我的，这男的不行，如果他爱你，根本不会拖着你，早八百年前就跟你好了。"

许妍点头："我知道。从前我喜欢他，不管他出不出名，我都愿意和他在一起。可是我都看到他跟别的女的乱搞了，我疯了才会跟他好。"

巴朵也曾经跟一个小明星恋爱过，娱乐圈的男人基本都一个德性，禁不住诱惑。她后来才知道那个小明星同时脚踏几条船，自此再也不蹚这个浑水。现在轮到好友身上，她自然也不想看许妍犯傻。

再说了，一段烂桃花抛之脑后，还有另一段桃花呢。

"你最近没跟弟弟联系？"

这个弟弟，是特指林泽了。

许妍摇头。就只有加好友发照片那天聊了一会儿，后面他没有再给她发信息，她也没主动找他。

巴朵叹气："都是大忙人。"

其实也没那么忙，忙里偷闲谈个恋爱的时间还是有的，只是许妍退缩了。她不否认对林泽很有好感，如果他只是个普通的男大学生，那她可能就猛猛地上了。

许妍跟巴朵剖析自我："以前我觉得我是声控，喜欢天使嗓音，后来我觉得我是手控，看上路英奇也是先看上他弹钢琴的手。而且我觉得我最讨厌健身房那种大块头肌肉男，总觉得他们臭烘烘的……"

巴朵问："然后？"

许妍说："然后我看到林泽的时候，明明他也是肌肉男，我却完全不觉得违和，我才知道，妈呀，我根本没什么理想型，我就是单纯好色。"

巴朵乐不可支："你把这段话发给林泽，看他怎么说。"

许妍凤了："算了算了，他挺单纯的一小孩，还是别逗他了。"

巴朵戳穿她的"道貌岸然"："是是是，不在言语上逗他，直接上嘴是吧？"

许妍想了想五年前那个吻，啥滋味啊，早都忘了。

原以为日子就这样平淡如水，和林泽应该再无交集，没想到很快又见了一次面。

这天，路英奇给她发消息说有东西要给她，让她到离公司很近的一个演播大楼后面等他。

许妍已经挺久没见他了，消息都不怎么回他，但还维持着表面的客气。毕竟现在他在公司的分量很重，虽然许妍觉得他不至于因为自己冷淡他就要让她丢工作，却还是出于一个打工人的卑微，答应了他的见面要求。

演播大楼离公司确实很近，步行不过十分钟的路程。

许妍看看时间，也差不多到下班的点了，干脆收拾好东西，背上包提前打卡下班。

路英奇比她要早到两分钟。在时间观念上他总是做得很好，不会让她干等。他戴着鸭舌帽和口罩，手里拿着个橙色袋子，是某大牌的包。

许妍不要。

路英奇："这个，以前吃饭路过展柜的时候你说喜欢来着，刚好昨天我又看到了。"

以前喜欢但不能想买就买，现在随手就买下来了，可原来的人已经不喜欢了。

许妍不想和他这样纠缠，索性把话说开："这算什么呀，路英奇？追我？"

路英奇的节目还没开始录制，妆也没化，眼睛里有红血丝。他把无镜片的黑框眼镜摘下来，捏捏鼻梁，一副疲惫的姿态："我也不知道。许妍，我也不知道这算什么，我只知道我不想失去你，不管是朋友还是什么。你不理我，我很难受。"

乍然爆火的状态总让他有不真实感，金钱变成了数字，压力却有如实质，他回忆起来过去和许妍抢着吃一碗牛肉面里的肉片，觉得那时候好像更开心一些。

他终于为那次的事情道歉，即使他跟许妍还算不上情侣："我跟Cici已经断了，其实我们也不算好过，我们只是拍那个单元剧的时候有点入戏，两个人都不太会调整自己的感情。"

路英奇说着，有些伤感地上前一步，拥抱住许妍："许妍，你能不能等等我。"

许妍不知道他说的"等等"是等多久，又是要她等什么。她推开他，虽然只用了很轻的力道，两人却轻易就分开了。

没等她开口同意或拒绝，路英奇先爆了句粗口，不让她回头："有狗仔！"

许妍第一次碰见这种事，不知道要怎么办，听到他说的时候愣住了。

路英奇和她隔开些距离，告诉她："跟我一起走，一会儿到西区岔口，我进大厅，你往门外走就行。"

许妍只能木然地点头，想扭头看看狗仔在哪里，却又僵着脖子不敢动，跟在他身边差点走顺拐。

这种时候了，路英奇居然还有心情开玩笑："如果真被拍到了，干脆就公开好了。"

许妍想抱头："公开啥呀？大哥，你拆你的房，别祸及无辜好吗，我会被你粉丝'杀'了的。"

已经走到了他说的岔路口，路英奇再次把袋子递到她手里，这次她没反应过来就伸手接了，拿到手里才觉得不对劲，再要还他的时候他已经挥挥手走进楼里面了。

许妍头皮发麻，觉得自己现在成了移动的"活靶子"，狗仔的"长枪短炮"正在瞄准她。

太阳还没落山，树影婆娑的五十米外，有一道熟悉的身影正走向门口的停车场。

许妍如同抓住了救命的浮木，直奔那道身影而去。

她脚步有声，林泽下意识地朝这边看，就看到她朝着自己扑过来。他抬起手臂，却不是给她拥抱的姿势，而是在她就要撞到自己胸前的时候撑了她的肩膀一把，把她阻挡在自己的安全范围外。

许妍没有在意他的防备，眼下她只想赶紧逃离这个是非之地。

她抓住林泽推开她的那只手腕，一脸着急的样子："江湖救急，我一会儿跟你解释。"

林泽低头看了眼她的手，没说话，把副驾驶的门打开，让她上车。

许妍松了口气，坐进去把安全带系好，将手里的袋子扔到后座，跟后面上车的林泽说："出门左拐，直行八百米。"

林泽沉默着发动车子，朝着许妍说的方向开去。

一路开上高架，许妍通过后视镜观察外面的车况，跟林泽确认了一下："没人跟着我们吧？"

林泽："应该没有。"

许妍："呼……被狗仔盯上了。多谢你，一会儿下了高架你找个路边把我放下就好。"

林泽目视前方，没有问狗仔盯她干吗，只是问她："你要去哪里？"

许妍："回家。你要送我吗？会不会太麻烦了？哈哈。"

林泽："不，随便问问。"

许妍无语。

他虽然这么说，但还是拿手机打开地图递给她，让她输入目的地。

许妍一边打字，一边偷瞄他，他那张好看的脸上并没有什么不耐烦。

林泽跟着导航开到了一家奶茶店门口，他往外看了一眼招牌："你住这里？"

"后面小区。"许妍解开安全带，"你等我一下哦。"

林泽应了一声，停在原地打着双闪等她。

奶茶店的店员制茶速度很快，没一会儿许妍就举着两杯芋圆波霸奶绿出来了,她没有坐回车里,就在主驾门外,隔着车窗和林泽说话。

许妍先把吸管插进一杯递给林泽,听到他问"这是什么"的时候,讲解这杯饮料的构成。

林泽接过去拿着,没喝:"我不能随便喝外面的饮料,最近有很多比赛。"

运动员对入口的东西比较谨慎,许妍这才反应过来,连声道歉。

林泽把杯子放到车上的杯托里:"是我该说抱歉,谢谢你的饮料。"

"那还是我要谢你更多的。"两个人莫名互相客气了起来,许妍已经麻烦了他一路,现在几步路就到家了,她没再让他送,抱着自己那杯奶茶跟他挥手再见。

看他车子开远了,她才扭头往家走,边走边啜她七分糖的奶茶,甜蜜的口感让她因为路英奇带来的烦躁消减了几分。

她忽然想到,刚才忘了问林泽,他为什么会在那里呀?

第
二
章
④
同
样
错
误
犯
两
次

林泽是去演播大楼录节目宣发物料的采访的，他签了一个冰球科普类型的综艺节目，在里面担任"辅导员"的角色。

节目是台里的重点项目，牵线搭桥的也是冰球俱乐部的高层，为的是实现"带动三亿人参与冰雪运动"的目标。

林泽很乐意做冰球运动的推广者，把自己热爱的运动让更多人了解与参与。

工作的事再忙都还能轻松解决，私人的情感状态却一再打乱他的节奏。自从来到北城，他已经接二连三地遇见许妍了，那个他在圣托里尼遍寻不得的女生。

当初他们约好了来年还是同一时间同一地点再见，他因为打比赛晚了一天才到，待了三天也没能在约定地点等到许妍。

那时他还天真地以为是他失信在先，她说不定是因为伤心或者生气就离开了。尽管他在酒店前台那里打听到的消息并非如此，可还是在心里给许妍找了各种借口。

第二年，同样的时间地点，他又去了，这次没有迟到，可也没有见到他想见的人。

第三年的时候，去见她好像已经成为一种习惯，或是一个执念。

期待，失望，循环往复。

他终于接受现实，现实就是，她骗了他，她不会来了。

没想到，在另一片熟悉而陌生的土地上，会再见到她。

她和记忆里那个热情奔放的女孩有了一些出入，但笑起来时圆圆的眼睛依旧可爱，像无辜的小动物，也像她发的图片上那只据说没什么坏心眼的猫咪。

可他已经不是那个无知少年了，不会再被她一个笑一个吻就迷得神魂颠倒。

她就像这杯包装精美的奶茶，听说口感很棒，但他知道那不适合他。他不会去尝试，也就不会再被伤害。

要丢掉，要忍住好奇和嘴馋。

车停到家门口，林泽正打算把奶茶扔进垃圾桶，一扭头发现后排座椅上放着个大袋子，想起来是许妍扔那儿的，走的时候忘带了。

他拍了张照片，发给许妍。

许妍已经躺下。她刚才就发现自己忘拿路英奇送的包了，正跟巴朵语音吐槽中。

巴朵的注意力不在路英奇身上，她更在意半路杀出来的林泽："哇哦，这算不算是英雄救美？你居然没有感谢人家，请他吃顿晚饭！你糊涂！"

许妍："我感谢了！我请他喝奶茶了，但是他说要打比赛不能随便喝外面的饮料。"

巴朵："唉，错失和帅哥再进一步的机会，可惜了。"

许妍："其实还有机会……路英奇送我的包，我落在他车上了！"

巴朵："可以可以，我们妍姐还是有点子对付男人的手段的。"

许妍："过奖过奖，全靠脑子不好使的功劳。"

她说完，正好收到林泽发来的消息，跟好友同步直播："啊啊啊，林泽给我发照片了！让我看看该怎么回！"

巴朵："啊啊啊，什么照片？穿衣服了吗？"

许妍："什么什么呀，给我发了包的照片！"

巴朵："哈哈哈，快回帅哥，约他下次见！"

许妍看着林泽的对话框，斟酌着要怎么约他。

她其实拿不准林泽的态度，从前她敢亲他，除了异国他乡的浪漫情调催生出的色胆包天，更多的是因为他的态度。她觉得他看向她的时候，眼里有很多很多的喜欢和很大很大的快乐。

可是现在，他看起来对自己没什么兴趣，甚至还很冷漠。

所以，虽然她会跟巴朵过过嘴瘾，但属实是有贼心、没贼胆。

许妍："要不还是算了吧。"

巴朵鼓励她："你想啊，就算追不上，最多也就是让他讨厌你，可是他都不跟你好了，你还管他心情干吗？"

许妍："有道理。"

于是她大胆开麦，给林泽发："送你了，答谢礼。"

林泽隔一会儿回语音："我看了下，是女包。"

许妍："啊哈哈，那你还我，我再给你买个男款的。"

她也就那么一说，想着他推拒了，两人再你来我往着约着吃顿饭。没想到，他直接答应了："好，谢谢。"

啊？别那么快就谢谢啊！

许妍欲哭无泪地跟巴朵复述，巴朵笑得岔气："可能是文化差异？他觉得拒绝你的礼物不礼貌？"

许妍："我就是嘴欠，一句话亏三万。"

巴朵："你傻呀！你又没说送他什么牌子的，在网上买个三百块的钱包送送得了，人家都未必用。"

许妍一拍脑门，果然是她傻了。她扭头就选了款小众设计师品牌的运动背包，不过还在预售期。没关系，也不急着在这几天见面，巴朵说过，钓鱼呀，就得钓着。

谁知道，许妍的钓鱼计划还没来得及开展，她自己先成了别人的猎物。

那天遇见偷拍的狗仔并非巧合，是对家为了争一个热门综艺的常驻席位特意花钱找人拍路英奇的黑料的。他们公司都没收到什么风声，突然就被对家送上了热搜。

爆的是路英奇有女友，发的照片有路英奇和女友在家里吃饭、拥抱，角度问题，狗仔隔着窗拍的那几张照片，路英奇是拍清晰了，可女方基本都是背对着窗或被窗帘遮着，脸都看不太清楚。

倒是路英奇跟许妍在演播大楼外面的那个拥抱，镜头把她的大脸拍得清清楚楚。

许妍是在上班路上被新闻软件弹窗推送了这条八卦。吃瓜吃到自己头上，吓得她就近下了地铁，从包里拿出口罩戴上，直接打车回家去了。

她看着新闻里把几张照片都认定为她的描述，心里百感交集。

首先当然是愤怒。路英奇这个大渣男，还说什么让她等着他，结果呢，其实在见她的前两天还跟别的女人在家里搂搂抱抱。

不出意外的话，那应该是Cici。她俩身高发型很像，从背后看是有点难分辨的。

所以这就是路英奇说的"结束"了是吧？真是有情有义的温馨散伙饭。

再者，就是无奈与焦虑。她有预感她马上要被路英奇的粉丝给骂死了，在粉丝顺着网线冲过来之前，她先把她社交账号上的状态全部转为仅自己可见。

可惜还是小瞧了网友的速度，没等她锁完，她的每条图文就都已经被截图，尤其是一些疑似和路英奇有关的内容被反复传播。甚至是两年前一起在大排档撸串喝酒的碰杯照，也被网友拿着放大镜侦察出来手的主人是谁。

许妍回家的时候，巴朵刚起床，听到开门声，打着哈欠问她是不是忘拿东西，还是记错了排班，怎么回来得这么快。

许妍把鞋脱掉，赤着脚就歪在沙发上："还上什么班啊，我被路英奇害惨了！"

巴朵听许妍三两句概述完，脸都没洗就拿过自己手机开始看新闻。她好歹也算个网红，也曾被很多莫名的网友喷过，和黑子对线她觉得自己比较有经验。

许妍和她并肩坐在客厅沙发上，看着她很大佬姿势地跷着二郎腿，表情傲慢地逛超话。许妍仿佛有了靠山，握着拳头狐假虎威："谁骂我一句，你骂他八句！"

巴朵："他们好像还没空骂你，都在要求公司回应呢。"

许妍的电话响了，是事件的另一位主角打来的，他说他马上来许妍家里，和她当面谈。

许妍："你别来！这会儿记者肯定堵着你呢，你来了不就把我家的地址暴露了吗？你赶紧发个声明辟个谣就行了，说那不是我。"

路英奇："妍妍，我们马上就到了，面谈吧。"

电话挂断，许妍直觉不妙，她嗅觉灵敏地预测着公司的公关预案，问巴朵："你说，这家伙不会是想保Cici，让我背下这个锅吧？"

巴朵："我看八成是这样！"

巴朵想得比许妍更深远一些，她甚至觉得爆料的事路英奇团队不可能完全不知晓："说不定他那天就是故意去找你，给狗仔队送素材，不然光天化日之下他抱你干吗？"

许妍听得后背发凉，对路英奇残存的最后那一丝感情也消失殆尽，怎么会有这么坏的男人！她不能坐以待毙！

思来想去，许妍先跟巴朵一起"布置"了客厅，把录音笔和闲置的手机开启录音状态藏起来。

原本她还担心路英奇会不会警惕她的小动作，但不知道是不是他们太着急了，除了进门的时候因为电子猫眼让他的经纪人警惕了一下，后面的谈话过程中他们并没什么遮掩。

确实是要保Cici的。

路英奇全程没有说话，都是经纪人在动之以情，晓之以理："英奇跟Cici已经分手了，那天是Cici去他家找他，也是Cici想要复合抱了英奇被拍到了。"

许妍本来也是沉默的，听到这里忍不住讽刺了一句："你可真是香饽饽啊，人家又是强吻，又是强抱的。"

路英奇的脸上闪过几种复杂的表情。

经纪人尴尬一笑，继续劝说："事已至此，你都被拍到正脸了，肯定是很难摆脱关系，解释了别人也不会信，倒不如将错就错，你的身份也合适，咱们就说你是他同事期间的前女友，现在已经分手了。"

巴朵："分手了还搂搂抱抱的，你这不是要逼粉丝骂许妍吗？"

一直没说话的路英奇开口："我会解释是我主动的。"他把自己手机备忘录给许妍看，"这是我今早写的，你看这样说行不行？"

许妍接过手机，正眼都没给他一个。

很"深情"的一篇小作文：

她曾经是我的声乐指导，虽然她比我还要小两岁，入职时间比我晚两年，教学技巧有一半是偷学我的。

她的脸圆圆的，总说明天就减肥，然后跟我一起偷吃煎饼馃子和炸鸡翅，吃完又要督促我做一百个俯卧撑才算完，自己的一百下跳绳永远只是嘴上说说。

她陪我走过黯淡失意的阶段，激发了我许多情歌的创作灵感，鼓励我站上更高的舞台。

然而当我终于让千万双手为我挥舞的时候，却在人海中失去了她。

作为一个偶像，我对粉丝失职了。只是情难自禁，即使已经分手，可还是会有忍不住和她倾诉压力的时刻，想要一个肩膀给我短暂的依靠。

这对她不公平，对粉丝们也不负责。如今她只想要安静的生活，我也会控制好自己的感情，不再打扰她。

谢谢她，也谢谢你们，陪我走过的这一路。

巴朵凑在许妍身边，先一步看完了内容，语带不屑："还真是个大情种呢。"

"就这样吧。"许妍没抬头，那些黑色的字体在她眼前模糊重叠，她努力把眼泪憋回去，不让自己显得狼狈。

她不是不相干的路人，他说的那些都真真切切发生在他们身上，他也是真的给过她很多快乐的时光。

骂她"恋爱脑"吧，认下这个"前女友"的称号。

从此之后，他们尘归尘、土归土，她继续快乐幸福。

巴朵诧异地看她："你说什么？就这么同意了？"

许妍拍拍巴朵的手背安抚，把手机还给路英奇："嗯，就这样吧，我同意。"

巴朵今天陪着许妍面对路英奇的经纪人，就是要替她壮胆谈判的。

许妍可以"恋爱脑"，巴朵可清醒得很。她瞧不上面前这两个男的一唱一和，又是威胁又是打感情牌的，许妍如果硬要扛这个锅，那她就替许妍争取利益最大化。

巴朵咄咄逼人："你们让她担下来这个'罪名'，对她有什么好处？别说什么已经被拍到了，不认也躲不过。现在是我们在帮你把伤害降到最低，闹大了你的商务赔偿得赔得你裤衩子都不剩！"

许妍抓着巴朵的手："好了，别说了。"

路英奇低着头，叹气："妍妍，我愿意补偿……"

巴朵："空口白话的，你立字据吧。"

许妍抬手捂住巴朵的嘴："巴朵，我说好了，可以了。就这样好吗，不要再说了，我不需要。"

许妍朝路英奇扬了扬下巴："你们快走吧，我同意了，走吧，不想看到你。"

他们确实还有很多事要处理，经纪人把还想跟许妍再说些什么的路英奇带走，很满意这样的处理结果。

关门之前，路英奇深深地看了许妍一眼，许妍偏过头去。

人走了，巴朵恨铁不成钢地骂她："三言两语就给你打动了？傻了吧你，一点好处都不要，白给人家当靶子！"

许妍把藏好的设备都翻出来，暂停录音。她是感情用事了，是冲动了，可也不是纯粹的小白花。

放好了设备，她反驳巴朵："你才傻了吧，你就知道他们没录音？你还敢开口要好处，到时候他们告你敲诈勒索，一告一个准！"

她在公司不是没见过前车之鉴。

巴朵的嘴巴张大，像条小鱼："这么贱？"

许妍："谁知道呢，我现在得防着他。"

她说这话的时候，情绪是失落的。巴朵知道即使她跟自己骂了一百句路英奇的坏话，都没有此刻这种被背叛的失望彻底。

许妍知道自己犯了傻，努力给自己找理由："他们说得对，我已经被拍到了，就算辟了谣，也还是得挨骂，不如就这么认了吧。"

巴朵原本还觉得许妍能想到敲诈的事有点脑子，听她这么说又来气了："人家就是挑准了你这个软柿子捏！打个巴掌给颗甜枣你就认了，我看你不光是圣母心，还觉得能跟顶流谈恋爱，哪怕只是名义上的，也挺有面子的呗？"

许妍被巴朵戳着肺管子骂，火气也上来了，可她骂不回去，她的好姐妹完美得无可挑剔，她根本想不出有什么可骂的。她跺着脚"哼哼"两声，跑回自己屋里躲着了。

手里的手机响动。许妍翻开，居然是林泽。

他说他今天休息，问她有没有时间拿包。

许妍一想到为了拿那个包惹出的那些是非，就觉得心里厌烦。她都想让林泽直接扔了，转念一想太浪费，还不如挂到跳蚤市场上卖掉。

不管那个包要怎么处置，许妍今天是没什么心情钓小帅哥了，她只想一个人静静。

或许是心情不好，她说出来的话也显得有些冷淡："今天不方便，你休息吧，改天请你吃饭。"

收到消息的林泽其实已经坐在车里了，他知道许妍的家在哪里，也知道她的公司——那天送她回去路过的时候她告诉他的。

他的记忆力和方向感很好。

可是之前还对他表现得挺热络的许妍，突然又冷了起来，尽管她说改天请他吃饭，在林泽看来却只是一种寒暄。

他在车里坐了一会儿，茫然地不知道该去哪里，最后还是熄了火，下车回家。

花园里，刚给自己的蔷薇丛浇完水的宋淼，见到他就跟着跑了过来："哥哥，你不出门办事了吗？"

"嗯。"林泽对这个同母异父的妹妹一直很和善，她伸手来要握着他的大手，他就让她握。

而她却是狡黠地拿走他手里的手机："那哥哥的手机借我玩一会儿吧！"

暑假快到尽头，她的功课早已完成，可惜每日手机的使用时长被严格控制。

他们的母亲希亚女士今天不在家，林泽把手机给妹妹，又摸摸她的头发："你别在妈面前露馅就好。"

宋淼开心得眼睛眯成一条缝，和林泽就坐在客厅沙发上玩手机。

林泽随便找了本地理杂志看起来，宋淼则刷起短视频。刷了一会儿，她把手机拿过来给林泽看："哥哥，你看，这是不是许老师啊？"她怕林泽不记得许老师了，还提醒他，"就是之前去看过你比赛的，那个钢琴老师。"

林泽伸手按暂停，看着娱乐号发的爆料照片上放大的头像，确实是许妍。

他重新播放这条视频，是一个偶像歌手的恋爱绯闻。

原来她说今天不方便不是借口，是真的有事情，原来是有狗仔偷拍她。

原来她是有男朋友的。

他把手机交给宋淼，继续看之前的杂志："再给你玩二十分钟。"

宋淼撇嘴，想讨价还价，可是林泽不抬眼看她，她噘起小嘴巴也无计可施，只好接受了哥哥的"命令"。

时间一到，宋淼不敢耍小聪明，主动把手机还给林泽，又跑去花圃里了。她剪了几朵蔷薇送给哥哥，都是修剪过枝叶花刺的，替换他房里原来的鲜花。

案几上的大花瓶里是妈妈刚插的花，她巡视一圈，看到还有个窗边小瓶子里只装了两枝米兰，便把手里的蔷薇塞了进去，塞完观察了一下那个"瓶子"，好奇地问林泽："哥哥，你喝奶茶了吗？"

宋淼似乎并不好奇这个突兀的奶茶杯为什么会摆在这里，她更想知道的是："这个好喝吗？你可以请我喝吗？"

在宋淼家，有很多东西是花钱买不到的，比如垃圾食品。

林泽摇头，吓唬她："会长疹子，变成'斑点狗'。"

她是易过敏体质，一吃不好的东西就会引发皮炎。

宋淼也知道自己皮炎发作多难受，便不再缠着林泽要奶茶，撇撇嘴："那我去练琴了。"

林泽看她静悄悄地进入琴房，乖巧地轻轻把门关上，又觉得心有不忍。

他小时候可没这么懂事，他妈妈以前也不像管宋淼这样严格。十岁之前他爸妈还没有离婚的时候，希亚女士总是纵容他的调皮捣蛋，甚至和他一起疯闹。

林泽对妹妹心软了，想着许妍送他的那杯饮料，上网搜"波霸"是什么，结果搜出来一堆黄图……

他觉得是自己语音转文字的发音不标准，再次搜索全称"芋圆波霸奶绿"，终于搜到了靠谱的菜谱。

林泽闲着无事，看完菜谱，去厨房找做饭的阿姨说自己要做什么。阿姨看一眼菜谱就懂了，帮着他备料开锅。

等到面团都揉好，最后一步要搓丸子了，林泽把宋淼喊过来一起做。宋淼果然兴奋又期待，把林泽切成小粒的剂子搓得又圆又润。

他们的妈妈回家的时候看到兄妹俩都挤在厨房煮奶茶，宋淼还一直吮喝着："多加点糖，再多点！哥哥！哥哥！"

林泽皱着鼻子拒绝："够了宋淼，你的奶茶里也有很多红糖。"

希亚女士走进厨房，把女儿揪出来："什么东西要加糖？看看你的牙齿，被虫子吃了就长不出来了。"

宋淼捂着嘴，不让自己换牙还没长好的"漏风小洞"露出来。

外面卖的奶茶什么味道林泽不知道，但是兄妹俩自制的奶茶喝起来非常不错，芋圆软糯，波霸弹牙，宋淼喝了一大杯。

林泽并不喜甜，喝了几口尝过味道就不喝了。胃里暖暖的，心里却空空的。

在得知许妍有男朋友之后，他有种说不上来的烦躁。

他想，或许是那个包的缘故。他是个生活习惯规整的人，自己的领地里放着别人的东西，当然会让他觉得别扭。所以他打算把她的包送还到她家，放下就走。

决断并不踏实，他还在想是什么时间送过去会更合适的时候，被宋淼玩过的短视频软件给他发了消息推送：

猜你感兴趣：路英奇回应绯闻，是前女友。

唔……大数据猜对了，林泽真的感兴趣。

他点进链接，刷了一条又一条这位热门歌手的回应，好多是配着音乐的影视片段，讲述他和前女友的爱情故事——尽管女主角并不是许妍本人。

于是林泽知道了圆脸的许妍爱吃煎饼馃子和炸鸡翅，想减肥但不成功，不喜欢跳绳。

而且她目前单身。如果那位路歌手说的是真的的话，他们已经分手有一段时间了。

林泽想，或许现在去给她送包也没什么不合适的，反正放下就走。

道路畅通，二十多分钟就抵达了许妍上次买奶茶的店铺。

他给许妍发消息，不巧许妍在睡觉，隔了好久才看见消息。

阳光刺眼，许妍醒来时完全忘记了这闹剧般的一天有多糟心。她揉着眼睛看未读消息，太多了，根本看不过来。

要把手机扔出去的瞬间，刚好划到了林泽的那条，他说他顺路经过她家，是否可以把包放在奶茶店，她方便的时候去拿。

许妍再看一眼时间，四十分钟前发的消息了。

她从衣架上拿了件罩衣披上，下楼朝奶茶店走去。倒也不是有多怕包在店里丢了，她只是突然觉得一天没进食的胃，现在急需一杯甜滋滋、暖和和的奶茶。

快要走到店门口的时候，听见汽车鸣笛的声音，许妍扭头看去，看到林泽打开车门，手里提着她的包走下来，站在车头前面，摘下墨镜。

许妍转身走过去，有些诧异："你不是说放在奶茶店里吗？"

林泽："你没答应。"

许妍："然后你就一直在这儿等吗？"

林泽没说话。

"不好意思，我刚在睡觉没看到消息。"许妍不再纠结他为什么在这里，总归是为了给她送东西。

林泽看着她，她里头穿了一身卡通睡衣。

察觉到他在看，她把外面的罩衣拢紧，把睡衣盖住。

"抱歉。"他看到她的动作，把视线移开，为自己的失礼道歉，同时把包装袋给她。

许妍拿着包，想起自己曾许诺的"男包"还在预售中。

又麻烦了他一次，她十分过意不去："我请你吃下午茶吧。"

林泽问："奶茶吗？"

许妍的视线转向奶茶店，干笑："你好像不能在外面吃饭是吧？"

林泽返身回到车里，拿了个保温杯出来："家里做的奶茶，喝吗？"

许妍看着比她脸还大的银白色不锈钢保温杯，不确定地问："你做的吗？"

林泽否认："宋淼做的，我不爱喝，这杯还没动过。"

头顶的那片云慢慢被风吹走，阳光直辣辣地照下来，照在两人的脸上。

许妍抱着好重的一大杯或者说一大壶奶茶，商量的语气问："要不咱们去车上喝？"

林泽："好。"

他说完，给她拉开车门。

许妍坐进车里的时候还有点恍惚，看到后视镜里自己头发蓬乱的样子更加后悔出门时没有洗一把脸梳理下。

车子里一直开着冷气，林泽坐进来以后询问她的感受："温度需要调高一点吗？"

"不用。"许妍把出风口的按钮推了推，不让风对着自己直吹，然后拧开杯口，用盖子当茶杯倒了一杯奶茶，居然还有芋圆。

"芋圆波霸奶绿。"林泽说，"尝尝看，和你买的味道一样吗？"

许妍小口试了试奶茶的温度，之后"咕咚"喝了一大口，称赞宋淼的手艺："比买的还好喝。"

林泽："那你都喝了吧。"

"那我就不客气啦，正好饿了。"许妍真的没客气，喝完一杯又倒了一杯。

喝完舔干净嘴角的奶渍，她满足地叹口气："舒服多了。"

林泽却突然别扭，提起的话题有些扫兴："女生在外面要谨慎一些，不要随便喝'不知情'的饮料。"

许妍噎住："你不会还在记恨我，要毒死我吧？"

林泽："没有。"

也没说清楚是没有记恨她，还是没有要毒死她。

他像吓唬宋淼似的吓唬许妍："但是难说下次有没有。"

他的表情如此认真，许妍"扑哧"一声笑了："你不会的。"

林泽转头目视前方车窗外，冷哼一声。

许妍低下头，侧着脸去看他："谢谢你啊。本来今天我很不开心的，但是喝了你的奶茶以后，我现在好多了。"

林泽一歪头就能看到她的眼睛，他好像因为她说的这几句话，心情也跟着好了许多。

"坐好，安全带系上。"林泽突然发动车子。

"什么？去哪儿？"她还没问清楚，手就已经扯着安全带别过胸前。

林泽没说要开去哪里，只是告诉她："让你更开心一点。"

许妍眼瞅着林泽的车一路朝着市中心开，再瞅一眼自己身上这麻袋一样的灰色罩衣和里面幼稚的卡通睡衣，有些尴尬："要去吃饭吗？我是不是先回家换身衣服？"

林泽信口胡说："睡衣派对。"

许妍艺高人胆大地信以为真。人在郁闷的状态时，干什么都提不起劲来，反而对一些非常规的刺激感到期待。放在平时的任何时候，许妍都不会允许自己这副鬼样子出门，可她今天的心情太糟糕了，糟到麻木。

许妍用手撑着脸看向窗外，不再问目的地在哪里，任由林泽驱车带她开往未知领域。

车子停在停车场里正对电梯门的一个位置，许妍看到那电梯似乎是专用的，并不和旁边的写字楼相连。

林泽下车前，把许妍那个未拆封的新包也给拿着了。

她跟在他后面，安静又好奇地走进电梯，看着楼层数不断攀升。

一出门，就见到了明亮纯白的前台。

这里甚至连牌匾都没有，许妍判断了一下，觉得好像是个私人会所。

她有一瞬间的局促，任谁看到她这身睡衣和她旁边的挎包帅哥组合都会觉得怪异吧？

但是这里的店员服务态度极好，表情自始至终没有流露出任何不友善。有两个漂亮温柔的姐姐走向她，笑意盈盈。

许妍听到林泽跟她们说："麻烦替她化个妆，再搭一套合适这个包的衣服。"

她茫然地看着他，他把包交给店员，走到她身边站定："去吧，我在外面等你。"

在陌生的环境里，许妍现在似乎只能信任他。

那两个店员领着她来到一间有浴桶和躺椅的房间，关好门，调整室内温度，打开香薰机，询问她是想泡个澡还是只洗头发。

许妍还有些放不开，拘谨地打量着那个木制浴桶，走到躺椅旁边说洗个头发就行。

那两人于是一个给她洗头发，一个给她做手部护理。

许妍闭着眼睛，心提得高高的，脑子里想着如果她们推荐她办卡的话她该怎么拒绝。但是她们除了简单问了几句"力道可以吗"之类的感受问题，看她不想说话就一直保持着安静。

按摩手法好到许妍都心动了，想着如果价格她能接受的话，办卡也不是不可以。

再后来，她们给许妍吹头发、染指甲，陪她挑了一套紫色连衣裙换上，给她化了个日常的妆，又编了个和装扮搭配的鱼骨辫。

许妍进门的时候表情紧绷，出来的时候浑身舒爽。只是在看到林泽的时候，她生出几分歉意："你等了很久吧？"

林泽给她倒了一杯温水："还好，我妈要更久。"

许妍双手捧着水，发自内心地跟他说："谢谢。"

林泽看她喝完水，才板着一张脸吓她："跟你说了下次就下毒，还敢随便喝。"

许妍自觉自己这会儿美得很，背着装了她睡衣剪了标的新皮包，对着林泽眨眼睛："既然这样，我请你吃顿'断头饭'吧，吃点好的。"

一旁的店员小姐姐捂着嘴偷笑。

林泽一手插兜，另一只手臂弯曲着抬起来，示意她挽着。她把手虚晃着搭上，和他一起向门外走，听见他说："可以。"

饭店是林泽选的，又是没有招牌的一家。只看见那套四合院大门口挂着的柿子灯笼，许妍就开始觉得肉疼了。她说："其实我突然想到，咱们吃海底捞清水锅，应该也挺干净的吧？"

林泽一只脚都踏进门槛了，跟服务员招手询问哪间是空房，然后带着许妍边走边说："那今天我请你，下次你请我吃你说的那个海底捞。"

许妍虽然不算大富大贵，但家境还不错，这些年工作也有点积蓄，听他这么说了，不想被他当成占小便宜的人，心想不管这顿多贵她都得买单。

结果刚落座，就有老板模样的人过来打招呼，笑眯眯地问："林泽请客啊？今天想吃点什么？"

林泽站起来，对老板点点头："舅舅好。这是许妍，我的朋友。今天有什么新鲜的菜？你有忌口吗？"

最后那句是问许妍。

许妍在他站起来的时候就跟着一起起立了，听他喊舅舅也跟着喊了声"舅舅"，然后回答林泽说自己都可以的。

舅舅报了几个菜名，两人点头娃娃一样，相继点着头说"行"。

于是舅舅就退出去了，出门前嘴角带着揶揄的笑看了林泽一眼，林泽默默避开视线，耳根却觉得有些热。

饭菜还没上，桌面上只有甜点。

许妍一天没吃正经食物，这会儿饿得要命，她还知道顾及形象地挑着盘子里的核桃酥小口吃，但吃得速度特别快，一口接一口的。

林泽给她倒了杯热茶，还把她吃了几次但是离得远够不着的荷叶脆换到她面前。

他不说话，安静地看她吃，茶杯空了就给她续满，她这盘不吃了就换一盘别的放她跟前。甚至用热茶壶给她浇了个压缩毛巾让她擦擦嘴。

许妍吃个半饱，正餐开始上了，一道道摆盘精美，附带敲锣打鼓报菜名唱小曲儿。

等服务员上完菜走了，许妍才小声问林泽："为什么要敲锣？是要告诉鸭子它要被吃了吗？"

林泽的中文词汇量在许妍这里突飞猛进，他学以致用："毕竟是'断头饭'，要给它点仪式感吧。"

许妍对他竖大拇指："你懂得真多。"又说，"你知道的好地方也挺多，感觉你跟我想象中不太一样。"

林泽于是问："你以为我是怎样的？"

许妍："我以为你来到这里人生地不熟的，应该是要报那种一日游的旅行团，举着小旗跟着导游到处逛。"

林泽笑着摇摇头："我来中国，除了训练和打比赛，总共也没去过几个地方，都是跟着我妈来的。"

他说要带她寻开心，带她去的就是他认识的所有地方了。

许妍嘬着筷子上的松鼠桂鱼汤汁，酸酸甜甜的，一如她现在有些萌动的心事。她有些明知故问："谢谢你啊，怎么对我这么好？"

林泽沉默了片刻才说："我来这里，没有什么朋友。"

好像是在解释，为什么会陪伴不开心的她。

许妍多嘴问了一句："那我算你的朋友了？"

林泽端着杯子喝了一口茶，否认的语气有些傲娇："我不和骗子做朋友。"

他一说"骗子"两个字，许妍就不得不想起她骗了他什么。骗人不赴约是后话，前情是骗了他初吻……

许妍看着他的嘴唇，被茶水滋润得透透的，她好像有点记起来和他接吻是什么感觉了。

林泽无意间和她对视上，看她盯着自己若有所思的样子，一瞬间好像也想到了什么，被茶水呛到，脖子上的一根筋隐隐跳动。

许妍收回自己的视线，去夹牛肉粒吃。

林泽放下茶杯，剥了颗盐焗银杏果放嘴里。

两个人都不说话，默默吃饭，房间里的空气却莫名热烈得很。

隔壁的包间有京韵大鼓的曲声缓缓流泻，透过他们这间屋的门缝钻进来。许妍认真听着，听不懂，但不妨碍脚尖跟着打拍子。

林泽想起那年在圣托里尼的街边，有流浪艺人演奏手风琴，许妍和她的朋友们就在不知道什么花丛铺满的墙边和着音乐唱歌，她们是音乐剧专业的，歌声婉转如云莺，引得路人驻足倾听。

许妍问他："你喜欢唱歌吗？"

他那时不擅长，如今依旧摇头。

许妍微微一笑，他这种力量型的男生，如果要拿麦唱歌，好像是要唱"路见不平一声吼"才会比较对味吧。

林泽不知道她在想什么，只是看她抿着嘴偷乐，好像也跟着轻松起来。

许妍的手机响动，她看一眼来电显示，是巴朵。她接了起来："我在外面吃饭。"

巴朵语气别扭："哦，我看监控你穿着睡衣出去的，以为你去跳河了呢。"

许妍也别扭："不至于，你下次猜我被外星人绑架更靠谱些。"

巴朵："为个男人是不至于，但这不是还跟你最好的朋友吵架了嘛。"

许妍听到这句，抿着的嘴巴瞬间弯起来，她也傲娇："不说了，和林泽吃饭呢。"

巴朵听到"林泽"这两个字，语气立马和缓了不少："出息了你啊。我懂，春宵一刻值千金，再见！"

说完，她利索地挂断电话。

屋里这么安静，隔着听筒林泽都能听得见巴朵的声音。而许妍偏向一旁的脑袋更显得欲盖弥彰。

许妍挑了一块辣子鸡里的酥脆炸椒送进嘴里，掩盖自己有些热烫的脸颊。她又继续谈起之前的话题，说了句废话："我喜欢唱歌。"

林泽没让她的话摔地上，但是接起来的话题怪怪的，他说："所以你也喜欢会唱歌的人。"

他其实只是想表达，对她择偶标准的判断，可这话立马让许妍想起了今天的绯闻，想到她那个"会唱歌的前男友"。

嗓子痒痒的，她咳了两声。

林泽："少吃点辣鸡。"

许妍咳得更厉害了。无形的吐槽最为致命，许妍很难不怀疑他是在故意挤对人。

他换了个话题："你和朋友吵架了。"

许妍点头："但是现在和好了！这里的点心可以外带吗？我想给她

买点荷叶脆和核桃酥。"

林泽："好。"

听完曲，吃完饭，喝完茶，他送她回家。

这次送进了小区，路边塞满了车，车道狭窄难行，许妍直起身子指着门口："把我放这儿就行。"

林泽听从她的话找位置把车停下，还跟着她一起下车："送你。"

夏末秋初，夜风徐徐，小区里遛弯的老头儿老太太不少，看起来安全得很，并不需要护送。但是许妍没有拒绝，暧昧缠绵滋生，她何必扫兴破坏美好气氛。

从健身器材区域路过，许妍分神看到有个小孩挂在只剩半边的走步机踏板上荡秋千，吐槽小区的基础设施老旧。

像是为了印证她的话，他们走到她家楼栋门口时，不论许妍怎么跺脚，楼道里的声控灯都不亮。

林泽看着漆黑的楼洞，陪她走到电梯门口："送你上楼。"

许妍想说自己不是很怕，进了电梯，她跟林泽讲："这没什么，之前有次电梯灯坏了才吓人呢。"

许妍这嘴简直开过光，话音刚落，电梯灯"嗡"的一声灭了，不仅灯灭，连上行的轿厢也停住了。

林泽无语。

许妍第一时间打开手机的手电筒，照亮电梯按键，按下紧急呼叫。还好，保安室接通了。

保安大哥的响应很及时，让她稍等一下，马上派人来救她。

对话结束，许妍从门前往后退，退无可退了，她紧靠着电梯壁站着，还要安慰林泽："你别怕啊，应该很快就能修好，我经常在小区群里看到业主投诉电梯故障。"

她的手机闪光灯没对着人，光打在电梯门上，形成一个大大的圆形。

林泽不说话，这又黑又静的电梯让人有些发毛，许妍于是没话找话，又安慰了他一遍："你别害怕哈，没事的。"

听起来，好像是她比较怕。

林泽伸出一只胳膊，问她："你要抱着吗？"他是想让她抓着自己的胳膊有个依靠。

许妍犹豫了也就一秒钟，把手机照向他胸口，结巴问了句："怎么……怎么抱啊？"

林泽被光晃了下眼睛，头一歪往旁边躲避，伸出去的那只胳膊碰到她的肩。他好像叹了口气，把人一带，揽进怀里。

许妍被拉着靠到他胸前的时候下意识地闭上了眼睛。

其实也算不得是个拥抱，他只有一只手拢着她的肩，另一只手还垂在腿边，真的只是想给她提供些有温度的安全感。

许妍站稳了，额头都够不到他的肩，贴着他的胸口又太过亲密，于是抓着他的胳膊，东张西望分散注意力。

他保持着一只胳膊揽着她的姿势，那只绅士手一直抬着都快要发麻了，但他仍站得纹丝不动，像个雕像。

他保持沉默，许妍又不知道聊点什么，可不聊天又实在有些慌。

"唱首歌吧。"林泽忽然说。他也察觉到了气氛的僵滞，不痛不痒的一个拥抱并不能让她安心，反而有些尴尬。

林泽鼓励她："你在圣托里尼唱过的那首歌，很好听。"

许妍回忆了一下，他说的应该是《海盗女王》的选段。

在表演唱歌一事上，她并不扭捏，退开一些距离，她直接唱她最喜欢的那段：

I should be free（我本应自由）

Free to be grace（自由地享受荣光）

So I can feel the wind on my face（仰起头让风抚过脸庞）

许妍是用舞台上的状态在演唱，穿透力大概是顺着电梯让整栋楼道都能听到的状态，她唱的时候，林泽也小声地跟着她哼。

And when life beckons I should go（飞奔向那遥远的繁星）

Face out the storm not stay below（直面风暴不再恐惧）

Am I to be just a woman（我仅仅是个女王）

最后的高音许妍还没唱完，电梯忽然猛烈抖动了一下，像是要下坠。

许妍吓得把"no"变成了尖叫，整个身子全部扑向林泽，双手直接搂住了他的腰紧紧抱着他。

好在只晃了一下，电梯很快就稳定下来了，电梯门也被人从外面打开。

只是这轿厢不是正对门口，有些错位了，门槛在他们腰腹的位置，要向上爬一下。

担心电梯再出什么意外，他们不敢耽搁。

许妍穿着裙子不方便抬腿，林泽弯腰，一只手还替她护了一下裙角，然后直接把她打横抱起，高高托举过胸口，举着放到外面地面上。看保安把她拉起来了，他自己抓着上面的台边缘，腿一抬手一拉，看起来蛮轻松地就翻了上去。

许妍抓着裙摆蹲在地上担心地看着林泽，等他翻上来了，她没心情和保安掰扯电梯故障的问题，拉着他爬一层楼回了家。她现在满心后怕，既是惜自己的命，也后悔连累了林泽这个"国家栋梁"。

她进了门，把玄关灯、客厅灯都打开，在充分明亮的环境下，要林泽看看他自己有没有受伤。

他说"没事"，她仍不放心地看看他的手掌、摸摸他的膝盖。

"你回来啦？"听到声音的巴朵拉开卧室门，敷着黑色面膜的脸在看到林泽时，扫了一眼许妍放在他大腿上的手，后退一步，又把卧室门关上了，"你们继续，我放歌，听不见。"

许妍无语。

林泽站在玄关，鞋子都没脱，手已经握住门把手："你到家了，我要回去了。"说着，按下门把手。门开了，他一只脚迈出去，背对着她说了句"拜"，然后把门关上。

许妍都没来得及招呼他，他人就不见了。她"哒哒"地跑到窗户边，开窗探出头去看楼下。

有风吹动发丝，送来滑着滑板车经过的小孩的大笑声。不一会儿，从楼道里出来走在路灯下的林泽，身影被拉得老长。

他走出去一段距离，站住，回头看向她家的方向，看到她探出窗外的脑袋。

她对他挥挥手。

他也侧起身子向后抬起手挥挥，好像说了声"走了"，转过身，消失在道路的拐角。

"可以的呀，许大宝，进展飞速？"巴朵不知道什么时候出现在许妍身后的沙发上，跪坐着和她一起看窗外，但什么都没看到。

"你根本不知道，我今天过得有多离奇！"许妍已经忘记了和巴朵吵架的尴尬，拿出给巴朵带的点心，迅速进入表演模式，从林泽给她送包说起，到怎么带她寻开心，再到怎么在电梯遇险被托举上去。

巴朵听得一愣一愣的，好多次吃着点心忘了嚼，张大嘴巴不敢置信。

巴朵："你这一天比我一个月的戏都多。"

许妍说得口干舌燥，给自己倒了杯柠檬水，她也觉得不可思议。

巴朵断言："他绝对是对你有意思！"

许妍却有些不确定了："真的吗？他说他在中国认识不到几个人，也没什么朋友，所以，或许他只是把我这个旧识当作朋友？"

就像她在他乡遇到故知也会萌生亲近一样。

"才不是！"巴朵一巴掌拍在许妍背上，"他每天训练就累趴了，还要跑老远陪你这个朋友寻开心？给你这个朋友买限量版？你知道你身上这件Z家的裙子五位数吗？"

"啊？这么贵啊……"许妍真不知道，她特意在那些衣架里挑了件看起来轻便简约的，其他那些金线银钻的重工款看起来更贵。

巴朵笑着蹙眉："如果当弟弟的朋友可以这么快乐的话，你跟他说我也取个号，我时间自由，随叫随到！"

许妍双手在胸前比了个叉，也笑："不行！我反对！"

巴朵对着她"哟哟哟"，骂她有了"新欢"就忘了自己这个"旧爱"。

其实许妍忘的不是巴朵，而是今天霸榜一整天的某位顶流。

夜里躺在床上，她辗转反侧睡不着。白天被她刻意屏蔽的那些信息，在夜深人静的独处空间里被无限放大。

粉丝们骂得也太难听了，无端的人身攻击和恶意的诅咒，都让许妍既气愤又伤心。明明是不相干的人，凭什么要来骂她？有的说她配不上路英奇，有的说她伤了路英奇的心，还有的说她蹭热度。

她才知道自己的心不够强大，不该把网暴想得那么简单，她根本受不了。

她知道自己应该听巴朵的，别去看这些私信和恶评，可是手就像有自己的主见一样，忍不住一直翻着消息。

晚上在电梯里遭遇的意外只给了她二十几分钟的折磨，可是网上这些评论的压力让她久久难以呼吸。

她后悔了，不该圣母心，不该答应路英奇的公关方法。

可她也有自己难以启齿的理由。巴朵骂的话其实没错，她不光"恋爱脑""软柿子"，她还虚荣，她想要那个"名分"。

她和路英奇认识了两年多，暧昧了两年多，她看到他写的小作文那一刻，才发现自己为什么一直放不下。

因为她委屈，为曾经喜欢了他那么久的自己委屈，为他们的暧昧没有一个"交代"而委屈。

担下"前女友"这个名头，看他在所有人面前承认自己，说他对自己的一往情深，她有点爽。

她承认自己犯了蠢，但真情实意地投入过感情，她可以斩断情丝和渣男再无瓜葛，却也想慰藉过去天真的自己不是白爱一场。

许妍擦擦眼泪，把自己的社交账号注销，把手机扔下床，闭上眼睛努力想点开心的事情。

还真被她想到了。不是那杯甜甜的健康奶茶，不是美美变身的化妆间，也不是曲调悠扬的私房菜雅间。

是林泽的腰。在电梯下坠的瞬间，她紧紧抱住了他的腰。

严格说来，那不算是拥抱，因为林泽的两只手并没有搂紧她，只是虚扶。可越是这样克制有分寸的距离，越叫人浮想联翩。

那时尴尬的贴近，事后回味起来变得勾人心魂。

巴朵说林泽绝对是对她有意思。

真的吗？

换作以前她也这么觉得，可是经过和路英奇的拉扯后，她现在有些搞不懂男人了。

心情不好的时候，调戏暧昧对象是一种什么体验？许妍没试过，所以她从床底捞起手机，打算试试。她给林泽发送经典招呼：睡了吗？

时间是晚上十点四十七分，林泽一分钟后给她打来语音电话。

许妍手一抖，手机差点砸脸上。她清清嗓子，坐起来靠着床头接通语音电话："喂？"

许妍觉得自己的声音有点夹着。

林泽安静了一下，开口："我要睡了，你睡不着吗？"

许妍重复废话："对呀，我睡不着。"

林泽以为她是被电梯故障吓的，很认真地跟她提出解决方案："从前，我参加大赛前紧张得失眠时，我的医生会建议我闭上眼想象一些场景，这会有助于我尽快平静。你要试一下吗？"

许妍答应道："好呀，要怎么做，想什么呢？"

林泽那边有窸窸窣窣的声音，是他下床去开了音响，有轻柔的音乐从许妍的听筒里传过来。

他的声音因为低沉而显得有磁性，被电流信号转换后更加迷人。他叮嘱她准备事项："你现在找一个舒服的姿势躺下，盖好被子，手机调好音量开免提放在枕头边。"

许妍照着他说的做了："然后呢？"

林泽："然后闭上眼睛。你听到风的声音了吗？很轻，很小声，但是风吹在你的手臂上，你能感觉到汗毛被吹得抖动。"

许妍确实感觉到汗毛抖动了，也听到了风声，不过并不轻，而是轰隆隆的。

"是我的空调。"

林泽："……你不需要回答我。"

许妍："哦。"

林泽又继续为她描绘一些自然景象："你走在一片树荫下，阳光并不刺眼，你伸手去抓那些从树叶间落下的光斑，手掌握紧，松开，你的手背暖暖的……"

他说的场景很细致，许妍轻易地就代入了进去，好像身临其境般在一个温暖的午后。

林泽铺垫了很久，直到他觉得这时间足以让许妍放松神经了，才邀请她互动："踩在沙滩和海水交界的地方，你觉得很舒服，很轻松，你转过身……你看到了什么？"

许妍被他说得都有些睡意了，顺着他的问题，"转过身"是她之前回想起来的抱着他的感觉。

她诚实地回答："我看到了你的腹肌。"

林泽：？？？

许妍："我困了，我可以抱着你的腰睡吗？像抱着抱枕一样。"

林泽想拒绝她，想义正词严地告诉她，她不能因为自己睡不着就要搞得别人也睡不着。

可是他听到她的呼吸轻微而均匀，还有打呵欠的声音，是真的有了睡意。所以善良的男人只是默认："睡吧，许妍，晚安。"

许我一吻

第 三 章

恋爱的直球选手

　　许妍醒在天色微微亮的清晨。她这晚睡的时间虽然不长，但总体睡眠质量平稳，没有做噩梦。

　　起床拉开窗帘，开窗通风，早上的空气有丝丝凉意，清爽怡人。

　　她昨天翘了一天班，跟人事请假的时候，人事先是态度冰冷地让她在系统里申请，后来不知道是看了新闻还是路英奇那边打了招呼，主动给许妍打电话，说公司给她放一周的带薪假，让她好好休息一下，最近先不要来公司了。主要也是怕她来公司容易被记者围堵，听说昨天楼下聚集了好多陌生人。

　　无端冒出来这么多天假期，许妍要好好计划一下去哪里玩。上次休年假她回家陪她爸钓了一周鱼，这次她不打算再回家了。

　　也是父女俩心有灵犀，许妍刚打开旅行软件要浏览一下热门旅游团，她爸的电话就打来了。

　　昨天的娱乐新闻才发酵起来的时候，她爸许文标在他们家微信群里询问许妍有没有事，许妍回了句"忙完跟你说"，直到晚上睡觉前她才又发了条"没什么事，累了先睡了"。

　　许文标憋了一天一夜，实在憋不住了，早上掐算着她起床上班的时间点给她打来电话："乖宝，今天别去上班了，我看那些记者讨厌得很，追着人问些烦人的问题。"

　　这个解决方法非常"许爸"，小时候她周末贪玩写不完作业，她爸就会替她给班主任请假说她发烧了——"不然老师讨厌得很，要追着你批评的。"

许妍不想跟家里说那些复杂的公关策略，也不愿意让他们担心自己的状态不好。她云淡风轻，只当是谈了个分手的恋爱："都分手好久了，我没什么事，我不伤心啊，分了就是处不下去了嘛。嘿嘿，公司给我放了一周假让我躲着媒体，我正好想去琴市旅游呢，看看大海，撸撸串。"

许文标听见"大海"这样的关键词，头脑中警铃大作，表示要陪她一起去玩："我也好久没旅游了，我也想看看大海，撸撸串。"

许妍才不要跟糟老头子一起玩呢："那你跟我妈去玩呗。"

许文标："你妈说她不想跟糟老头出去玩。"

许妍无语，抢了她的台词让她说什么？

她怕自己的嫌弃会伤到爸爸的自尊心，支支吾吾的，最后想出来一个两全其美的方法："那要不你出钱，我和我妈出去玩。"

许文标："你妈最近医院忙，这两周都凑不上你的时间。"

许妍："那你不忙啊？"

许文标说："我自己的公司，那不是想歇就歇嘛，当然是陪我乖宝最重要！"

父爱含量有些超标了，许妍还在想理由拒绝她爸："如果被狗仔拍到了，他们可能会说我傍大款被老头包养。"

许文标："胡说八道！"

可她这个假设确实有一定的可能性，许文标被她再三拒绝后，妥协了，又问巴朵有没有空和她一起去玩："她的车旅费爸爸给报销！"

许妍是许文标四十岁时的老来得女，对她宠爱得要命，家里又只有她一个孩子，从小给她花钱就不手软。

许妍敷衍着答应了，挂断电话后去做了两人份的早饭，等巴朵醒了后跟她说起这事。

巴朵对许伯伯的大方慷慨很是心动，可她上个月才跟男友去海边度假，最近的家教课排得又满，得等到暑假结束后才能再凑个假期。很遗憾要错过许伯伯的旅行赞助费了，不过她给许妍出主意："你为什么不问问林泽呢？"

许妍摇头："他肯定没空吧，人家打比赛呢。"

巴朵："打比赛怎么了，运动员就没有生活了？"

不得不说，巴朵的建议太有建设性了，许妍心动了，连由头都是现成的。

昨晚好眠要多亏林泽，发条消息感谢一下也是人之常情，对不对？

她给林泽发信息：昨天多谢了，我睡得很好。

她又说：我在公司年会上抽中了一个"双人海边免费游"的大奖，时间就在下周，但是我室友没去空去，不知道你有没有兴趣啊？

巴朵在旁边偷看，还没揶揄她这"虚假中奖"的信息，先瞅见了上面的通话记录："哦吼！你们昨晚打电话了？还打了二十三分钟？"

许妍："嘻嘻，接受了一些心理治疗。"

巴朵："哟哟哟，弟弟还有这本事呢？有资质吗？是持证上岗吗？"

许妍捂着耳朵躲到一旁，不理会她的调侃。

等巴朵去上课了，许妍一边清理昨天手机上的未读信息，一边等着林泽的回应。

那些带着红色数字提示的头像，多半是她的同事和朋友，平日关系也还行，如今不管是出自好意还是看戏，能问她一声"需不需要帮忙"，她觉得都得记人家一份人情。

昨天是太丧了没心情回消息，今天简单地统一回复，用的是闭合式陈述句，以句号结尾表明不太想聊天的态度，同时还感谢了对方，表示不用担心自己。

唯独有两个人的消息她没回，一个是路英奇的，他发来十几条消息，每一条都是说如果她愿意的话可以跟他打电话聊聊天，他随时等着。

还有一个是Cici的，她说：小妍老师，你还好吗？其实英奇哥真的对你感情很深。

许妍无语，这女人，脑子不太好的样子。

等了好久好久，林泽终于回了她语音："上午在训练，下周应该没有时间，稍等，我发你一份日程表。"

他说话时，停顿的间隙带着喘气声，好像是刚训练完。

这个回答在许妍的意料之中，她也感觉他平时训练是挺忙的。

许妍很快就收到了他的行程表，包含今天在内的七天全都排得满满当当的，除了有四天的训练内容，还有三天是要去外地录节目，表格上把航班酒店信息以及录制时间都标注得很详细。

许妍认真看完了，回复他：好巧，我这个旅行的目的地就是哈市。

林泽发了个惊讶的表情和一句语音："哈市有海？"

许妍："林海雪原啊，怎么会没有海，你还是得多学点汉语的表达。"

林泽不知道是不是信了，他没再纠结海的问题，告诉许妍他要吃饭了，晚点再联系她。

许妍回了个"乖巧猫咪"的表情包，然后开始看去哈市的机票酒店套餐，制定行程。

巴朵上完课，带着饭店打包回来的午餐和许妍一起吃。

许妍已经把要逛的景点和要打卡的饭店都写在手机备忘录里了。她拿着给巴朵看，巴朵夸她执行力超级强，给了她一些可添加的美食建议。

说话的时候，许妍的手机弹出了路英奇的新消息，她没避着巴朵，直接点开了。

路英奇发来语音问："妍妍，你在休假吧，要不要出国散散心？"

巴朵喝了一口家里泡的苦瓜水，吐槽："他家是不是住海边啊，管得这么宽。"

许妍被好姐妹的吐槽逗笑，依旧没回他消息，继续丰富她的旅行计划。

巴朵一面为许妍对弟弟的主动奔赴加油打气，一面"诋毁"路英奇的关心："你看他现在对你嘘寒问暖、关心备至了，他那是害怕你突然反悔了，发微博把他的丑事说出来，心虚着呢。"

许妍虽然觉得路英奇可能没巴朵想的那么不堪，可是不管怎么样，她同意他发表"前任宣言"的那一刻，就已经作为他的"前任"同过去诀别了。她不想再去想他带给她的伤害，也不会去想他曾经那些细枝末节的好。

"无缝衔接"真是个很妙的状态，如果没有林泽，或许她的"空窗期"要在反复懊恼和加油振作中度过。可是因为有了林泽，她可以把放在路英奇那里的满腔情意，全副转移到另一个人身上。

就从电梯里那个拥抱开始。

林泽说要晚点再联系她，果真是很晚很晚，晚到许妍都快睡觉了，他才打来语音电话。

　　明明是他发起的语音电话，接通以后他却不说话，等她开口。许妍也犟上了，也不说话，倒要看看谁更有耐性。结果林泽把语音电话挂断了。

　　许妍一脸震惊地看着通话结束的界面，不敢置信，他的脾气这么暴吗？

　　然后林泽又拨过来了，这次他先说话："你的网络不好，没有声音。"

　　许妍心想：我的网络好得很！

　　她问："你们训练到这么晚啊？"

　　林泽："训练结束以后队里聚餐了。"

　　这么平常的一句叙述，许妍不知为何，却因为他主动分享行程而觉得心里一片柔软。她的声音不自觉又夹了起来，自认为很嗲地问："那你们喝酒了吗？"

　　林泽："你是感冒了吗？"

　　许妍无语。她清了下嗓子，努力找回自己的正常声音："可能有点，空调吹太久了。"

　　林泽回答她的上个问题："没喝酒，喝的气泡水。"

　　许妍觉得他好乖哦，都会认真答题。她趴在床上，脸埋在枕头里："你喜欢喝气泡水的话，有个牌子你可以试试，一会儿我发你链接。"

　　林泽："好的，谢谢。"

　　笨蛋，又把天聊死了。

　　他们俩都不说话。许妍故意问："网络又不好了？"

　　她不知道林泽笑没笑，只听林泽说："很晚了，你先睡吧。"

　　许妍没答话，他也就没挂断，等着她。

　　手机话筒收音效果真好，即使没在说话，他们也能清晰地听到彼此呼吸的声音。林泽又说："好吧，如果你不想睡的话，可以等我十分钟，我先冲个澡。"

　　他一回家就给她打电话了，都没来得及把自己清理干净。

　　许妍："哦，我还不睡，你去吧。"

　　许妍哼着"今天天气好晴朗"的曲调，趁他去洗澡的时候，把自己的旅行日程整理好，截图发给他。

　　十分钟后林泽再次发来语音邀请，他看到了那个行程表，从后天开始，有三天时间他们同在哈市，但他不能保证自己有空和她一起玩："录制安排应该是挺满的。"

许妍："没关系呀，你录你的，我玩我的。"

林泽："那你的双人游大奖就要浪费了。"

许妍："我可以再找找别的同伴。"

林泽："时间这么紧，找得到吗？"

许妍啃着自己的大拇指，发动一记直球攻击："那你希望我找得到吗？"

这次她确信听到了林泽的笑声。

他是个出色的后卫，拦下她的攻球后还能反戈一击："哈市根本没有海，许妍也根本没有年会大奖。"

他连名带姓地说她的名字时，莫名让人觉得很心动。

许妍没有否认他的话，她"嘿嘿"笑了声："哈市见呀，林泽。"

林泽坐的那个航班许妍订不到票，不知道是不是被节目组包机了。离谱的是，她想选个时间段和林泽差不多的，可是前后相近的班次都已经没票了。

无奈，她只好选了个晚上的班次，但还想着碰碰运气捡个漏，反正躺在家里也没什么事，不如早早去机场，找个咖啡厅坐着看个电影或是看本书。

快要临近机场时，竟然发现机场附近在交通管制，出租车司机了然地跟她说："估计今天有什么大明星，粉丝在这儿接机送机呢。"

到了航站楼一看，果然有好多年轻的女孩在扎堆，手里还举着手机拍摄。

许妍现在看到有人拍摄就心慌，怕自己被人认出来，她从包里掏出墨镜戴上。

其实这些粉丝不是某一家的，许妍看见她们举着不同的海报和标语。

想到这些人来送的可能都是一个节目组的，她给林泽发信息问他同行的嘉宾还有哪些。

林泽拍了张照片给她，是在 VIP 候机室里。他还挺会拍，镜头里露面的几个都是挺有名的偶像。

不过许妍对此无感。她不追星，身为造星公司的员工，她对这些所谓的偶像实在没什么好感，甚至看到公司里那几个唱歌跑调的小屁孩还有点嫌弃。唯一一个她不嫌弃的，前两天带着她上热搜了。

许妍叹口气，不去想糟心事了，躲着粉丝们找了个咖啡馆的位子，拿咖啡杯和她那本文艺的《云雀叫了一整天》拍照发给林泽：咖啡不错，书也很好。

林泽不方便发语音，所以他这次没有点评咖啡或者那本书如何，只发了一条"See you（再见）"的信息，附带一张登机的照片。

许妍看到大批粉丝开始往外走，感觉自己的捡漏计划有戏，于是又看了一次订票软件，果然后面的一个航班有了余票，大概是有些粉丝进到候机室送完偶像后又退票了。

她贴钱改签，早早飞走。

许妍在哈市订的酒店就是摄制组入住的那一家，反正林泽都已经看出来了她说的年会大奖纯属虚构的，她也就不必费心撒谎圆谎，可以光明正大地当他的"小尾巴"了。

在酒店办好入住，她洗个澡换好衣服就外出觅食，先去了巴朵告诉她"无敌好吃"的烧烤店撸串，吃得肚子圆滚滚，扶着腰含泪又吃了冰激凌、油炸糕、大红肠、锅包肉。

她每买一样东西，都会拍个吃了一口的照片发给林泽，满屏都透出一股香喷喷的好味道。

吃得实在走不动了，她打车回到酒店，躺在床上摸着肚子打嗝。

玩手机的时候刷到了同城推送的短视频，是说步行街正在录制节目，还有主播站在房顶直播。

许妍点进去，在视频里看到了一闪而过的林泽，他穿着白色卫衣和牛仔长裤，因为身高优势，在一众偶像里面也很抢眼。

许妍听到主播在讲解这是哪个新生代演员，那是哪个男团的舞蹈担当，如数家珍。可是当手机对准林泽时，主播卡壳了，和他旁边的人讨论这是谁。

旁边的人："看身材，是保镖？"

主播："谁家保镖找得比正主还帅啊？是不是新人？"

旁边的人："好像是教练，我听见工作人员好像是喊了什么教练。"

许妍笑得欢乐，有点想去步行街围观，又觉得人挤人好热，而且她就算去了也不可能和林泽见面，何必要凑这个热闹。于是她打消了外出的念头。

看看时间，已经晚上十点多了，许妍累了，打了个哈欠，想着林泽不知道今天要几点才能下班，看来是等不到他的回信了。

她想到自己跟着他的行程跑过来，却不一定能见他一面，有些好笑地给林泽发消息：我好像是个“ssf”啊，哈哈哈！

发完她就睡了，并没有觉得多委屈，反正她总要找个地方玩的，今天的逛吃体验她很满意，没白来。

许妍半夜迷糊着起来上厕所，躺回去的时候摸出手机看时间，已经快两点半了，林泽一小时前给她发过消息。

他说自己刚回到房间。

他又问她“ssf”是什么，“Shadow Staff of the Flame”吗？

最后他问她明早有没有安排，他听说这里的早市很有意思，如果她起得来的话，六点钟楼下大厅见。

许妍揉揉眼睛，挠挠眉毛，找回神志。他在说什么？她搜了一下他说的英文的意思：暗影烈焰法杖，魔兽世界里的 boss 掉落的武器，每秒伤害 60.9……

这都哪跟哪啊？驴唇不对马嘴的。她暗笑，给“老外”发拼音缩写，是她鲁莽了。

定好闹钟，她只回了林泽一句“好”，又抱着被子睡着了。

等到天蒙蒙亮的时候，她在酒店大厅的沙发上见到了林泽。他穿着藏青色的帽衫，以及同色系的运动长裤，看起来就像要去晨跑。

许妍庆幸自己赖了十五分钟的床，这导致她的时间不够用，没来得及化妆，所以只洗了洗脸扎了头发，穿了一条运动款的连衣裙就下楼了。要真是盛装出场的话，可跟他太不搭了。

她从他背后跑到他跟前，屈膝蹲低身子和他对视：“嗨，早上好呀！”

林泽本来握着拳头抵着额闭目养神，听见声音被她吓一跳，猛地往后仰头，好像不认识她似的。

许妍站直身子，噘嘴：“不是吧，我不化妆区别这么大吗？”

林泽清醒了，站起来，低着头看向他熟悉的视角，对许妍说：“是有点不一样。”

他们边说话边往外走，林泽已经让酒店帮忙安排了接送的商务车，就停在门外等候着。

他比司机更早一步为她拉开车门，等她在后座坐稳后才关上门，自己去了另一侧上车。

就这么简单的一个动作，许妍决定原谅他刚才说她素颜和化妆有区别的"大实话"。

车上，林泽翻出手机的对话框，把她昨天发的照片一张张点开，问她每一样食物的味道，听她的喜恶评价。

昨晚没有聊这些，是因为太晚了怕打扰她休息。许妍觉得他可太有风度了，真的是每条消息都会给回应，捧哏都没他敬业。

他又问她"ssf"是什么意思。

许妍："私生饭的首字母缩写。"

林泽："私生饭，是一种食物吗？"

许妍笑得想蹬腿："不是一种食物，而是一种很狂热的粉丝，跟踪他们喜欢的明星，偷窥他们的非公开行程生活。"

林泽听到了什么？

狂热、喜欢。

他扭头看着许妍，她不化妆看起来好像更年轻一些，脸嫩生生的，嘴唇是粉色的。让他有种想要用手把她头发揉乱的冲动，就像揉一只来向他讨饼干吃的小鹿。

许妍一抬眼就看到了他的目光，有些灼热，像当初在圣托里尼时那样。她又把眼垂下去了，嘴角抿着，怕不小心笑出来。

司机把他们送到了早市的路口，跟林泽约定好来接他们的时间就走了。

林泽看了一眼手表，他可以和许妍在这条街上逛五十多分钟。

而许妍，已经奔向早市档口的油炸糕去了。她包了两个糕，一个是自己吃，另一个也是自己吃："你不能吃外面的东西是吗？"

林泽点头："你吃。"

许妍觉得很抱歉，怀着内疚的心情又买了干炸里脊和熏肉卷饼。

她大快朵颐，林泽在一旁看得嗓子发痒。

许妍捏起一条里脊问他："一口肉都不能吃吗？上次在你舅舅家的饭店，你也吃了呀。"

林泽推着她的手，把那条里脊推进她嘴里让她吃："他家的猪牛羊都是自己养的。"

许妍为他的自制力鼓掌，转头又被琳琅满目的美食迷花了眼——凉糕一样挑一个，凑满一大盒带回去吃；塑料袋装着的豆浆"咕咚咕咚"地喝，解解渴。

肚子实在塞不下什么了，她最后挑了两盆又大又漂亮的水果打包，还挑了一束五彩缤纷的小雏菊。

"这个送你。"许妍把花给林泽，没有什么花语寓意，就是觉得挺好看的，很配猛男。

林泽一只手提着她那些吃的，另一只手握着她送的花，转身和她并肩往回走。

有人甘愿当苦力，许妍两手空空，忽然变了主意，要回她送出去的雏菊，插在了他连帽衫的帽子里。

林泽看不见自己后面是什么样，但他想应该挺滑稽的，像是脑袋上开花了。

她"嘿嘿"偷笑："这样我的手就不空了。"

"嗯？"林泽没理解。

下一秒，她的手伸过来，拉住了他空着的那只手。这样两个人的手都不空了。

许妍厚着脸皮去牵人家，牵完也心虚，开始是虚虚地拉着，看他没把手抽回去，才又向上握住了。

她是个顺杆爬的性格，他对她表现冷漠的时候她就收起小心思，可他不小心泄露出对她的亲近时，她就喜欢顺势而上。

许妍仰头看林泽的表情，看到了他完美的侧脸下颚线。

林泽没说话，吞咽了下，喉结滑动。他不知道该说什么，掌心像是爬过一串小蚂蚁，微微的痒。

走回路口，许妍先看见了等在路边的司机，把手松开，插进自己连衣裙的口袋里。

林泽好像有点走神，没给她开车门，是司机给开了后，他才看过来。

回程的路上，他俩都没说话，林泽的胳膊肘放在车门上顶着，手撑着太阳穴看车外。

许妍发现他好像很喜欢这个姿势，见过好几次了。

许妍虽然不认路，但是感觉这和来时的风景不太一样，她问林泽："不回酒店吗？"

林泽转过头来看她："回，绕个路。"

绕路做什么呢？哦，绕路去"看海"。

哈市没有海，但有沙滩，有广阔无垠的江面，有蓝天白云下飞舞的江鸥。

她的一句信口开河，他替她好好圆谎。

绕了一圈要回到酒店了，林泽忽然开口："你什么意思？"

许妍看了一眼前排的司机，语焉不详地说："哦……我以为你约我逛早市，是这个意思呢。"

林泽执着地问，要她说清楚："'这个意思'是什么意思？"

车停了，她抢先下车，他提着吃的还有那束花在后面追上。他腿长，几步就追到了她身边，默默地跟着她一起去乘电梯。

酒店的自助早餐已经开餐，电梯使用人数太多而下降缓慢，他俩站在走廊最里面等电梯。

许妍拿回她的食物，问林泽："你这几天怎么吃饭？"

林泽低头看她："我的营养师会给我准备。"

原来他出门还随身带着厨师的。许妍点点头，又问："那你要跟我谈恋爱吗？"

许妍的问题让林泽愣了一下，刚好此时电梯到达一层，他俩走进去，隔着不远不近的距离站好。

电梯上行，三楼是用餐区，电梯停靠时进来了一大拨用餐结束的客人，拥挤中有人站到了他俩中间。

许妍低着头往旁边躲，尽量不与人接触到，却忽然被抓住手腕。

是林泽。

林泽拉着她，借助自己的体型优势，说了声"借过"，轻而易举地就越过中间那个男人，移到了许妍身边。

他移过来了，手也没松开她。许妍抬头看看他，他目视前方，一脸正义凛然。

她再低头看看他的手，缩着手往外抽。他没有阻拦她的动作，松手让她抽走。

可她不是要抽走，她是想把手腕抽出去，换成自己的手掌和他相握。

从早市回来的时候，她去握他，那时他手掌平展，像个玩偶被动地被她牵。而现在他的手指弯拢，是把她的手包裹在他手里的姿势。

他低头看她，接头暗号一样说了句："谈。"

她听见了，往他身边靠近一点，腿都贴着他的腿了，仰头冲他灿然一笑。

林泽一直看着她，好像还是没什么表情，只是把头转向一旁看电梯楼层变化的数字时，却不自觉地弯了嘴角。

许妍住的楼层比林泽低，她先到了，但是没有松开他的手，想要陪他坐到楼上再下来。结果电梯一直上到三十楼，最后一个三十楼的客人出去了，他俩还拉着手站在电梯里。

许妍发觉不对劲，问："……你住几楼啊？"

林泽："二十六楼。"

许妍去按他的楼层，又按自己的："我住十九楼。"

林泽："嗯。"

说话间，二十六楼就到了，许妍这次主动松手，说："你去忙吧，回北城见。"

"好。"林泽出电梯，转过身来看着电梯门合上，看许妍的身影在那个门缝里慢慢消失。

他想起什么，赶紧去按下行的按钮，可是电梯已经走了，隔壁的电梯停在其他楼层来得更慢。

林泽看向旁边的安全通道指示牌，几步过去，拉开安全门，沿着楼梯往下跑。

如果是在成龙的电影里，他此刻多半会抓着楼梯栏杆，像只猴子一样一层一层地往下跳。可这不是电影，他只是一个弹跳力还不错的运动员，所以他只能连跑带跳地向下跑了七层楼。

依旧是用餐高峰期，下楼吃饭的人多，电梯一层一停很费时间，林泽甚至比许妍更早地到达了十九楼。

许妍走出电梯，看到林泽站在门口的时候吓了一跳，以为自己眼花了，抬头确认了一遍楼层，走过去，眼睛瞪得圆圆的："你会法术吗？"

林泽插兜，说明来意："你明天有没有空，要不要去录制现场看比赛？"

许妍都没考虑就点点头："好啊。"

旁边另一台上行的电梯刚好到了，林泽步履淡定地走过去，背对着许妍挥挥手："那等我问清楚进场方式再告诉你。"

许妍的脸跟着他离开的方向转过去，等电梯离开了才回神，只以为他乘了另一台运行更快的电梯下楼。

而站在电梯里的林泽，一直屏着呼吸的林泽，终于重重地喘了两口气。

旁边的同乘大爷狐疑地看着他，怕他有什么疾病发作，关心了一句："小伙子，你没事吧？"

林泽又呼出一口气，插着兜走出电梯："谢谢您，我很开心。"

大爷脑门上挂满了问号。

回了房间，林泽吃完营养师送来的饭，蔬菜和主食是新鲜的，还有一些营养素。和许妍吃的那些"垃圾食品"比起来，这些食物真是没什么吸引力。

他想到许妍两边腮帮子撑得鼓鼓的，像只花栗鼠一样，恨不得把手里拿的好吃的都塞进嘴里的样子，就想笑。

其实和许妍分开以后他就一直在无意识地微笑，那是控制不住的喜悦，就像他曾经很明确自己不要再跟许妍有瓜葛了，可她只是问了一句要不要谈恋爱，他就控制不住立刻答应一样。

白天，林泽认真投入节目拍摄，和教练组一起指导那群几乎冰球技术零基础的偶像上冰，而许妍则在房间里美美补觉。

不设闹钟的回笼觉可太幸福了。比回笼觉更幸福的，是她一觉醒来就有男朋友了。

是那个意思吧？他是说了"谈"对吧？谈恋爱的谈。

她原本以为林泽这朵高岭之花很难摘下，尤其是在自己有"不良前科"的背景下，他应该不太好"骗"。

谁能想到这么容易，她不过是跟着他"飞"了过来，送了他一束十块钱的小雏菊，他就"不计前嫌"地答应跟她谈恋爱了。

许妍想起巴朵跟她说过的话：如果他喜欢你，根本不会拖着你。

原来这就是喜欢吗？没有欲擒故纵，没有欲拒还迎，爽快的、果断的、直白的喜欢。

她忍不住打电话和好友分享喜悦："一觉醒来，我把弟弟搞定了！"

巴朵："什么？感觉如何？！"

许妍："感觉好极了！！！"

起床洗漱完毕，许妍把早市上买的吃食拿出来解决了一部分，换好衣服再出发，去打卡她计划里的其他景点——以及新增的，早上远远看过的那片"海"。

从前她喜欢拍照分享日常，现在却有些担心朋友圈"不安全"，于是那些照片被分门别类地发给了她的家庭群，还有林泽。

林泽在工作没有回复她。

许文标连发一排表情包：赞赞、喜欢、太棒啦！

还有"友情提示"：乖宝，海浪无情，离水边远一点！

然后他又给她打来电话，问她需不需要爸爸来陪。得到否定的回答后，许文标给他的乖宝转了一大笔钱："在外面别舍不得花钱，多吃点好吃的，买点漂亮小裙子。"

说来她也算是"富养"起来的女孩，从小到大想要什么，爸妈都尽量满足，尤其是她爸，宠她毫无原则，在能力范围内给了她最好的。她学音乐剧要艺考，光培训就砸了大把的钱，毕业以后也没能成大名，赚的钱虽然够她衣食无忧，可她爸还总是偷偷给她转账塞钱，就怕她苦待了自己。

她的生长环境并不缺乏爱，成年以后率性直爽、敢爱敢恨，长这么大就只在路英奇那里栽了个跟头。

许妍把这事当成是她命里的一劫，不然她也解释不清楚自己怎么就像鬼打墙了似的，在路英奇身边转悠了两年多，鬼迷心窍走不出来。

她想路英奇能成为顶流确实是有两把刷子，轻易就能蛊惑人心。

许妍这次逛到了晚上，看灯光秀，逛夜市。

夜景很美，可惜林泽要忙，她只能自己欣赏。

心境的转变是在微妙时发生，许妍昨天还觉得独自旅行潇洒自由，今天就感慨如果有男朋友陪该多好了。

她沿着昨晚直播里看到的林泽走过的那条步行街走，好像隔着时空也和他一起散了一次步。

白天吃太多，晚上有些吃不下了。许妍挑拣着小饰品和工艺品的摊位逛，逛到一家卖玩具"捏捏"的摊。全是那种按捏来发泄压力的小东西，还配了钥匙链可以挂包上。

许妍挑了个手感最好的面包造型的"捏捏"送巴朵，又挑了一个俄罗斯套娃模样的"捏捏"送林泽。

她已经知道了林泽的房间号，早上分开以后他发给她的。所以在他收工之前，她先把送他的小礼物挂在了他房间的门把手上。

林泽今晚的录制结束得依旧很晚。不过白天补足了觉的许妍夜里不困，一直玩游戏等到林泽回她的消息。

他发了一张照片给她，照片里他把那个套娃挂在了床头壁灯的拉环上。

许妍不想耽误他休息，假装没看见这条信息。他也没再发信息。

明明没聊天，可是许妍却觉得现在安心了，困意袭来，她抱着手机沉沉睡去。等到早上睁眼，就看见林泽不久前又给她发了两条语音和一串手机号码。

他说这是负责他的节目的编导的电话，今天观众入场时间是上午九点到十点，她到了体育馆后打这个电话会有人来带她进场。他又说谢谢她送的礼物，他很喜欢。

再正经不过的信息了，可是许妍反复听了两遍他说"很喜欢"的那条语音，越听越好听，顶着蓬乱的头发在床上打了个滚，头发被滚得更乱了。

她趴在床上，用自己还有些慵懒的声音回复他："喜欢就好。"

时间已经不早了，许妍不想迟到给人添麻烦，抓紧洗漱打扮，饭都没吃就打车去了体育馆。

此时观众大部分已经入场，许妍在正门口给那个编导打电话，不一会儿跑出来一个挂着工牌的小个子女生，左顾右盼找到了穿绿色衬衫的许妍，看着她被墨镜和口罩包裹得严严实实的脸，不确定地询问她是不是林老师的朋友。

"林老师"这个称呼，让"小妍老师"有些新奇。她拿起手机给编导看了下他俩的通话记录，证明了自己的身份后，就被这个编导带去了看台前排的位子。

位子不在正中央，观看比赛的角度一般，但是距离客队的教练席倒是挺近的。

许妍摘了墨镜，想拍张照片发给林泽，告诉她自己的位子和打扮，可又想到林泽估计没法看手机，发了也白发。

她是踩着点来的，坐下没多久比赛就开始了。

特邀解说员介绍了此次比赛的两支队伍，一支是刚刚组建没多久的新秀团，这个团队里的队员基本都是演艺界里运动员出身的，都有一定滑冰技术，起码在冰上能驾驭冰刀。

《超新秀冰球》这个节目把这些流量男明星凑起来，不只是抽空简单录录节目就行，他们要用三个月的封闭训练时间让这支队伍从零到一，真正掌握冰球比赛的能力，并去各个城市巡回比赛宣传冬奥冰球。

这是节目的第一站，也是组队后的队员首秀。

此次比赛的另一支队伍，则是大名鼎鼎的哈市二小冰球队，蝉联三届哈市小学生冰球大赛第一名的虎狼之师。

赛场上，比赛开始前双方队长互相交换队旗，一米八六的"大白板"和一米六八的小朋友站在一起，违和感满满。

小朋友们拿着球杆敲击冰面，喊着号子，声势震天。

"大白板"们学着人家也敲冰面加油鼓劲，许妍隔老远都感觉到了他们应该是在说："哥们儿加油，少输几个球！"

她笑呵呵地等着看这些大高个子丢人现眼，她腰板坐得笔直，向前张望。

这时，她看到了走进教练席区站定的林泽，他穿着黑白条纹的运动夹克，戴着黑色的棒球帽。

他扭头，朝着许妍这边的看台看了一眼，抬手拿起帽子，却没有要整理头发，像是在对她脱帽致意。

许妍不知道他是否看到了自己，她下意识地想去摘自己的帽子，才发现自己根本没戴帽子。林泽有没有笑她也没看清，他只是瞥了她一眼就转回身去看冰场上的比赛了。

他两只胳膊抱在胸前，和旁边三位教练的姿势如出一辙。

冰上的白板新秀们手生得很，都不需要对面的小学生们抢球，常常是自己带着带着球就把球给带丢了。

跟正式比赛不同，和小学生打的这场比赛只分上下两场，每场十五分钟，中场休息五分钟。

上半场结束的时候，新秀队和小学生队的比分是1：9。

场上不停地听到解说员在说"球又带丢了""进球了"还有"我们看到张敏的短发都气得飞起来了"。

张敏是新秀队的主教练，她是国内顶尖的女冰俱乐部的教练，也是昔日女子冰球国家队的主力前锋。

比赛进程中，张敏一直在激情澎湃地输出，大声喊着各个队员的名字指导他们走位。

只是队员们戴着头盔本就听不清教练的声音，偶尔一下听到了，就跟木头人似的原地停下回头看教练，把张教练气得短发竖起来，就像脑袋冒烟了。

相比之下，林泽就显得沉稳很多，他一直抱着手臂，看到有打得比较好的时候鼓鼓掌，新秀队那个唯一的球打进去的时候，他也会探着身子伸出手去跟场上队员击掌。

但并没有在进攻或是防守的时候做任何战术指导：战术？他们看起来根本听不懂。

冰球比赛不设换人次数，可以无限替换。下半场两队都在不停换人。

小学生队是想给每个同学表现的机会，让替补队员也能上场进进球；新秀队是死马当活马医，看看能不能换到个手气好的队员蒙进个球。

这是一场被碾压着打的比赛，说实话竞技性不强，但是观赏性挺高——如果是看这些明星的乐子的话。

最终比赛以2：20的超悬殊比分结束，林泽作为颁奖嘉宾上台给小学生队的最佳队员颁发奖杯。

许妍举起手机，调高焦距倍数拍他，即使像素不高也遮不住他的帅气。

她想，节目播出以后，一定会有很多很多粉丝爱上林泽的。

等到新秀队要退场了，许多观众跑来前排看台，趴在护栏上举着相机等待偶像们经过，有的甚至还拿着签字笔打算要签名。

新秀们确实是从许妍这边的通道离开的，他们这些人里面，有的因为输了比赛表情有些失落，有的是觉得丢脸，也有的看到了自己粉丝抬头招手的。

走在队伍最后面的，是把夹克脱了拿在手里，只穿着纯白色短袖T恤的林泽。

因为有许多粉丝跟着偶像的脚步往前走，等林泽经过的时候，许妍这边的看台已经不那么拥挤了，她踩着栏杆，扒着扶手，开玩笑地学粉丝们那样招着手朝他喊："林泽！林泽！妈妈爱你！"

林泽听到声音抬头看她，也朝她招招手，示意她低头。许妍抓紧了扶手，探出上身，低着头，以为他要跟自己说什么"悄悄话"。

看台距离地面通道还是有一定高度的，林泽把自己头上的帽子摘下来，原地跳起，把那顶帽子扣到许妍头上。

整个过程不到半分钟，他没有停留，笑着挥挥手走了。

许妍想，还好她虽然摘了墨镜却依旧戴着口罩，这样，他就看不见她现在通红的脸和笑得能看到牙花子（方言，牙龈）的傻样了。

节目后面的录制是非公开的，许妍没法参与，但她还是在哈市又玩了一天，等林泽飞回北城的时候和他一起回。

说是一起，其实根本没能见到面，而且坐的依旧不是一趟航班。

抵达北城机场的时候已经是晚上十点多，许妍比林泽晚了二十几分钟，还以为他已经跟随节目组的安排先离开了，却在自己的行李提取区，看到他拿着她的行李箱等在转盘旁边。

许妍的表情从惊讶到欣喜，脚步忍不住跑跳起来，一直跑到他面前才紧急刹住车："你怎么会在这里啊？"

这个问题好像只有唯一解："等你。"

机场人多，他们没再多聊什么，并肩往外走。林泽把她随身背着的背包也接过来，挂在她的行李箱上。

他两只手都被占满，一边拖着她的行李箱，另一边推着自己的巨大箱子。

许妍问他："你的助理呢？"

出门在外连营养师都要随行的人，许妍总觉得他应该到哪儿都带着一整个团队。

林泽跟她解释自己身边的人员构成："没有助理，跟我一起来中国的，只有一个营养师、一个家庭医生，还有一个私人教练。"

听起来都是对他的工作很有必要的。

她想到自己见过的明星团队，助理一堆，保镖一堆，搞得大明星肩不能扛手不能提的，喝个水都得人家送到嘴边。再看看身边这位轻而易举就把几十斤行李箱抬起来放进汽车后备厢的男人，啧啧，真帅。

车是希亚女士派来接儿子的，林泽跟司机说了许妍家的地址，要先送她回家。

因为车上有外人在，许妍就不好意思跟林泽说什么话，拿起手机给巴朵发消息说自己预计到家的时间，又跟爸妈在群里报平安说自己下了飞机就快到家了。

发完信息，她放下手机，一转头，看见林泽正在看她。

许妍开玩笑地问："你瞅啥？"

但林泽并没有"瞅你咋地"这样的词汇储备，他接不上她的梗，只是在等她忙完手上的事情后，跟她汇报自己后续的行程："明天我又要开始跟队训练了，两周后有比赛，中间穿插着录节目。所以接下来我可能会比较忙，消息回复也会不及时，但是休息的时候我会回你消息的。"

许妍可能还没有进入恋爱的状态，她有些拘谨，点头表示知道了："没关系，你忙你的吧。"

林泽坐着也比她高很多，他低头看她，看着看着，自己都不知道为什么就笑了。

许妍感觉到了他的视线，她这个人胆子时大时小，比如现在，她有点想和他拉拉手，又顾忌前面是他妈妈的司机，不敢轻举妄动。

林泽："你想去看我比赛吗？"

许妍："在哪里？"

林泽："滨市。"

许妍："可我要上班呀……"

林泽："嗯。"

他好像只是随便一问。

许妍想了想："那你等我看看排班吧，看能不能空出时间来。"

林泽没有推说"太麻烦就算了"，他想让她去看比赛，他还想再次见到她。虽然这有点自私，可是他就是想。

他还在看她，许妍的脸有些烫，假装擦汗，用手背贴了贴自己的脸颊，没话找话说："哈哈，我在滨市还有套公寓呢，不过租出去了。"

林泽听她讲，"嗯"了一声。就像他告诉自己他的团队组成一样，她也跟他说起自己的情况，毕竟这对新鲜出炉的情侣对彼此可谓一无所知。

她说着毕业时看到的滨市人才引进计划，那时候落户有现金奖励，还有购房优惠，于是她就把户口落过去了："从滨市到北城乘高铁不到半小时，当时我看有好多人是跨城上班，觉得这好像也不错，头脑一热就在滨市买了房。结果房子是一天没住上，每月贷款却一分没少还。"

当时她爸给她付了首付，后面每个月她自己还贷款，为的是让自己有个规律的储蓄习惯，不然她挣钱花钱都没有数。

许妍讲述着自己是如何被五千块钱的人才安家费吸引去落户，又如何被中介忽悠着买了套高铁站旁边吵死人的公寓，讲得手舞足蹈，都没觉得时间过得多快，就到了小区。

林泽下车，帮她拿行李，又送她上楼。

那晚刚经历了电梯故障的时候，许妍有心理阴影，结果才爬了一天的楼梯，懒惰就战胜了恐惧，她又继续坐电梯了。

现在重新站到这个出过事的电梯里，她有些想笑。她不想乌鸦嘴，所以也没问林泽怕不怕电梯又出故障。

林泽显然也想起上次的事了，对她笑笑。

出了电梯，几步就走到她家门口。林泽停下脚步，问她："要不要抱一下？"

他说完，两只手臂对着她张开。

他俩只隔了不到一米的距离，许妍抬头看他，他一直在对她笑。她往前一扑，这次不客气地搂住了他的腰。

他也终于敢把手放下，揽着她的胳膊，收紧，下巴向下垫在她的头顶，将她罩在自己怀里。

拥抱的一分钟好像很短暂，又好像漫长得能看见时间拉丝。爱因斯坦的相对论放在这里合不合适，许妍不知道，但她知道门上亮着灯的电子猫眼把他们都拍下来了。

林泽松开她，揉揉她的脑袋，说："回去吧，我要走了。"

许妍只顾着笑，嘴巴像被粘住了，连再见都忘了说。

她拿钥匙开门，把行李先推进去，人随后进门，门关上之前看到他还站在电梯口，他又跟她挥了一次手。

她终于结束了这黏黏糊糊的告别，关了门。

家里，巴朵躺在客厅沙发上玩手机，见到许妍安全回来，打了个长长的哈欠："困得要死，明天再听你的哈市爱情故事。"

许妍还有点不好意思，把给巴朵买的一堆小礼物翻出来放在茶几上，回自己屋里洗漱上床。

手机上有个未读的系统通知，是她家的电子猫眼推送的警报，告知有人经过门口。她点开，看到的就是她跟林泽拥抱的那一分钟视频。

傻笑半天，她把这段"警报"给存到了手机相册里。

林泽也给她发消息了，说他已经到家，准备洗澡睡觉。

许妍总觉得有些不真实，她向林泽确认："我们是在谈恋爱吗？"

林泽说："对，我们是在谈恋爱。"

许妍手脚并用地抱着大白枕头，开心得直蹬脚丫子。枕头大概也不理解，自己什么错都没犯，为什么就无辜挨踹了？

林泽又发来一条："It's cool（很酷）！"

许妍笑得更开心了，或许受限于语言，他用语音说中文的时候还有些沉稳，可他发来英文的时候就显得活泼许多。

她安心了，又充满对下次见面的期待："那么我的男朋友，下下周比赛见！"

第四章
谈有保障的恋爱

许妍的一周假期已经结束，她感觉自己的状态也完全调整好了，可以正常工作。

星期一的早上，她特意早起化了个干练的妆，穿了一身藕色的西装连衣裙，打车去公司。

如往常一样，她小跑着挤上了早高峰的电梯，见到认识的同事点头致意。结果平时不那么熟的同事居然大声跟她打招呼："许妍，你来了！"

电梯里其他人都看向她，许妍觉得有点尴尬，干笑了一声。等电梯一到楼层，她就慌张往外走，没走两步，被后面跟上来的同事挽住了胳膊，热情地问她吃早饭没有，要不要一起喝咖啡。

已经进了公司大门，陆陆续续还能碰到其他同事，许妍没法甩开被挽着的手，又不想和同事寒暄，心里莫名觉得有些不舒服，不知道自己是不是想得太多了。

她借口要去找人事报到销假，先走一步进了人力资源办公室，屋里没人，她独自坐在沙发上等候。

人事刚去茶水间倒水了，回来看到坐着的许妍一愣，端着茶杯问她："亲爱的，你的假期结束了吗？"

许妍点点头："嗯，一周了。"

人事"哦哦哦"地答应着，坐回工位上，先打内线不知道给谁说了一声，然后对许妍笑笑："好的，可以了，你去上班吧，我给你销假，助教一会儿给你发这周排课。"

许妍起身背上包，退了出去。

关门的时候听见人事又在打电话，如果没有听错，好像是在说她的名字。

许妍回工位坐下，拆了包饼干，就着茶吃。

平时她来公司除了开会就是上课，很少坐这个狭小的工位，所以这里放的东西也不多，基本都是公司发的办公用品和一些节日福利，比如她正在吃的饼干和不知道过没过期的坚果。

吃了有一会儿，助教给她发来电子排课表。她扫一眼，发现排课不多。

许妍发语音问："下周的课表出了吗？出了的话一起发给我吧，我下周有点事，想看看时间能不能空出来。"

助教回说："好的，小妍老师。"很快把下周的课表也发了过来，同样的，没排几节课，但是几乎每天都有。

许妍的岗位基本是按课时多少决定工资多少的，她的基本工资里包含了一个月二十课时的课量，超出二十节之外的课时才会额外算课时费，算是多劳多得。

而她掐指一算，这个月除了第一周课时量正常以外，去掉她休假的一周，后面这两周几乎都是每天一节课，这样算下来这个月总课时正好二十节。

上满了一个基本工资。

这种情况许妍还是第一次见，她给一个和她关系比较好的形体老师发消息，问她这个月课时量有多少，对方回她"40+"，又问有什么事。

许妍："没事，我看看咱们公司是不是要倒闭了。"

形体老师："哈哈哈，你怕公司因为路英奇的事赔太多违约金吗？"

许妍无语。

这个形体老师以前跟她还有路英奇关系都不错，也会一起吃饭喝酒什么的，还曾经打趣许妍和路英奇这么合拍是不是偷着谈恋爱来着。"前任宣言"发出来的时候，她也给许妍发了语音消息，问许妍："你俩还真的是真的啊？"

许妍只想搞清楚排班的事，不想跟人聊自己的八卦，回她："别在我面前提他，会吃不下饭。"

形体老师："你这么伤心呢？那你们复合呀，他不是说对你旧情难忘嘛！"

许妍："不是伤心，是恶心。"

形体老师发了一张大嘴狗狗汗颜的表情包。

许妍不再回消息了，去找助教问情况。助教表示她只是根据课时需求和学员意愿这么排的。

许妍："什么意思？学员不想上我的课？哪个学员？"

助教被许妍逼问得没法子了，坦白说："姐，你别为难我了，我也是按上面的意思干事，不可能故意给你使坏，毕竟你少挣的工资也到不了我卡上对不？"

"上面"是哪个上面，许妍不得而知。

她看助教再不肯回她消息了，沉下气来，思考公司的用意。

许妍走到外面露台，给巴朵打了个电话："你说是单纯有人看不惯我想给我添堵，还是公司打算把我开了？"

巴朵："都有吧，而且看他们这'尿性'，不是要开除你，是想恶心你让你自己辞职呢。服了，他们连 N+1 的赔偿金都拿不出来吗？"

她在公司待了四年，无故开除她也不过是赔五个月工资而已。

跟巴朵打完电话，许妍心里有了计较，她不在意赔偿金的钱多钱少，她在意公司的态度！不蒸馒头争口气！

如果公司觉得她不适合继续在这里工作了，那就给她合理的解释，按规定赔偿她，而不是这样排挤她让她自己辞职。她许妍可不受这个窝囊气。

打定主意，许妍也不焦躁了，在工位上戴着耳机看了半天电影，吃中饭的时候打卡下班。

她这工作是不定时工作制，有课的时候上课，没课的时候在坐班日自己选时间段，上半天班以应不时之需就可以了。

也是因为这样弹性的工作时间，让人感觉自由，虽然工资只算中规中矩，但这些年来许妍都没想过跳槽的事。可现在，她好像需要考虑新的工作了。

从公司大楼走出来，炙热的阳光刺得眼睛睁不开，许妍感觉眼睛有些发涩，生理性的不适，但却有心理上想哭的冲动。

她边往地铁站走，边给林泽发语音消息："我被欺负了！！！"

本来没指望他能及时回复，没想到他却立马回了电话过来。

许妍停下，找了个便利店门口的阴凉空地接电话。

林泽问："怎么被欺负了？"

许妍也问："你没在训练吗？"

林泽："在食堂，要吃饭了。"

他以前吃饭的时候不带手机的，现在怕看不到她的消息，就随身带了。

许妍："哦，你中午吃什么啊？"

林泽："先告诉我你被谁欺负了。"

许妍一时不知道从哪里说起，她只好概括成一句："在公司待得不快乐，可能要换工作了。"

"被人针对了吗？"林泽没上过班，但他有过在球队被排挤的经历，"那一定是因为你太优秀了，他们嫉妒你。"

他说得如此斩钉截铁，许妍都不好意思了。她怕耽误他吃饭，催他先挂断。

林泽让她等一下，他先把蓝牙耳机戴上："这样你可以和我一起吃饭了。"

许妍就等着，反正没什么事，不着急回家。

门外还是有些晒，她进到便利店里面吹冷气，顺便挑了一些关东煮和饮料，端到窗边的长条桌上边打电话边吃。

林泽说："我的营养师一直跟我强调要'eat the rainbow（吃彩虹）'，就是要吃尽量多色彩的食物，这样营养才比较均衡。"

他跟她分享健康饮食知识，她看着碗里一水的褐色食物和汤汁陷入沉思。

林泽："我打好饭了，色彩非常丰富，你要看看吗？"

许妍希望他专心吃饭别呛着，顺势道别："好呀。那我挂断咯，你好好吃饭吧，拜拜！"

语音电话刚挂，就收到了他发来的饭菜图片，两个盘子一个碗，一盘荤菜包含了牛肉、鸡肉和鱼肉，一盘素菜红黄绿紫全都有，碗里的饭是杂粮饭。看起来真的很"彩虹"。

他问她吃了什么。

她已经吃完了，盒子都扔掉了，没得拍。于是许妍又买了一袋糖，拍照发给林泽，讲了个冷笑话："rainbow candy（彩虹糖）！"

林泽发来语音信息："许妍！好好吃饭！"

又被连名带姓地叫了，许妍其实挺喜欢听他这么叫自己的，但她故意逗他："林泽！没礼貌！叫姐姐！"

林泽没有理她。

等许妍上了地铁，大概林泽也吃完饭了，他才发了个表情给她：XD。

好古早的颜文字，许妍把手机横过来，看这个眯着眼睛张大嘴笑的小人，虽然很抽象，却好像能看到林泽的脸一样。

许妍回复：姐姐不喜欢 emoji，喜欢腹肌。

她还附加了一张小猫流鼻血的表情包。

林泽应该去训练了，没回她消息。许妍便刷起招聘网站，想看看有没有合适的工作。

她搜的依旧是老本行：声乐老师。

发现符合条件的并不多，要么是兼职，要么工资不高。

下车了，才刷到一个比她现在薪酬待遇好的，是一家 MCN（Multi-Channel Network，网红孵化中心）公司招声乐主播，工作内容是每天直播。

许妍给 HR 发消息，询问他们是否需要给主播培训的声乐老师。

HR 正好在线，问许妍要简历。

许妍好多年没用过这东西了，跑回家赶工了一份发过去，还想着太仓促了不知道对方会不会觉得她不诚心。

结果 HR 很快打来电话，问她什么时候有空去面谈一下。

许妍跟人约定了周五下午的时间，约完觉得心情不那么糟糕了，工作这不是挺好找的嘛。

下午她重新把简历美化了一遍，又投了几家公司，然后给自己和巴朵煮了海鲜粥。

晚饭时，巴朵问她现在的打算，她说打算先找点兼职干着，如果公司要拖着她，那她就按时上课，没课的时候也不在那儿待着，拿多少工资操多少心，反正不会主动辞职。

巴朵觉得这样也对也不对："你如果找到更好的工作，就去上，别为了赌气跟自己的事过不去。"

许妍："那当然了，我又不傻！"

巴朵："傻子都不觉得自己傻。"

许妍气结，报复巴朵的方式是猛喝一大碗海鲜粥，不给她多吃。

到了准备上床休息的时间，林泽给许妍发来消息。

一言不发就是一张"出浴照"。照片里他穿着黑色的运动短裤，上半身裸露着，唯一的遮挡物是挂在他脖子上的白毛巾。他的头发都还没擦干，一看就是刚洗完澡出来，对着镜子的自拍。从镜子里反射的场景推断，这应该是他训练住的宿舍，好像是双人间。

许妍不关注他的宿舍什么样，她的视线都被他刻意绷紧的胸部、腰部、腹部的肌肉吸引了，还有他举着手机的手，一路延伸上去是不绷紧也很大块的肱二头肌。

欣赏完了，总要点评几句，她给他发：保守派觉得还是太保守了，激进派觉得可以再激进一点。

不知道这么高级的中文句式他看不看得懂，许妍只是想表达他可以再多发几张。

但林泽没发图片，他不知道什么保守派、激进派，他只知道自己的女朋友是什么派：You are candy pie（你是甜甜派）！

许妍笑喷，看来是她低估他了，人家还懂谐音梗呢！

原本还要担心去滨市会影响工作，这下倒好，工作主动给许妍让路了。

请假要扣绩效，许妍排了排时间，下周三上午上完课直接去高铁站，完全不耽误赶着看周三傍晚的比赛。周四她休息，可以在滨市待一天，林泽说赛后那天的时间应该能自由支配，他们可以约会。然后周四晚上回北城，周五上午上课。

计划好了，她给林泽发了一份安排表，顺便把行程告诉了巴朵。

林泽说他对滨市不熟，让她这个"新滨人"到时候带他去玩就好。

许妍其实也不熟，对于她这个户籍所在地城市，她最深的印象就是她公寓附近有家熏猪肘子特别好吃——可惜林泽不能在外面进食。

上网查攻略做了一番功课，她把这短暂的旅程安排得有声有色。因为不确定他比完赛当晚能不能出来，她还设计了两套方案，以此保证不管林泽什么时候找她，都有地方去逛。

不过，为了不打扰林泽训练，也为了保持惊喜的神秘感，许妍没告诉他自己的方案，只是和他说到时候就知道了。

在去滨市之前，许妍还有个面试邀约要去赴。

去应聘的这家 MCN 公司，许妍从前就有所耳闻。她有个大学同学就是签了这家公司，现在是个小有名气的游戏主播。

许妍也向巴朵打听过，巴朵现在没有签经纪公司，都是以个人身份运营，直接拿各平台的资源和品牌的商务，这样比较自由。但巴朵也觉得这家公司口碑不错，可以看看这边的岗位职责和待遇。

许妍穿了银灰色的西装套裙去面试，这是她衣柜里最正式的一套。

首轮面试她的是 HR，让她填了几个信息表，做了一套类似心理测试的题，给她介绍了一些公司的基本情况，就直接带她去会议室参与二轮面试了。

会议室里坐了三个面试官，轮番上阵问她问题，包括她的特长兴趣、项目履历、星座和三围。

许妍想起自己上次面试的内容是准备课件说课，感觉现在面试内容有点跑偏，主动提出来自己不是应聘主播的，是应聘声乐老师。

主面试官是个中年男人，坐在中间跷着二郎腿抖啊抖，像得了帕金森："对呀，咱们就是招个声乐老师，直播连线教人唱歌。"

许妍："抱歉，那可能我理解有误，我不当主播。"

她不知道自己是哪句话惹怒了面试官，他突然放下脚，特别不耐烦地挥挥手："行了，我就看不惯你们这些假清高的，都是工作的一种，正经直播不打擦边球，有什么可忌讳的，说得像是做主播就低人一等似的。"

许妍莫名被挤对，这工作是谈不成了，她也不白挨人骂，站起身义正词严地顶回去："我说的是我不当主播，我，个人，不习惯主播的工作时间和强度，就像有的人不吃蒜，有的人不吃榴莲，有的人脚上安了缝纫机不会安稳坐着一样。我哪句话说我看不起当主播了，这么敏感，我看您才是没底气不自信戴着有色眼镜审视自己吧？"

"脚踩缝纫机"的面试官气得脖子红了，没骂脏话，却摆出高姿态嘲笑许妍的"不识时务"："未来必然是直播的时代，你现在站在风口上都不知道伸手扇扇翅膀飞，早晚摔死的就是你们这种目光短浅的家伙。"

许妍打算再回他两句就走了，旁边坐着的年纪轻一点的女生忽然喊停她："请问，你是路英奇的前女友吧？我看你之前是在启寻娱乐任职，我还找了下新闻照片，是你吧？我不是八卦哈，只是想问问，你不打算趁着这波流量还在，打造一下自己的 IP，顺势起号吗？"

刚才还火药味十足的男人，听同事这么说，凑过头去看了眼同事找的照片，再看看许妍，态度忽然一百八十度大转弯，变了个人似的，开始大谈特谈如何给许妍打造成网红达人。

原本站着的许妍见识了他的变脸特技后，也不急着走了，反而坐下来听他高谈阔论，想知道他还能多离谱。也算是见识了生物多样性的丰富性。

短短几分钟，那个面试官已经把许妍的走红周期和流量变现描述得清清楚楚了，"被顶流分手后忙事业"的女强人形象立起来，接着就开始直播带货，什么"手撕前男友牛肉""给我一杯忘情水套餐""他好我也好胖大海喉宝"。

许妍都不知道他说的是真有其物还是临场发挥，如果是现编的，那这满嘴跑火车的能力真牛，确实掌握了一手流量密码。

许妍对着他鼓鼓掌，背上小包要走了。

那个男的却直接冲过来劝阻她，好像看见到手的人民币飞了一样，力图劝她一定加入他们公司。

"咱们是打造你这个IP，你要是觉得直播太累，那可以控制直播时长，咱们从短视频入手也没问题。你这光打赏，一个月分成也顶你当那个破声乐老师工资的几十倍了。"

许妍一笑，故意气他："你说的这些方案我都会考虑的。谢谢你哦，方案非常专业，如果我以后想当主播的话，会让吉谷的策划参考的。"

"吉谷"是另一家挺有名的 MCN 公司的名字。

许妍说完了，不再浪费时间，高傲地笑着离开。

只是出了写字楼，走到花坛旁边的长椅坐下来，她才觉得胸口一团浊气，闷得她呼吸都费劲。

她忍不到回家才吐槽了，排队叫了车就开始跟巴朵打电话，狂喷那个面试官。

巴朵跟她同仇敌忾，陪她一起骂。

发泄完情绪了，许妍终于后知后觉地知道要迁怒路英奇："他怎么连我找工作都要添堵！"

巴朵："错！要不是他的话，你根本不必换工作！"

许妍想想也是，虽然不是他主动给自己下绊子，却也是因为他的原因公司想要弃车保帅把她弄走吧。

巴朵："你还替他说话！你怎么知道不是他提出来让你走的？说不

定还就是他，不想把你放在眼前怕惹事呢！又怕直接开除你落人口实，所以想法子恶心你。"

巴朵说得许妍心里烦，许妍打住这个话题："好了好了，我知道了，别聊他了，晦气得很。"

她这么说了，巴朵也就不再唠叨，毕竟这通电话是为了安慰好姐妹："想点开心的，你不是要去滨市看弟弟打球了吗！哎，工作这事你跟他说了吗？"

"要换工作的事说过了，今天的事就不跟他说了吧。"她不想让自己这些小事扰乱林泽的心思，他训练挺累的，多聊聊开心的事就好。

巴朵大概也知道她怎么想的，哼哼唧唧："要男人何用，最后还不是得看姐妹的。"

许妍隔着手机对巴朵大大地"吧唧"一口，糟心事分享完了，心情已经好了很多。

巴朵说得对，她要调整好心态，去赴滨市之约，这可是她跟林泽恋爱后的第一次约会！

没想到，滨市之行却让许妍心态更崩了。

林泽赛后行程有变，他没法赴约了。说是节目组素材丢失，前两期时长不够要补拍，节目组带着新秀队员们来看林泽打比赛，赛后还安排了一行人回北城的其他活动。

林泽在录制过程中一向配合度很高，可是这次却跟对接的编导摆了臭脸："我想这违反了契约精神，我的行程安排并不方便。"

小编导也很尴尬，他们这次"突袭"确实是对林泽的"照顾不周"，这要是换作其他的新秀，别说要大牌了，就是小有名气的也要提前几天好好约定。

敢这么强势地来了才要录林泽，无非是看他咖位不大觉得他会配合，甚至，哪怕他不配合，只拍其他的新秀也够了。

但是这样直接起冲突毕竟不好，而且以小编导灵敏的职业嗅觉来看，她觉得节目播出以后林泽说不定能火！

她跟林泽道歉又道歉，希望他能参与赛后回北城的录制。

他们的对话发生在球队下榻的酒店房间，许妍看完比赛以后来跟林泽会合的地点也约的这里。

小编导还在劝林泽的时候，许妍捧着祝贺他们队赢球的鲜花来了，看到黑脸的林泽和那个见过一次的编导，面露疑惑。

林泽接过许妍手里的鲜花和纸袋，拉着她的手，跟编导说："我有其他行程。"

许妍花几分钟弄清楚事情的前因后果，"嗻"了一声，晃了晃林泽的胳膊："那你早和我说一声呀。你去录节目吧，我们回北城见！"

她要抽手，林泽不放。

编导尴尬地看着这对一点都不避讳外人的小情侣，不知道说什么。

许妍皱眉看林泽，又抽了一次手，林泽也皱眉看着她，这次松手了。

许妍没多逗留，悄悄地从酒店溜走了。

妥协的林泽坐在沙发上，仔细地撕着许妍带给他的纸袋，里头是个米白色的斜挎饺子包。

他看了看，把自己行李箱里和眼罩放在一起的钥匙链娃娃找出来，挂在了挎包上，背在胸前，跟编导说："希望这样的事情是最后一次。"

编导看着他虎背熊腰的大个头，背着一个挂俄罗斯套娃玩具的包，居然不觉得违和。她猛点头，随口夸他的包："你女朋友眼光不错啊。"

林泽的臭脸和煦了几分，又成了有礼貌的好男人了："是的，谢谢夸奖。"

林泽这边跟着节目组去了，许妍那边也没什么理由再一个人待在滨市玩。

只是酒店没法退房，她白天奔波也挺累，索性住一晚，打算睡醒了再改签车票早点回去。

计划里的摩天轮观光门票可以退了，做手工情侣戒指的预约也取消了，许妍躺在酒店的大床上看着天花板发呆，明明很累，可是却睡不着。

这几天被她藏着压着装起来的负面情绪，顺着夜色划出的口子偷偷跑出来，拉着手围着她跳舞唱歌，吵得人脑瓜子疼。

她没有第一时间跟巴朵发牢骚，好像有点怕听到巴朵骂林泽或是骂自己，就像之前巴朵骂她对路英奇投入太多那样，让她把林泽"端"了。

夜晚不适合思考，所有的事情都会被情绪深渊拉着向下跑。才恋爱没多久本就不稳定，又是在她刚经历过一段波折后接档的……

许妍想着想着就钻了牛角尖，甚至觉得这段感情开始得太过草率。

有点委屈的许妍回了北城以后，还是会跟林泽聊天，但没有之前那么"啰唆"了，不会连天上飘过的云像猪头这种小事都跟他分享。

林泽问过她两次是不是生气了，她都表示了对他工作的理解，只是也没说不生气。

巴朵刚好这几天去外地参加品牌方的活动，没空关心她的感情动态，许妍就可以放心大胆地作妖，不用担心听到好姐妹的"忠言逆耳"。

在某个录制结束的晚上，可以第二天再归队的林泽终于空出来时间跟许妍见面。

他给许妍打电话确认了她的位置以后，要开车去接她。

许妍看时间："这么晚了，没什么地方能逛吧，你也不能吃夜宵啊。"

林泽："看电影好吗？"

倒是也行。

许妍化了妆，换了漂亮的裙子。

在小区门口见到倚着车门站着等她的林泽时，前几天的怨气和别扭好像一下子就消散了。

林泽走到副驾驶那边，给她开车门之前先抱了抱她，轻轻一下就松开了。

他叫她："许妍，问一下。"

"啊？"许妍被他这没头没脑的中文表达弄得有点纳闷，以为他是想问她晚上看什么电影。

结果他问的却是："你要不要和我结婚？"

许妍有些愣神。

他在说什么？他刚刚是问她要结婚吗？

许妍不确定地问："是哪个游戏里的活动吗？结婚领福利？"

林泽比她还愣，他没玩过什么可以结婚的游戏，他又说了一遍："不是游戏，是你和我，我们结婚。"

秋夜的凉风吹过，许妍胳膊上起了一层鸡皮疙瘩。

她现在听明白了，但是她想不明白。

好离谱啊，他疯了吗？

两个人都有点蒙的人坐上了车。沉默片刻，林泽还是启动了车子，按计划开去附近有夜场的影院。

排了场次的影片并不多，林泽把决定权完全交给许妍，许妍在无脑喜剧片和犯罪悬疑片之间纠结了一番，感觉林泽可能会更喜欢后者。

她主动从购票软件上买票，要选座位的时候问林泽的意见，还跟他说网上买票价格只要现场的一半，爆米花可乐的套餐也有，还送玩具盲盒。

林泽没有和她抢着付钱，他夸她："你好厉害，知道这么多省钱的办法。"

放在别人眼里不值一提的小事，在他这个"老外"眼里居然也是值得夸奖的技能。

许妍笑了，让他先选座位。他把头低下来看她的手机，然后问她可不可以看另一部喜剧："那个好像更有意思。"

"好呀。"许妍没什么纠结地切换出去，她其实也更喜欢看搞笑的。

买好票，拿了小吃，他俩走进放映厅。

厅里零零散散地坐了几个人，看着都像是情侣，大家很一致地选择坐在周围没人的区域。

许妍落座后先去拆她的玩具盲盒，是个棕色小熊系列的，她指着盒子上的五款图案问林泽："你喜欢哪个？"

林泽拿着盒子认真地看了一遍，用手指点了点那个张大嘴巴吃东西的小熊。

许妍心想：孩子这是自己没享受过胡吃海喝的生活，就羡慕人家小熊呢。

她撕开盒子，拿出塑封袋边撕边说："我喜欢隐藏款，虽然不知道隐藏款是什么，反正物以稀为贵……哎？这是隐藏款吗？！"

她拿起盒子确认，手里这个四脚朝天睡觉的白色小熊并不在画出来的图案里面，倒是和问号背后的隐藏款轮廓一致。

许妍夸赞自己："'欧气'爆棚了！"

她还怕林泽听不懂，顺便和他解释了什么是"欧气"。

林泽："很生动形象的比喻，你真是个形容大师。"

许妍羞涩地接下了这名不副实的夸奖。

照明灯陡然熄灭，电影开场了。

从片头起，许妍就开启了"打鸣模式"。她可太喜欢男主角那张招笑的脸了！

影片节奏很快，笑点密集，不论梗低不低俗，许妍都很给面子地笑出声。

爆米花桶被抱在她怀里，可乐放在她右手边，有时候她拿可乐喝会瞄林泽一眼，看到他神情专注地盯着银幕，即使偶尔没理解方言台词，疑惑大家在笑什么，也会不自觉地跟着一起笑，傻乎乎的。

她忽然又想起他的那句"结婚"，心里便觉得有些沉重，摇摇头把这事甩出脑子。

因为走神，许妍还看到了前排的情侣，他们把座位中间的扶手拉起来了，没有阻碍地勾肩搭背抱在一起，脑袋顶着脑袋，偶尔还会亲一口。

抱歉，她不是故意偷看。

而她身边的林泽，坐得老老实实，坐累了就用一只手撑着脸看电影，还怕影响她拿可乐，用的是远离许妍那边的手，脑袋歪向另一边，跟她离得远远的。

一场电影看到结局，煽情音乐起来了，许妍的纸巾也准备好了，可是不知道是电影拍得不好哭，还是她今天心情不对，纸巾没能派上用场。

灯光四起，工作人员举着牌子指挥大家有序离场。

林泽起身走在前面，走了两步回过头来找他的女朋友，把手拉起。许妍跟在后面，愉快地左右晃着他的手，看两个人的胳膊像是摇摇晃晃的吊桥一样。

两人一前一后地走出影厅，商场的电扶梯已经停运了，直梯离得有些远，观众们大多选择走楼梯下三层。

林泽和许妍也去走楼梯，空旷的商场和安静的楼梯间里，随便一声什么响动都会被放大。

许妍拽拽林泽的手："我害怕！害怕！"

她这中气十足的撒娇，听起来没什么说服力。许妍不管，虽然她即使晚上十点下班也可以一个人在路灯坏了的小区里摸黑回家，但是现在在灯火通明的楼梯间，有男朋友陪着的她，就是害怕！

林泽没停下脚步，把手抬起来揽在许妍肩上，环抱着她。许妍立马不叫了。

嘿嘿，她的男朋友也不是完全不解风情嘛。

到了停车场，林泽看一眼时间，快十二点了。他问许妍："困不困？还想去哪里逛逛吗？"

许妍还没回答，被风一吹，先打了个喷嚏。

林泽收紧手臂，将她往怀里拉近更多，他也只穿了一件针织衫，没有外套可以脱给她穿。

几步走到车边，许妍刚要去拉车门，林泽按住她的手："这不是我的车。"

许妍："啊？不是吗？"

"不是。"林泽说完，又带她在停车场里绕了一圈，去找他的车。

最后还是走到原来那辆车前面。

林泽："哦，是这辆，我看错了。"

许妍一脸难以理解的表情，林泽给她开车门，等她坐下了依旧困惑地盯着他，他才承认："好吧，是我想跟你多待一会儿。"

许妍觉得好笑，从他关上她这边的门到绕过车头走回驾驶座的半分钟里，又想起来之前他问的那个问题。

关于结婚的问题。

被一场喜剧电影打散的情绪，重新在意识里收拢。

许妍想，他是认真的吗？还是说，只是一时兴起，像刚才想带着她多走一圈路一样，所以就说个"笑话"逗她玩。

回家的车程好像比来时更快，林泽开车时习惯不聊天。今天他开了音响，连了许妍的手机蓝牙，想听她的歌单。

列表才播了几首歌，他们就到了小区。

许妍解开安全带，手放上门把手时，他喊她的名字。

许妍转头坐回来，看他："啊？"

林泽："我给你开。"

许妍于是坐好，带着笑意："好吧，那就奖励你服务我的资格。"

林泽："不要奖励我……"

许妍又疑惑了，有时候她有点听不懂他说话是不是倒装句。

她被自己的想法逗笑，就听见"吧嗒"一声，林泽把车门上锁了。

他说："因为我还不想给你开门。"

密闭的空间，被封锁住了通往外面的路，他这句话说得让人不由得浮想联翩。

许妍觉得有些口干，那些甜腻的爆米花在她口腔里留下了馥郁浓香，现在后劲起来了。她想喝水。

"你看。"林泽指着车载屏幕上的电子数字，"现在是零点二十一分。"

许妍看向他的手，"嗯"了一声。

林泽把头顶的车灯打开，让昏暗的车厢内明亮了几分，起码能看清彼此的表情："昨天我的问题你没有回答，现在是今天，我想再问一遍，你要不要和我结婚？"

许妍的眼睛慢慢瞪大："你真的清醒吗？"

林泽："非常。"他还补充，"我在比赛和训练期间不喝酒。"

许妍的脸涨红："你知道你这样会把你的女朋友吓跑吗？我，我……为什么啊？你为什么会想到结婚呢？我们根本还不熟！"

是真的不熟啊，他们恋爱才多久，面都没见几次，谈什么结婚！

林泽真诚地回答道："确实不太熟。"

许妍哭笑不得。

林泽说："所以才会担心，这样的关系难以保障。在你熟悉我、了解我、包容我之前，或许会因为见不到我的面就不再想进一步发展了。"

从滨市回来的那个晚上，他想了很多，想要给她发消息哄她，又怕她心里带着气不想听他说话。

后面几天她明显不高兴，可是他问她的时候，她只是借口工作上不顺心所以情绪不高。

因为见不到面，他没法看着她的眼睛听她说真话。

因为见不到面，他没法拥抱她让她不高兴的时候咬他一口发泄不满。

因为见不到面，她可能会觉得这样的恋爱没有意思而选择一走了之再不出现，就像五年前那样。

许妍听懂了，他是在哄她。她大方地原谅了他上次的失约："谈恋爱是会这样的，吵一架冷战几天再和好嘛。你把结婚想得太简单了吧，婚姻是很复杂的。"

林泽："你是不婚主义者？"

许妍："那倒也不是。"

林泽："那为什么不能是我？"

这个问题把许妍问住了。

林泽还在诱惑她："我不觉得结婚很复杂。我想结婚登记就像是一张契约，我们互相相信这份感情是认真的、忠贞的，我们可以放松地享受这份关系，尊重但不拘束自己的情绪。"

他或许是怕自己表述得不够清楚，原本不会说出来的细节也被他拿来举例："你可以想看什么电影就看什么，不必猜我的喜好。买票的时候，你明明看喜剧片的海报更长时间，甚至点开了介绍视频看着笑，但是最后却要买另一部电影的票，我想，只能是你认为我喜欢另一部电影。"

许妍没想到他观察她观察得这么仔细。

林泽似乎知道她的想法，肯定了她："是的，和你在一起的时候，我一直在看着你。"他顿了顿，"我喜欢看着你，你很好看。"

许妍才恢复正常的脸色又有些热。

干吗啦，干吗啦，不是在聊严肃正经的终身大事吗？怎么突然说这种话！

许妍觉得林泽说得不对，她没有很好看，他才是真正的好看。而人类在面对好看的脸蛋时通常智商会不太够用，容易被说服打动——她就觉得他刚才说的话好像很有道理。尽管她从未想过自己的人生中会出现闪婚这个选项。

许妍的思路已经被林泽带偏了，她问："那我们是要领证，还是办婚礼啊？"

林泽："你选，或者可以两个都做。"

他的散装汉语再次逗笑了许妍："能给我时间考虑一下吗？"

林泽："当然。"

他确认她有在认真考虑他的建议了，送她回家。

他们在走回去的这段路上还在"辩论"，关于婚姻到底是两个家庭的缔结还是两个人的私事。

巴朵出差，家里没别人，可林泽很有礼貌地把她送到门口就走了，走之前给了她一个厚实的拥抱。

许妍趴在窗前看他离开的背影，有些失落，又有些兴奋。

冲完澡收拾东西的时候，那只隐藏款的白色睡觉小熊被她贴在了手机壳上。她感觉她现在就像是拆一个人生盲盒，是不是要豪赌一把，她有些跃跃欲试。

她一定是被美色冲昏了头脑，居然睡着睡着爬起来翻她的户口本。她也不知道这股冲动是哪里来的，他们恋爱后甚至还没有接过吻，却已经在商量结婚的事，相亲都没这么高效吧。

户口本翻出来了，是当初落户滨市买房的时候迁出来的，她一人一户，自己就是自己的户主。

现在，许户主盯着蓝色内页看了半天，终于，脑子一热，拍给林泽：

你有这个吗？有的话下次休息带出来。

林泽根本等不及下个休息日，他跟队里请了一天假，第二天一早就来接许妍去婚姻登记处。他也是有中国户口的人，这些证件资料都由他自己保管。出门之前，希亚女士看见他一身行头不像去训练，问他去哪里。

可他答应了许妍暂时不公开，"包括对家里人"，所以他无法告诉他妈妈这个好消息，只是说："去赴一个美妙的约会。"

希亚"哇哦"了一声，抽了几枝自己刚修剪好的鲜花，撕下几页报纸包住花枝，用自己手腕上缠着的用来绑头发的紫色缎带系紧送给林泽："约会怎么能没有鲜花？"

林泽接过，道了声谢："她会非常开心的。"

许妍确实很喜欢，只是她没想到这花是林泽母亲包的，还以为是他在路上买的。

原本她今天穿了白色的衬衫，因为她印象中结婚登记时都会穿白色衣服。可她看到林泽穿了件牛仔蓝的衬衫，于是跑回去换了一身牛仔蓝的连衣裙。

她多余地问了他一句："我穿这个好看吗？"

林泽点头："好看。"

许妍笑着问他："我就算是穿着这个包花的报纸，你也觉得好看是吧？"

林泽像是认真思考了一下那个场景，然后耳朵一红，开车间隙扭头看了她一眼："不可以。"

许妍逗他玩的，可他这么正经，她就忍不住不正经了："只穿给你一个人看也不可以吗？"

"许妍！"林泽知道她是故意的，恼羞成怒地抱怨，"我在开车。"

"好吧好吧。"许妍不逗他了，他怎么脸皮这么薄。

婚姻登记处走了一遭，办手续的时间很短，排队时间却很长。

许妍都有些不耐烦了，林泽倒是很沉得住气，他的急切只会是因为她摇摆不定的态度，现在她跟他来了，他就不急了。

他跟许妍聊天，分散她的注意力："你希望这只是我们之间的秘密吗？就算有人问，也不能说实话？"

这个问题，昨晚许妍答应和他结婚后，他们谈到了后半夜。

许妍其实没想好，她只是觉得结婚是一件很麻烦的事，麻烦就麻烦在人际社交上。她觉得和林泽领证是一件冲动但浪漫的事，可她不想跟每一个关心她婚事的人解释她怎么就闪婚了。

她说："你不是说只想要一个恋爱的保障吗？我们依旧以恋人的身份相处和介绍吧，这样，时间长了，大家也就知道了。"

没有一个明确的时间节点，只是如果日久天长他们仍然在一起没分开的话，再办婚礼也是水到渠成的事。

想到有可能面临"离婚"的风险，许妍再次跟林泽确认："我们不要做个婚前公证吗？如果分手了财产怎么分割？"

怎么看，他俩之间也是他的资产更多一些，即便离婚，在金钱上吃亏的也不会是许妍。

林泽没有承诺他们不会离婚，他是考虑过这个问题的："我确信你是我想结婚的人，如果我们没办法共同度过一生，到了不得不分开的那天，我们友好协商。"

他还说："有我一口饭吃，就不会让你喝汤。"

许妍也不知道他从哪里学来的这种俏皮话，反正心意她是领会到了。不知道算不算是文化差异，这家伙好像真的把结婚只看作结婚，不带其他任何附加问题。

他既然觉得能"友好协商"，她也就不去替他的财产操那份闲心了。

在没什么营养的闲话聊天中，排队的时间也显得不漫长了。

坐在登记室里时，许妍其实有些恍惚，根本都没听清楚工作人员说了些什么，只在人家问她是否自愿的时候，傻傻地说了句"我愿意"。

林泽听到，转过脸看她。她觉得不好意思，举手把他的脸推回去，"唰唰"几下把需要她签字的地方签上名字。

制证的机器"哒哒"作响，他们获得了两本一模一样的红本本，上面贴着他们在登记处外面的简陋照相馆拍摄的粗修合照。

林泽很满意，把结婚证上的每个字都认真看了一遍，就差把证书编号也给背下来。

从登记室出来，正对着是拍合照的花台，许妍本来没打算去拍的，可林泽非要走一遍流程。

他发现了台面上的结婚誓词，询问工作人员："这个要读吗？"

工作人员闲着也没事，热心地招呼他："读吧，我可以帮你们用手机录下来。"

林泽高兴地把自己的手机递过去，拿起另一本同样内容的誓词给许妍。

　　既然已经答应了，许妍也就不扭捏，权当满足林泽的心愿，拿着册页像拿着剧本，气运丹田，声如洪钟地朗诵了誓词。

　　之后她又拿着林泽带来的花，举着展开的结婚证，一起拍了又傻又愣的合照。

　　他们好像一对普通的新人，走完了所有流程。又和别的接受祝福的新人不同，隐藏起结婚的喜讯。

　　从婚姻登记处离开，已经临近中午。

　　许妍看看时间，问林泽："你今天一整天都请假了吗？不用归队吗？"

　　林泽应了一声："嗯，下午也可以陪你，晚上回。"

　　"好耶！"许妍开始计划中午吃什么，"我们买点菜下火锅吃吧！去我家？巴朵应该是今天回来，咱们可以一起涮，还热闹。"

　　林泽在手机导航上戳了个历史位置，但不是许妍家。他向她真诚地提议："下一次，我会很期待和你的朋友一起吃火锅，可是今天很特殊，我只想和你单独待在一起。"

　　许妍想想也是，今天确实很特殊。她同意了："那我们去哪里呢？"

　　林泽发动车子，跟着导航出发："去买菜，然后去我家，只有我自己住的房子，哦，现在也是你的房子了。"

　　许妍听他前半句还以为他要带她回去见家长，听到后半句才知道这狡兔还有别的窟，并且他要把他的窟分享给她。

　　不论怎样，她的火锅计划还是被执行了，她觉得很满意。

　　买菜的超市在林泽家附近，超市不大，更接近于菜市场的规格，蔬菜种类丰富，而且看着都挺新鲜。

　　超市里没有小推车，林泽用手提着个黑色购物篮，许妍跟在他一旁挑菜。她还记得他说过的要"吃出彩虹"，挑选的时候红橙黄绿青蓝紫白全都来一遍，比如灯笼椒、紫甘蓝之类的，她看着就觉得没食欲。

　　许妍好奇地问他："这真的吃得下去吗？是靠钢铁一般的意志吗？"

　　林泽回答："拌沙拉好吃的，我给你拌。"

　　许妍摇头："我不要吃沙拉，太痛苦了。"

她给他讲起自己的减肥经历，当年她要参加艺考，辅导班的老师让她减掉二十斤："不然什么学校都过不了"。

她其实身材还不错，不算瘦但也没有赘肉，只是脸有点婴儿肥，很难减下来，上镜显胖。

那时候为了考学，她常常一天只吃两顿饭，一顿是鸡蛋黄瓜沙拉，一顿是各种菜叶子。

吃了半年后，果然达到了上镜好看的效果，但对身体也产生了一些副作用，比如容易低血糖和心悸。有次排练时她直接晕倒在舞台上，吓得老师和同学喊救护车把她拉走。最后背了一天心电监护，还在她爸爸的诱惑下吃了一顿肯德基。

这段往事现在想起来只是觉得好笑，当初却觉得过得暗无天日。还好她的努力幸运地获得了回报，让她考上了梦想的大学。

"大学的时候每次有演出，我也要吃几天沙拉来减肥。"许妍皱着眉说。

林泽听她讲述这么不健康的减肥经历，摇摇头："我可以帮你，监督你运动。"

许妍也摇头："有没有可能我就是不爱运动，才宁愿饿肚子呢？"

两人面对面互相摇头，许妍先绷不住笑了："我们好像印度歌舞片里的那种哦。"说完还模仿着做了个晃脖子的动作。

林泽学她，但没她脖子灵活，逗得自己也咧嘴笑。

两人买好健康食材，继续开车回家。

这一片虽然距离市中心不是特别远，但属于新开发的商区，又是工作日，街上人不是很多。

林泽住的小区都是低层的复式小洋楼设计，一栋楼住四户，一户人家两层楼，附赠阁楼或地下室。

林泽给她介绍着房型，他住的是一二楼，正门进去还有个小院子，目前入眼的是绿油油的灌木丛："你愿意的话，可以改造一下，种花或者种菜。"

许妍就像跟着房产中介去看样板间一样，已经在心里描画着怎么改造小花园了。

进了门，发现这家里装修得也确实非常样板间，好看是挺好看的，但是没什么生活气息。

林泽把几袋子菜放到厨房的料理台上，洗了手，从客厅的置物架抽屉里拿出挂着备用钥匙的门禁卡，递给许妍："你自己逛逛，我先做饭。"

许妍还有些犹豫："你不在的时候，我应该不会来的。"

他们说好，依旧按照原本各自的生活节奏过。

林泽直接把钥匙塞进她裙子胸口的大口袋里："可以不来，但你有随时使用的权利。"

他不给她再次拒绝的机会，转身去了厨房。

许妍站在客厅中央，从口袋里把钥匙拽出来，手指夹着绳垂在眼前看：小小的绿色门禁卡做成大树的形状，看起来像钥匙链一样可可爱爱。

她想起刚才下车去买菜的时候，林泽就一直背着她送的那个挎包，包里什么都没有，只放着他的结婚证。

他怕他的"贵重物品"放车里会有遗失的风险，非要随身携带。

许妍被他流露的孩子气打败，觉得他真可爱。她当时想捏捏他挂在包上的娃娃钥匙链，结果他不让她捏："会弄坏。"

"这就是用来捏的呀，你没捏过吗？"她边说，边捏，故意捏了好几下，把娃娃的脸都捏扁了。

林泽皱着鼻子，实在不忍心让她这么欺负自己很珍惜的小玩具，低头把脸凑到她面前："你不要捏它了，你捏我吧。"

怎么会有人提这么奇怪的要求。难道他以为这么说就能激起她善良的同情心？

呵，许妍满足了他的心愿，两只手一起捏住他的脸，像拽大饼那样往两边拉，还自己配音"略略略"，叫他知道什么是江湖险恶："男人，我看你是在玩火。"

林泽弯腰站着，方便她捏，自己的两只手按在膝盖上撑着，被欺负得"乱七八糟"了也不吭声。直到她松开手，他才笑得阳光，问："开心吗？"

许妍想起在她心情最糟糕的那一天，他来给她送包，送自制的奶茶，然后带她去做"更开心"的事。

她不知道别人结婚是为了什么，可眼前这个会低着头让她捏脸的男人满足了她对婚姻的要求——

那就是她对他的回答："开心。"

许妍把钥匙收进包里，没有继续参观房子。昨天晚上她睡得太晚，现在她有点犯困了，坐在沙发上倚着沙发背小憩。

后来她看到林泽收拾完食材，把多余的菜分类放进了冰箱的保鲜室后，转身去厨房做饭。

因为他背对着客厅，许妍索性躺到了沙发上，这个角度，她刚好能隔着有大片透明玻璃的推拉门完整地看到厨房里的情形。

她突然觉得林泽关于结婚的这个建议还挺不错，因为现在她躺在这里，真的有种之前相处时不曾有的松弛感。

厨房里没空调，关着门应该有些热，她看到林泽用胳膊擦了一下额角的汗。

许妍大声喊林泽的名字，喊了两声，林泽把玻璃门拉开，探出头来问："你叫我？"

厨房里面抽油烟机的声音传来，轰隆隆的，很吵。

许妍招招手："你来一下。"

林泽手里还攥着一把刚洗净的西芹，听她这么说，直接拿着走了过去："怎么了？"

许妍看到了他发根的几颗汗珠："你热不热啊？"

林泽："还行。"

许妍"啧"了一声："你看你明明很热。其实没关系，你可以把衬衫脱了。"

林泽低头看看自己身上的衬衫，再看看许妍，似乎想起她说过喜欢他的腹肌，好像有点误会，"哦"了一声。

他把西芹给许妍拿着，当着她面就把衬衫扣子解了，把衣服脱下来搭在沙发扶手上，又拿回西芹继续去做饭。

这下，许妍隔着玻璃门看到的，就是更具体的林泽了，刚才屏着呼吸的她长舒一口气。

可太松懈了！

透过厨房门，她拍了一张林泽切菜的侧面照，拿来当锁屏壁纸，已婚妇女的快乐她正在——解锁。

许妍两只手抱着手机放在肚子上贴着，看了一会儿帅哥，精神实在不济，困顿地睡着了。

林泽把饭菜一盘一盘端出来的时候，看到许妍侧躺在沙发上枕着自己的胳膊睡觉，他感觉有些抱歉，是他这顿饭做的时间太久了。

林泽先把自己放在沙发上的那件衬衫拿起来，给许妍盖上肚子，摆好饭菜后去浴室快速冲了个澡。

等他吹干头发再出来的时候，许妍已经醒了，正坐在餐桌边弓着腰拍饭菜的照片。

"你醒了。"林泽拉开许妍旁边的椅子，和她并排坐在同一侧。

许妍放下手机，看向他。他换了一身衣服，白 T 恤和蓝运动裤，清新无敌。

她突然觉得他们好像坐得太近了，看他不穿衣服她不害羞，可他穿得这么严实坐在她旁边，她却有点不敢看他。

许妍拿起筷子，直奔那盘杜果大虾沙拉："被你做的饭香醒了。"

林泽打开砂锅盖子，给她盛粥，红豆燕麦牛奶口味的，没放糖，但也有淡淡的米粥香甜："那多吃点。"

这是许妍第一次见林泽大口吃饭。上次在他舅舅的饭馆里，他也只是每样菜夹几筷子，吃得并不多。可现在，他像是刚训练完需要补充能量似的，用勺子和叉子把菜和三文鱼舀进碗里，端着大口扒拉。

许妍萌生出一种爱怜的心思，忍不住伸出手去摸摸他的脖子，像抚摸一只大狗。

林泽停下吃饭的动作，缩了一下脖子。

许妍又去摸摸他的脸。

恋爱中的人大概总忍不住肢体触碰，要贴贴才能表达爱意。

林泽等她摸够了，不摸了，才继续吃。

他吃饭时不怎么说话，只是会把餐盘往许妍面前拖，好让她方便夹菜。

最后那些餐盘成半圆包围的形状，占领了许妍面前的桌子。

她没想到，自己有朝一日居然会吃沙拉吃到打嗝，林泽的沙拉确实拌得很不错。

吃饱了，她把最后一口水喝完，直接趴在桌子上，枕着自己的胳膊夸张地嚷："我撑得走不动路了。"

林泽也趴下，枕着自己的手臂侧头看她："那怎么办？"

他们离得很近，膝盖不小心都会擦上膝盖。对视的时候，因为趴着能看到木头桌面的纹理。

许妍先把胳膊移动了下，用自己的胳膊肘去撞他的胳膊。没使劲，撞得很轻，更像在打招呼。

林泽看着她，把被撞到的那只胳膊拿出来，用食指和中指竖着模仿两条腿走路，一路走到许妍胳膊旁边，点点点点，顺着她的胳膊往上爬，爬到她的脸边，食指戳了戳她的腮帮子。

许妍笑了一下，嘴角有很浅很浅的酒窝。

林泽问："这是 dimple 吗？"

他一时没想起来中文的酒窝怎么说。

许妍答："这好像是胖出来的，肉太多了。"

说完他俩都笑了。

许妍帮林泽一起收拾碗筷放进洗碗机，把桌面、地面擦干净，然后他们坐在沙发前面的地毯上看电影。

现在是午后两点，遮光窗帘只留了一条缝，屋里昏暗，地板上一道光斑。

这次看的是林泽喜欢的片子，一部讲述篮球巨星的纪录片。

虽然运动场面很燃，但英文解说词还是加重了许妍的睡意，她在影片放到一半的时候靠在林泽的肩膀上睡着了。

林泽看电影看得专注，忽然感觉肩上一沉，她这么歪着倒下来，居然都没疼醒。

林泽调低了电视的音量，再次顺手把沙发上他那件衬衣拿下来，搭在她膝盖上，纠结是否要把她抱到卧室去，让她在床上睡。

纠结后的结论是暂时维持现状，等电影看完，说不定她会在这过程中醒来。

他重新将注意力转移到电影上，然而作为一门视听语言，声音的降低减弱了电影的激情澎湃，林泽居然也看得困了。

他怕自己睡着了坐不安稳，到时两个人一起倒地上，于是抬手圈住许妍的肩膀，给她支撑。

只是这样抱着她，感受到她软软地靠在自己怀里，刚才还觉得迷糊的林泽又清醒了过来。

他看着她的脸颊，看着那个被她说是胖出来的小酒窝。明明不是。

林泽轻轻靠近她，他心软软的女朋友。

原本只是想亲亲她的酒窝，可亲到了，他又觉得不满足，脸一偏，就亲到了她的嘴唇。

许妍虽然睡着了，却也不是完全无知无觉。脸上那下还没感觉出来，可他亲她嘴的时候，抓着她肩膀的手也不自觉地用力了。

她困得睁不开眼，梦里感觉到了他嘴唇的柔软，在她嘴巴上小幅度地磨蹭着吮吸，吸得她有点痒。她没有迎合，也没有推拒，她就是在睡觉。

林泽克制地松开了她，靠在沙发上坐好，独自把剩下的影片看完。

这部纪录片两个多小时，但让许妍醒过来的不是电视声音，而是她的手机闹钟。她晚上还有一节跟学员约好的线上课程，要早点回家去上。

醒来的时候眼皮有些重，脖子也因为一直歪着有点僵。许妍左右扭头放松，腿上盖着的衬衫掉下去，她低头去捡，因为肩颈太硬了，疼得她发出"呃"的一声。

电影正好播完了，林泽关掉电视，坐到沙发上，把许妍拉到他腿边："帮你按按。"

许妍将信将疑："你会按吗？脖子很脆弱的，按不好可能会瘫痪。"

林泽自信地按住她的肩膀，不让她乱动，然后两只手一起揉捏她的后颈到肩胛。

他手劲很大，即使没用多少力气，许妍也觉得酸爽得头皮发麻，忍不住"哦哦"地叫。

按了有五分钟，林泽松开她的肩，问她："好点了吗？"

许妍再次转头活动，确实松快多了，她说："非常好！谢谢你。"

"不客气。"林泽的手移到她的脖子前面，在她的喉咙上摩挲了两下，手指微微收拢，"要报酬的。"

这话说得许妍有些紧张，心也跳得很快。

他在她身后，捏着她的下巴要她向后仰起头。

许妍跪坐在地毯上，后背贴着他分开的两条腿中间的沙发，后脑勺枕着他的大腿。

她咽了一口唾沫："我一会儿要回家，我有课。"

林泽的手还在她的脖子上，另一只手去摸她的头发，把她粘在脸上的碎发拢到耳后："嗯。"

等待比接受更难熬，她不知道他在想什么，只觉得胸口的心脏"突突突"地跳起来。于是她先发制人，给他指令："你……可以亲我。"

　　林泽的手掌握着她的下巴，拇指在她的酒窝上揉："亲过了，在你睡觉的时候。"

　　"啊。"许妍有印象，原来不是做梦。

　　她怔愣的神情让他觉得可爱，他的头低低地压下来，却只是在她额头上落下一吻。

　　许妍的脸红了，耳朵也烫。

　　林泽退开："我送你。"

　　要停下来，再待下去的话，不止她的课会被耽误，他归队的时间都要不可控了。

　　回去，上课，吃晚饭。

　　这一段的记忆好像出现了空缺，许妍完全是靠肌肉记忆去完成，连跟巴朵聊天都有些心不在焉。

　　巴朵以为她在为工作的事走神，让她早点休息。

　　许妍点头，躺在床上睁着眼发呆，看天花板上好像在循环播放着他把头低下来亲她额头那一幕。

　　想到他在网上表现得那么忠厚老实，可是线下居然这么会拿捏人，许妍就觉得生气。

　　气她自己。她当时就应该爬上沙发，跨坐到他腿上，抬着他的下巴把他亲得眼泪汪汪的！让他知道谁才是大姐大！而不是傻呵呵的，仰着脸嘟起嘴却发现人家只是亲亲她脑门。太丢人了！

　　睡不着觉，她收到林泽发的消息，说他已经到队里的宿舍了。

　　许妍发了个表情包，是一身唐僧打扮的猫猫严肃脸：乘人之危，抓去坐牢！

　　她在控诉他趁她睡觉的时候对她做的事情。

　　林泽这次没有道歉，他发来一条一秒钟的语音。

　　许妍点开听，就两个字，她的名字："许妍！"

　　她一直点，就能听见林泽一直叫她："许妍！许妍！许妍！"

　　许妍也回他语音："干吗！"

　　林泽发来一张照片，光线有点暗，像素不太高，是她睡觉的样子。

　　林泽再次发来语音，他说："太可爱了，忍不住。"

第五章④

合法情侣最好嗑

许妍结婚的事瞒得很紧，不仅她爸妈一无所知，就连同住一个屋檐下的巴朵也没听到风声，只知道许妍最近提起林泽来，脸上都是浓情蜜意的，看起来整个人容光焕发。

巴朵："果然，帅哥是女人最好的医美。"

许妍嘿嘿笑，下半年她一直觉得过得不怎么顺遂，跟林泽在一起是生活给她最大的惊喜。

"隐婚"的要求是她提的，林泽虽然没有表达异议，但她不确定他心里会不会有些不满，于是想要送他一个礼物。

她发现，她送的东西，再便宜的他都会很好地使用和保存，这让送礼物的人很有被珍视的感觉，也就想送更多些礼物给他。

不能见面的日子里，他们每天靠手机分享彼此的生活，多数时候是许妍给他发各种照片，而他会在每天睡觉之前给她打电话。为了保证他的训练状态，她控制着时长不超过二十分钟就道别，挂电话。

许妍现在最盼望的事就是他打比赛，这样她可以去现场看他，哪怕只是远远地看他戴着头盔的身影。

林泽没法决定队里的赛程，但他可以"徇私"让许妍去看节目录制里的比赛。

依旧是那个小个子编导，一回生二回熟，她这次再带许妍进场的时候已经能跟许妍聊两句了。

聊着聊着居然还聊出来了共同的好友，约好下次有时间一起出来玩。

"欣欣，你们有什么观众入场券之类的，下次直接寄给我好了，不用每次都出来接我。"许妍不好意思总麻烦她，想着或许有什么更简单的方式。

欣欣眨眨眼："那林老师会不放心吧？他就这么一个要求，我还是替他当好护花使者吧。"

许妍听她这样说，笑了笑，不再继续这个话题，即使彼此心知肚明，也不愿意承认身份给林泽添麻烦。

距离上次看新秀队比赛也不过二十多天，这次再看，许妍发现队员们的精气神大不相同了，她一个不懂冰球的人，甚至也看出来了成套的配合。

粉丝们对着新秀队员尖叫，而她只关注教练席上抱着手臂踱步看比赛的林泽。

他今天穿的是和队员们同款的队服，没戴帽子。因为他的那顶黑色鸭舌帽现在在她头上呢。

新秀队这次比赛的对象升级了，是北城的一支中学生校队，比起小学生队起码在体型上高壮了一大圈。

毫无悬念地，新秀队还是被压着打，不过比分没那么难看，一直都只差一两分。

许妍听到身后有两个女生在讨论比分："大孩子情商就是高哈，还知道给他们留面子不能赢太多呢。"

许妍一想，有点道理。看来是她高估新秀队的能力了，还以为他们进步神速。

不过她还是把自己当成了新秀队的"娘家人"，看着自己家的"菜鸟"们在冰场上冲锋陷阵，甚至不是被撞倒而是自己把自己绊倒摔在冰面上，可又立马爬起来继续的身影，许妍真的有点感动。

后排的小姐妹又在分析："11号是谁啊，大力士是不是？啧啧啧，这是拿了虐粉剧本是吧？技巧没见长进，摔这一下再掉两滴眼泪指定上热搜。"

哦，原来是这样。许妍在前面听得频频点头，感觉又学到了好多没用的知识。

全场比赛结束，新秀队最终以两分的分差输给了中学生队。这次运动员退场时，明显感觉到新秀们个个眉开眼笑，好像都觉得自己打得不错。

林泽跟着教练组依旧走在最后面，主教练在跟他说话，他低着头听，不时点点头。

许妍隔着玻璃护栏看到他，透明的玻璃好像不存在一样，给她伸手就能抓到他的错觉。

林泽也看到她了，跟教练说了一声，特意走到跟拍摄像的后面，和摄像大哥也说了几句话，再对着她勾勾手，让她跟着自己走。

许妍于是跟着他，隔着一扇玻璃护栏和他并肩向前走。

工作人员都在前面，林泽掉在队尾，边走边侧着头对她笑。

走到铁栅栏门处，门边还围着不少粉丝，林泽跟内场保安说让他把许妍放进来，许妍也伪装成工作人员，说着"麻烦让让"，从人群里面挤进去。

终于在过道会合，他在前面大步走，她跟在后面小跑着追，她都没抬头看，只觉得从明亮的地方走进了带顶的走廊。

四下无人，林泽停住，许妍看到前面的脚不走了，也立马刹车站住，仰头看他，笑着招手："嗨，小林同志，好久不见呀！"

算不算久呢，八天而已。

林泽抬手，把她头上的鸭舌帽拿起来，转了个方向，帽檐朝后，然后单手按在她后脑勺上，将她按向自己。

许妍的额头贴着他胸口，他的队服带着凉气，给她的脸都降了温。

林泽只抱了她这一下就松开了，眼里满是笑意："我下周二休息，想想去哪里玩？"

"陪我去试驾好不好？想买辆代步车。"许妍立马就回答。她自己一个人的时候想过很多约会项目，恋爱日程能打出厚厚一沓。

"好。"林泽答应，说完看了眼前面更衣室那边围着的工作人员，跟许妍说，"我要过去了，你自己从这边后门走可以吗？"

她来这里本就只是想看他一眼，能这么近距离说说话已经超出预期。

但她又有些舍不得，脑袋一晃一晃地在他胸口碰了两下，然后退开，跟他挥挥手："拜拜！"

许妍怕人多眼杂，快步往出口走，走到头才回头看一眼，看到林泽正站在更衣室门口看着她。

她又挥了一次手，然后两只手轮番在嘴边送飞吻，飞了十几下，飞到林泽眯着眼睛笑，她才又觉得害羞地跑走了。

有小目标的时候，时间就过得特别快，何况他们的见面倒计时连一周都不到。许妍都还没体验到茶饭不思的想念，林泽就放假回来了。

他是傍晚回到家的，宋淼的爸爸，也就是希亚女士的再婚丈夫宋书逸也在家，一家人正要去参加慈善晚宴。

宋书逸拍拍林泽壮实的胳膊："不错，比上次见到你时更精神了。"

希亚拿出已经给儿子准备好的西装，说："刚送来的，你试试尺寸合适吗？"

"好的，妈妈。"林泽回家前就接到希亚的电话，她说要带他"出去玩"，他也答应了。

晚宴自然不只是为了吃饭，希亚带他出席，既是想让他去结识一些同龄朋友，也是为了丈夫的应酬着想，毕竟有个关系和谐且是国家队球员的继子，对宋书逸的商业形象也是加分项。

林泽换好衣服，熨帖合身。他对希亚道了谢，和宋淼坐一辆车出发去晚宴。

宋淼在哥哥面前总是很活泼，跟他讲学校里的事情，神秘兮兮地说有男生给她递信："我没有告诉爸妈，你要替我保守秘密哦。"说完又想起前面的司机，"赵叔也要替我保密！"

司机呵呵笑。

林泽吓唬宋淼："秘密，就是只能自己知道，一旦告诉过别人，就藏不住了。"他还得意扬扬地说，"你看我谈恋爱的事情，就不告诉任何人。"

宋淼吃惊地瞪大了眼，被笑呵呵的哥哥托着下巴关上嘴巴。

等车子到达宴会厅，她一下车就扑向希亚："妈妈，哥哥谈恋爱了！"

声音之大，以至于门口好多人都听见了，好奇地看向他们。

林泽无语。

希亚笑了，她点点宋淼的鼻子："不许欺负哥哥。"

宋书逸对林泽的事情并不多关注，此时不过说些场面话："林泽交女朋友了吗？改天带回家来吃饭。"

林泽摸摸鼻子，和他妈妈对视一眼。希亚知道他这是不想聊这个话题了，于是转而聊起某个画家最新拍卖的大作成交价再创新高。

对于宴会上的交际，林泽并不感兴趣。他左右坐着的分别是宋淼和希亚的朋友，宋淼去跟小孩玩了，他身边空了出来，偶尔有人跟他说话，他就答一下。

剩下的时间他在玩手机。他看着餐桌上摆盘精致的食物，拍照发给许妍。许妍回复流口水的表情，问他好不好吃。

他低着头，小声按着手机发语音："不知道，没吃。"

许妍差点忘了，他在外面不会随便吃东西。

她觉得他可怜，说明天买完车就带他吃大餐："球生菜随便吃！"

林泽："我从舅舅那里弄了一些肉，放在奥园了。"

他时不时拿着手机说话的动作太明显，希亚看过来几次，最后坐到宋淼的空位上和他说话："抱歉，应该从家里给你带点小饼干来的。"

她说得像是要送他去郊游给他打包行装。

林泽拿起面前的餐包，咬了一口："有吃的，只是不太饿。"

希亚："这里很无聊是吗，你要不要端杯白开水去社交一下？"

林泽摇头："这样坐着就是很好的休息了。"

希亚于是不再劝他，挽着微笑看过来的宋书逸去跟朋友们打招呼。

林泽身边彻底清净了下来，他给许妍发语音："你不要忘了给我带礼物。"

那天她看完录制，回家后才给他发消息说忘记把礼物给他了。

许妍发了个小胖妞气鼓鼓的表情包："这么理直气壮？"

林泽好像从那个小胖妞身上看到了许妍的影子似的，刚想再说点什么，忽然发现舞台上不知道何时开始了表演。

他抬眼一打量，就看到了正在弹钢琴的"熟人"。

林泽努力回忆了一下，他好像是叫路英奇，许妍的前男友。

路英奇在弹唱，他的歌声很好听。但林泽不想让许妍听到路英奇的歌声，所以他一直等到路英奇表演结束了，才又跟许妍发语音。

没头没脑地，他问她："你现在还喜欢会唱歌的男人吗？"

许妍提交了正确答案："现在喜欢会打冰球的男人！"

林泽嘴角扬起，看着远处另一桌上的路英奇正和人耳语谈笑，给许妍发：It's me（就是我）！

许妍对这边发生的事情一无所知，她还给他发表情包呢，两只傻狗击掌，图上写着"达成共识"。

林泽不说，她也就不知道，他和路英奇在一个奇怪的宴会上碰到了，甚至离开的时候迎面遇见还打了声招呼。

那是她喜欢过的人，那就也是她曾经的一部分人生，他并不排斥。反正，她现在喜欢的是自己。

第二天林泽起个大早去接许妍，她说要去试驾，已经预约好车型，顺利的话今天就定下来。

销售看着许妍从林泽的豪车上下来，咨询的却是平价车的首付和还贷利率问题，心里有许多问号，完全是靠专业素养撑着才没露馅，面带微笑地耐心解答她的疑问。

许妍买车的过程中，林泽的手一直插着兜跟在她身后，她不向他寻求意见，他就不说话，只是单纯陪着。

许妍功课做得挺足，选好这款车之前也问过她爸，试乘之后当场签单，约好时间下次来提车。

晃晃悠悠，一上午就这么过去了。

他们依旧买了菜，回到林泽的复式房里自己做饭吃，这次是许妍要大显身手。

做饭之前，许妍把说好要送他的礼物拿给他，一个牛皮纸袋子。

林泽从袋子里先掏出来一只手掌大的橘色小猫，它的嘴巴像是含着泡泡糖，林泽无师自通地捏了捏它的肚子，泡泡糖就吹得更大。

很有趣，林泽只捏了一下，就把它挂在了挎包的另一个拉链上。

纸袋里还有东西——一张报纸。

林泽打开看，是一份叫《健康生活报》的报纸，内容基本都是养生和保健的主题。他不解，以为这是拿来包玩具的废纸，叠起来要扔掉的时候忽然看见了许妍的名字。

那是在报纸中缝的广告栏里，豆腐块大小的一个公告：

新郎林泽与新娘许妍于公历 2019 年 9 月 19 日正式结为夫妇。特此公告，敬告亲友，亦作留念。

她没有告诉任何人他们的婚讯，却又通过报纸告诉了所有人他们结为夫妇。

谁不想被承认呢，林泽对着这个豆腐块大小的公告，开心地咧着嘴笑。

"许妍！"他叫着她的名字，拿着报纸跑到厨房，从身后搂住她的腰，郑重声明，"我要把这个挂在墙上！"

许妍两只手还沾着面粉，被他抱着没法动弹，举着手像投降："随便你。"

林泽还没完，他把报纸放到了旁边的置物架上，拉着许妍的手举过她的头顶，让她像跳舞那样转了一圈。然后他倾下身，把她压在料理台边，让她手上的面粉沾染他的黑色卫衣，干净的衣服变得乱糟糟："而且我还要亲你。"

许妍原本要做小鱼面片的，她昨晚对着菜谱视频学了半天，现在才进行到和面阶段，手上满是面粉和面糊。

可林泽说要亲她。

他不只是说说，他的头已经低下来了，许妍看着他的脸一点点靠近，近到失焦看不清他的眼睛了，下意识地闭眼。

她感觉到了嘴巴上软软的触感。

秋天干燥，容易产生静电，许妍不知道自己的头发有没有像蒲公英一样炸起来，就像她脱针织衫的时候头发贴着衣服一起飞舞的样子。

应该没有吧。

可是这透过嘴唇渗到心脏的酥麻感觉，不是触电了的话，是怎么回事？

她有点恍惚，闭着的眼睛睁开，突然很想看看林泽的脸。于是她双手捧着林泽的脸，把他推开。

"嗯？"林泽的眼睛一直睁着看她，鼻音哼出一声疑惑。

距离分开一些，她得以看清他的脸。她见过他清冷的表情，见过他开朗的笑容，见过他羞恼地叫她名字时的可爱。

但现在她看到的是她没见过的林泽，怎么形容呢，大概是传说中的"三分凉薄，三分讥笑，四分漫不经心"。

反正不是什么沉浸在情欲中的热情似火，她对他说："你看起来好像电视里的反派大亨。"

林泽一直低着头，有点累，他握着她的腰，旱地拔葱一样把她举了起来，放在料理台上坐着，看着她的眼睛问："什么意思？"

许妍这话说得像是要找碴儿："你好像不喜欢亲我？"

林泽的手还握在她的腰上，他不接受她的无端指控："许小姐，你打断我做快乐的事，就为了说这个？我可以告你诽谤吗？"

她腰间是痒痒肉，林泽轻轻捏一下，她就发出生理性难抑的笑声。

许妍躲他的手，他不给躲，又捏了她许多下，在她眼泪都笑出来的时候继续去吻她。

她躲，咬他，他就又挠她痒痒肉。

许妍笑得一点力气都不剩，两只胳膊挂在他脖子上，即使坐在台子上也还是比他矮，仰着头和他亲吻。

周遭的背景都不存在了，他们好像置身在一个四周都是白墙的空房子里，只剩下彼此。

直到门铃响。

林泽先听到的，他松开许妍，而许妍却迷糊着伸头过来又要亲他。

林泽闷笑了声："有人来了。"

这一声拉回了许妍的理智，她窘迫地推开林泽的身子，从料理台上跳下来，转身去旁边的水池洗手。

林泽去外面开门，是他找来的清理花园灌木丛的工匠，他想跟许妍一起改造花园。

确认好了施工范围，工匠开始干活，林泽回房子里去帮许妍一起做饭。

许妍的小鱼面片已经擀好皮子开始一个一个揪"尾巴"了，林泽看了眼时间，询问她都要做什么菜，他来洗切。

许妍看向他，第一眼先看到他衣服上的白色手指印，还有他肩膀上乱糟糟的黏糊糊的面泥。

想到这些痕迹都是出自她手，又想到是怎么在旖旎氛围中手指乱抓的杰作，她才降温的脸才烫起来。

许妍推他去换件衣服，他低头看看自己，从善如流地换了件粉色的T恤——和她今天穿的粉色运动套装看起来很配。

有林泽帮忙，许妍做饭的效率嗖嗖提升，而且他只是做案板工作，要炒菜要下锅的活都是她动手，最后饭菜上桌了还要被他连连夸赞"这大厨手艺好棒"，感觉不要太得意哦！

花园里的清除工作还在继续，林泽和许妍聊起栽花种菜的话题。许妍果然对改造花园很感兴趣，一时兴起说着就要跟他去花鸟市场买花苗。

林泽本就没什么安排，全听她的。他们吃完饭收拾了一下就准备出发，许妍担心自己会犯困，出门前特意说要喝杯咖啡提神。

　　林泽这边有全套的咖啡工具，他不仅帮她做了咖啡，还用奶泡给她拉花拉出个心形图案。

　　许妍惊喜地拍下来他做的咖啡，问他："你还有什么惊喜是我不知道的？"

　　"这很简单。"林泽虽然这么说，却没掩饰脸上被夸后的喜悦。

　　搜地图，家附近就有个规模挺大的花鸟市场，这两个毫无规划的人开着车就去了，打算看见什么顺眼就养什么。

　　大中午的，阳光刺眼，市场里没几个顾客，连店家都懒散地坐在屋门口，或是躺在摇椅上扇蒲扇，或是三五成群下棋聊天。

　　许妍和林泽穿了同款粉色的衣服，手牵手走在屋檐下的阴凉处，时不时对视笑一笑，一看就是热恋中的小情侣。

　　许妍在和林泽讨论称呼的问题，林泽问她家里人都怎么叫她，她掰着手指连同自己的外号一起奉告："我爸叫我'乖宝'，我妈有时候叫我'妍妍'，有时候叫我'皮皮'，因为我小时候上房揭瓦非常皮。"

　　林泽："'上房揭瓦'是什么意思，你爬到了房顶上吗？"

　　许妍："一种夸张的形容，就是说我很调皮。"

　　林泽："我小时候也爬过房顶，然后滚下来把胳膊摔断了。"

　　许妍："……那你才是真的皮。"

　　林泽笑了笑："其实也还好，打球受的伤要更严重，摔跤很正常。"

　　许妍只看赛场上一小时的碰撞都那么激烈，在她看不见的场下无数次训练里，他们要摔多少跤可想而知。

　　她摸了摸林泽的手背："小可怜，姐姐疼你哦。"

　　林泽皱了皱鼻子，对她这个说法感到肉麻。

　　许妍发现了，还不依不饶地试图让他接受这个称呼："我室友叫我'许大宝'，因为'大宝天天见'。她们也叫我'许三多'，因为我的零食饮料矿泉水永远最多，都给她们随便吃。你看我有这么多昵称，可是都没人叫我'姐姐'，如果你叫的话，这就是你的专属称谓了。"

　　林泽上一秒还在解谜"大宝天天见"是什么意思，下一秒就被她按头叫姐姐的意图逗笑。

没等他想出什么理由拒绝，旁边店里忽然有个小女孩跑出来，拿着个铁丝笼子问："姐姐，买兔子吗？很乖的。"

"嗤。"不用林泽想理由了，现实直接来打脸，"姐姐"哪里是什么"专属称谓"。

许妍气恼地瞪了林泽一眼，接过小女孩手里的笼子，看里面一黑一白两只小兔子，是挺乖的。

她先纠正了小孩的称呼："叫阿姨！"

小女孩大概头一次听见这种要求，她年纪不大，反应不过来，晕头晕脑地说了句："姐姐，买阿姨吗？"

这下许妍也跟着一起笑了。她提着兔子迈过门槛，跟在小女孩身后进了店里。

这是家卖花苗的店，唯有墙边堆了几个笼子，放着干草和兔子。

老板解释，几个月前给女儿买了一对兔子，结果那兔子太能生了，愣是给生出了个四世同堂，所以现在他们不得不增加了一项卖兔子的业务。

许妍无意养兔子，只是既然已经进来了，她索性挑了些花草多肉，整整两大纸箱。

结账的时候老板说要送她兔子："你怕它们生太多，就只拿一只养着玩嘛。养肥了不想养了，做个麻辣兔头吃也不错。"

后面那句老板是压低了声音说的，怕被女儿听到。

"我考虑下哦。"许妍看看那只小白兔，想到它在花园里蹦蹦跳跳的样子，好像确实很可爱。

她帮林泽拿着一盆兰花往车上送，路上问他："要不要养只兔子啊，当宠物？"

林泽搬着箱子目视前方："你要确定你有足够的时间和精力去做这件事情？"

许妍噘嘴，她想的是他们一起养只宠物，虽然他可能照顾的时间比较少，但总归名义上是他们俩的"宝宝"吧。

她觉得他不解风情，又想他是不是不喜欢兔子，于是问他喜欢什么小动物："养过宠物吗？"

林泽"嗯"了一声："小时候养过一只狗，是我同学家的狗生的小狗，我没经过我爸同意就带回家了，被我爸训了一顿，后来我出去打比赛，狗淋了雨感冒了没及时治疗，死掉了。"

许妍没想到是个这么惨的故事："啊……"

林泽看她："那时候我对我爸发脾气，怪他没照顾好小狗。他只对我说：'是你的东西，你就要自己保管，如果不确定能保护好它，就不要因为一时喜欢占有它。'大概就是这个意思吧，后来我就不养宠物了。"

许妍觉得林泽的爸爸未免太过苛刻，小朋友能懂什么呢。

林泽把纸箱放进后备厢，扭头看到许妍满眼疼惜地看着他，把车盖扣上，两只手扶着膝盖，头低下来凑到她跟前让她摸脑袋："小可怜，姐姐疼我。"

许妍抬手摸摸他的头，顺便捏了他脸一把："那我就是喜欢那只小白兔怎么办呢？"

林泽直起身子："你不喜欢，我听见了，你和老板密谋要把兔子做成菜。"

许妍辩解："是老板说的！我没答应！你不要瞎说！"

他们从停车场又走回市场，虽然在斗嘴，但许妍已经放弃了养兔子的打算。她认真思考后发现自己确实不一定有时间照顾兔子，而且她也缺乏养兔子的知识与耐心，还是算了吧。

她跟林泽吐槽："你爸这样好扫兴啊，会让你少了很多童年的快乐。"

林泽耸肩："也还好，人长大会有那种突然的瞬间吧，我妈拉着行李离开的那天是一次，还有小狗死了后我爸跟我说这些话的时候是一次。"

许妍听着就觉得小小的林泽是个可怜娃，又觉得他有点少年老成的味道。

只听见林泽说："哦，在圣托里尼遇见你也是一次。"

因为前面他都在说伤心的经历，许妍下意识就觉得他在控诉自己没去赴约对他造成了心理创伤。

可接着又听他说："你吻了我，我喜欢的人也喜欢我。那天我知道了幸福是什么感觉。"

许妍一愣，所以他说的是他们相遇的那个夏天。

她之前一直回避的问题，此刻终于敢拿出来说："那我没去赴约，你是不是……"

"有点失望。"林泽打断了她的话，不想她自责，"但也懊恼自己那时候没能留下你的联系方式。"

他觉得自己大概也是有点青春叛逆的，包括再见到她的时候别扭地想着要离这个"骗子"远一些，尽管实际上总是不由自主地向她靠近。

他摇摇头，对这样的自己表示无奈："原来人真的是会反复爱上同一个人的。"

他们之前好像还从来没说过"爱"，现在林泽说他反复爱上了同一个人。

那个人当然是她。许妍嘴角翘得根本压不下去，她想回一句她也爱他，又觉得当面说不出口，只是去钩着他的小拇指，低声说："好了，知道了。"

之后他们还买了蔬菜种子和种地的装备，从铁锹到耙子，还有雨靴和水管，把老板推荐的几乎都买了。

许妍跟林泽说起自己小时候，每次计划新学期要好好学习、重新做人了，就会在开学前的假期要她爸陪着买书包、笔袋、笔记本，还有漂亮的包装纸来包书皮。

许妍："我妈总要骂我一句'真是差生文具多'。"

林泽提了提手里的袋子："这些都是栽种时很有必要的'文具'。"

许妍感觉他有点哄着自己，但谁不喜欢听好话呢，她心里舒坦，偏偏嘴上还要找事，想看看林泽对她的偏爱能有多盲目。

她说起自己去年想要运动减肥的经历："我原先打算晨跑的，就买了运动鞋、跑步鞋、运动袜、护膝、冰袖，还有几套运动套装。结果只跑了两天，我就起不来床了，就不跑了。"

林泽："是的，休息好对身体更重要，睡眠充足也是我们运动员的必须要求，你的运动素养还挺好的。"

许妍又说自己上半年想学游泳："泳镜、泳帽、鼻夹、耳塞、浮板、袖套都买全了，泳衣去专卖店里挑了长袖、短袖和裙子，结果去办卡的时候试了下水，那时候是春天，我一不留神感冒了，后来就怕水冷再不去游了，我的浮板塑封包装都没拆呢。"

林泽："你功课做得很细致，准备得这么充分，下次放假我来教你。"

许妍喋喋不休地说起好多自己"创业未半而中道崩殂"的糗事，而林泽好像总能精准地从中找到某个她做得好的点夸她。

他这"无脑闭眼吹"的态度让许妍都有点信服了，难道自己确实没有问题？

采购结束，要开车回家，许妍的手机比林泽更快地连上了车载音响的蓝牙。

林泽："你手机性能不错。"

许妍笑得不行，也不是什么都要夸的！

她播放她的歌单，是百老汇经典的音乐剧选段。林泽扫了一眼屏幕上的专辑名，叫《掏出我的大宝贝》，他有点不解，但还是照着念了："许妍，《掏出我的大宝贝》分享给我好吗？"

许妍没听懂，吓了一跳，以为林泽在跟她说什么虎狼之词。反应过来以后，脖子锁骨的位置红了一大片，每当她害羞的时候，那里总是先红，像是过敏反应。

她想起之前自己也是设置过奇奇怪怪的"拍一拍"默认语，为自己无聊的恶趣味忏悔了三秒钟，然后把歌单链接分享给林泽。

她不禁要问："你会不会觉得我不正经啊？"

林泽思考了一下她这个问题是什么意思，大概理解了以后沉默着，等待红灯的时候才转头看她："你还说要穿报纸给我一个人看，别忘了。"

他说完，好像比她还不好意思，盯着红灯数秒，开车的认真程度堪比驾照路考。

许妍是没忘领证那天开的玩笑，却也没打算践行。怎么看他这样子，好像还真的有所期待了？

安静的车厢里，两个人一时间都看着车窗外，怕一对视会笑场。

他们回到家的时候，院子的树已经被锯断了，工人们在清理根茎，铺盖泥土。

暂时还没法播种，林泽把车停下，对许妍抬了抬下巴："你要不要练练车？"

她买车的时候说自己好长时间没开车了。

小区里路宽人少，挺适合做练车跑道的。

许妍却有点害怕："我手生，你在旁边我会紧张，万一磕了碰了的，你这车维修费多贵呀。"

林泽："我这辆应该比你那辆抗撞，就因为你车技生疏了，才要找一辆好点的车练，起码真出事也是车出事，而不是开车的人出事。"

有道理，她又被他说服了。

许妍和林泽交换位置，她调整好座椅和后视镜后，解开安全带先下车巡视了一圈有没有小动物，然后才又回到车上发动车子。

林泽："Good job（做得好）！"

许妍：嘻嘻。

许妍考到驾照以后并非一直没动过车，在家偶尔也会开她爸的车出去玩，只是这两年没怎么开。她开车绕了一圈，很快找到感觉，自己哼着不知道什么歌的调子愉快地围着小区转悠。

绕到第三圈的时候，工人们把院子收拾出来了，许妍于是把车开回房子门外的停车位。因为许妍妈妈停车的技术不好，以前都是她帮忙停，侧方位停车和倒车入库通常一把进。

她自信满满地来一把漂移，想要表演个完美的倒车入库，结果林泽都开始鼓掌了，她把车屁股撞树上了。

许妍无语。她抢先下车去观察情况，还好撞得不严重，后杠上撞出个窝窝来，不仔细看的话是看不出来的，只是白玉微瑕还是让人不痛快。

她跟后来下车看情况的林泽道歉："我就觉得我会闯祸，对不起啊，你维修账单记得发我，修理费用我来付。"

林泽只看了一眼，就把后备厢打开，把车里买的花花草草都抱出来，搬去院子里，又喊许妍来帮忙："没关系，刚好也该保养了，回头让他们一起处理下。"

许妍还在为自己的失误懊恼，闷着声不说话，把带盆的花都搬去屋檐下，率先开始了挖坑移苗的大工程。

林泽见她干得起劲，也就不打断她，进屋榨了两杯果汁，又把音箱、茶几和沙滩椅搬了出来，让许妍休息一会儿。

下午四点多钟，正好是太阳不晒、清风送爽的时段。许妍移植完了几盆花，已经出了一身汗，她蹲在水管的出水口前随意洗了洗手，坐到椅子上喝果汁。

现在的她已经没那么懊恼了，但还有点郁闷，把责任推给林泽："这事你也有责任。"

林泽思来想去，也只能想到自己鼓掌影响了她开车，老实道歉。

许妍却说不是："你不应该突然让我练车，我都没准备好，我今天穿的这双鞋开车不称脚。"

林泽无语。他这次没夸她行事周全了，沉默片刻后，他忽然一笑："许妍，还好我提议结婚，第二天就和你去领证了。"他很认真地庆幸，"如果等到我下次休息了，你可能就会因为登记照片的衣服没选好、头发造型没做好这种奇怪的理由决定不和我结婚了。"

许妍想想，还真有可能。但她嘴硬地否认："我才没那么矫情。"

音箱在播放《美女与野兽》的选段 *A Change in Me*，许妍把喝了一半的果汁放下，跟着哼唱。她边唱边把水龙头打开，拿着水管给已经栽种好的花苗浇水。

卖花的老板说第一次浇水要把土浇透，许妍像堵着香槟瓶口那样，用拇指堵着水管的口子，让喷出来的水流更细密，冲击力也更强。

水雾在栅栏前造出了小小的彩虹，许妍惊喜地喊林泽看，林泽坐在椅子上"唔"了一声。

许妍感觉更开心了，浇着水转着圈唱歌。就在她考虑要不要把水喷林泽一身逗他玩的时候，隔壁院子里的大爷忽然探头看过来，提醒她说："你再浇就要把花浇死了！"

"啊？"许妍仓皇转身，歌声戛然而止。

她对上大爷的视线，看到大爷梳得一丝不苟的稀疏白发。

他们两家的院子中间竖着木头栅栏，到肩膀那么高，刚才她唱歌的时候大爷就往这边看了，看她一直对着那两棵花喷水，忍不住开了口。

浪漫氛围被打破，许妍尴尬地想找个口罩把脸遮起来，拉着水管跑回林泽身边，然后把水管一扔，自己开门回房子里去了。

水管在地上乱跳，水把林泽的鞋子浇湿，他慌忙去关了水，再走到墙根下跟隔壁大爷道歉："对不起，我们是不是吵到您了？"

大爷摆摆手："人多好啊，我就爱热闹。你们是新搬来的吧？你媳妇歌唱得不错。"

林泽替许妍道谢，把院子里的工具整理了一下，又继续加快速度把剩下的多肉也移到花圃里，然后清理了人行道上的土渣，洗手回屋。

许妍已经在准备晚饭了，是很清淡简单的粥和温沙拉。

林泽转达大爷的夸奖："大爷说你唱得很好听。"

许妍阻止这个话题的继续："可以了，不要再让我反复咀嚼那个'社死'瞬间好吗？"

想到刚才自己做作地举着水管转圈唱歌，还被大爷说要把花浇死了，她就忍不住脚趾抠地。

林泽却觉得很有趣，他后悔刚才没拿手机录下来，这真是值得存进家庭影集里以后给孙辈播放的那种。

许妍听他这么说，抠地的脚趾更加蜷缩了，她警告他："那我一定要在有孙子之前先蹬歪腿。"

他没懂"蹬歪腿"是什么意思，以为是个什么舞蹈动作，拍拍她的脑袋："许妍，真可爱。"

许妍晃开自己的脑袋，出拳打在他的肚子上："走开！"

她没用几分力，他也不觉得疼，顺手把被汗沾湿了的 T 恤从头上脱下来，说要先去洗个澡："你要不要一起？"

许妍震惊。

"呃……我是说一起分开洗，有两个浴室。"林泽多余解释一句。

许妍红着脸跑回厨房："我要守着锅，粥要溢出来了！"

晚饭吃完，许妍没留下过夜，因为林泽也不留，他得在宵禁前归队。

这一下午干活干得太多，当时还没感觉，第二天许妍差点起不来床，腰腿酸得要命。

巴朵看她走路打颤的样子，想想她昨天出去约会了，坏笑着说："可以可以，弟弟威武。"

许妍愣了一会儿才明白巴朵的意思，勒着她的脖子让她住嘴："我这是种花种的！"

巴朵举手求饶，等许妍放过了自己，又吐槽道："人家情侣约会'种草莓'，你们情侣约会种花，会玩还得是你们会玩。"

许妍想想自己买的那袋种子，好像也是有草莓的。她哼了一声，对巴朵傲娇地宣告："下次我们就种草莓！"

《超新秀冰球》的先导片播出当晚，节目相关词条占了热搜榜单的一半——实在是新秀里面流量明星太多，每家公司和粉丝都不甘人后地出钱出力。

许妍和巴朵两个人坐在客厅，用电视投屏看的片子。节目的综艺效果一般，并不是她俩钟爱的搞笑风格，但是因为有"自己人"在里面，她们的观看关注度立增百分之百。

许妍还在节目首发时间给林泽发了消息，问他有没有看，他回说在训练，一会儿看，结果一会儿以后又说节目时长太长了，没时间看。

许妍教他可以只看自己那部分的剪辑，结果教着教着发现十七个队员的单独片段都有，就是没有林泽的专属剪辑。

许妍："我给你剪吧，剪下来视频发你。"

林泽："你很闲吗？"

别人说这话像骂人，林泽说这话单纯表疑问。

许妍是挺闲的，公司看她一直不着急，终于主动跟她谈离职赔偿了，而她暂时还没找好下家，想着要不然就休息一两个月，反正有赔偿金还贷款，一时半会儿手头不会太紧。

林泽羡慕极了："我已经很久没 gap 了，你把我的那一份快乐也承包了吧。"

他现在说话，句式和词汇都丰富了不少，要不是许妍知道他的生活背景，都要误会他这些略显文艺的小词是故作高深了。

先导片里面林泽的戏份并不多，主要是开场介绍了他的身份背景，然后由他来给新秀们讲解冰球运动的规则。

其他时间都是在讲新秀们如何集结的，有过什么运动经历，为了这次打冰球又付出了怎样的努力，偶尔林泽会作为背景板出现。

许妍能理解林泽这个"圈外人"没多少镜头的原因，毕竟他不能招商带流量。

但是巴朵很为后期字幕组的视力担忧："他们是瞎了吗？弟弟跟巫科力站在一起，明显弟弟更帅，怎么好意思吹大力的盛世美颜？"

许妍："可能大力的妆造更精致吧。"

巴朵："这是比武不是选美吧，无语……"

许妍清楚林泽的本来模样，他上镜也没化妆，只抓了抓头发，不比新秀们全妆上镜。

她跟巴朵说："没办法，毕竟人家是靠脸吃这碗饭，太素了掉粉。"

巴朵坏心地给节目组出主意："让他们拍个现场卸妆的环节，保准收视率一下就上去了。"

无功无过的一期先导片，各种宣传物料的评论区下都是各家粉丝控评，期待着下一周的正片。

没想到在正片播出之前，居然也有关于林泽的词条爆了。

起因是有冰球迷对节目组请到的教练组成员进行了科普，包括林泽这个辅导员在内，各种奖项荣誉甚至部分比赛视频都罗列了出来。

中国女冰的成绩要比男冰好很多，主教练张敏更是曾经跟队友一起夺得过冬奥第四名的佳绩。

而关于林泽，更多的是他个人在 NHL 联赛中的抢眼表现。

这样的一篇科普帖子本来算不上热门，然而有个影响力很大的博主转发了：在加拿大看过一次这小子打球，球打得好不好不知道，架打得挺厉害。

没多久，这位博主还发出来了他以前录的赛场上的视频，视频画面中，穿着白色队服和蓝色队服的两队球员聚在一起，互相挥着球杆似乎正在争执，场面一触即发。

这时候白队球员对蓝队球员挑衅了什么，然后站在中间的两名队员把球杆一扔，开始脱护具、头盔。

蓝队的那个球员露出脑袋，正是林泽。

接下来，这两人就扭打在一起，林泽出拳更快一些，一拳打在那个白人的鼻子上，手机拍摄放大倍数，虽然模糊但能看见白队球员的脸上挂满了血。

林泽也挨了拳头，但他的头部有效躲避过去，最后把那个白队球员扭着胳膊压倒在冰面上。

直到此刻，裁判才姗姗来迟主持"正义"，判罚他们两个人各自"关禁闭"2分钟。

镜头里，被关在受罚席的林泽，一边穿戴护具，一边用手背擦了把鼻子，好像也有点受伤。

观众席有人对着他喊话，为他加油，他回过身去，正好正面面对博主的镜头，对着镜头笑了一下。

就是这个冰场打架的视频，让"冰球比赛允许打架"的讨论冲上了热搜。

林泽原本是为了节目才开通的社交账号，账号里只转发了一条节目先导片的广告。

现在这个账号涌入了大量路人粉丝，评论区更是被各种玩梗的言论霸占，热评第一是：哥哥别打架，打我。

网友们纷纷点赞评论这条：送你上去丢人。

许妍用新注册的小号刷林泽的评论区，猜他没时间关注微博，截了几条搞笑的评论发给他："笑死了。"

林泽在训练，训练间隙还接受了节目组跑过来补录的采访，解释了商业联赛"允许"打架的规则："打架当然是违反规则的！打架不好，大家不要打架。"

摄影师无语：你倒是替自己辩解两句吧！

沟通之后，林泽又补充："冬奥会是严禁打架的，NHL 联赛稍微宽松，如果比赛双方经过协商可以打一架，但是要单打独斗，不能打群架，也不能用球棍、冰刀攻击对方，只能用拳头，不管打赢打输，都得接受惩罚。"

等他录完像，回宿舍看手机的时候，发现许妍给他发来好多条消息，最后一条是个表情包，一只小猫背着一只小猫，正在用毛线针织一块方便面：狗子，你发达了是吧，不回信息，留我和孩子在厂里织方便面。

他觉得好笑，给许妍回过去视频邀请，许妍挂断，回他一句语音："等一等，在洗澡！"

十分钟后她穿着黑色睡衣，顶着粉色浴帽出现在手机屏幕上："你才下班吗？我都打算睡觉了！"

林泽把自己今天都干了些什么一五一十地汇报给她。

在摄像机前没想着替自己解释几句的人，在女朋友面前倒知道维护形象："我平时比赛不打架的，就打过那一次，还是我们教练指使的，当时需要提一提士气。"

许妍："真的吗？看你架势好像挺娴熟啊？一言不合，重拳出击。"她边说，边做了个出拳的姿势。

林泽摇头："冰场上打架要双方允许的，他挑衅我，我同意跟他干架他才能动手，有点野蛮，但是算讲道理的野蛮。"

许妍："所以你要跟我打架的话，需要我同意你才能动手。"

林泽："……我不会打你。"

许妍挑衅他："万一我有这个要求呢？"

林泽确信她在试探自己是否有暴力倾向，他非常非常肯定地说："我不打你，我爱你。"

谁也没想到，第一次听到男友说"我爱你"是在这种场景下。

许妍还在逗他："我们那儿有个顺口溜说'打是亲骂是爱，爱不够用脚踹'。"

林泽皱眉："不，爱不会带来任何伤害，那不是爱，我不会打你。"

许妍其实已经相信林泽对暴力一事的坚决否定态度了，可是这样的逗弄，又让她有种抓着小猫后脖颈的皮看他无助伸爪子的恶意快感，她觉得自己很坏，总忍不住想欺负他。

终于，林泽抱着手臂，对她说："许妍，我要生气了。"

许妍："生气了，然后呢，就不爱我了吗？"

林泽："是的，生气的这几分钟就不爱你了。"

许妍不害臊地说："那你过几分钟再找我吧。"她说完，还先发制人，把视频给挂了。

没等几分钟，林泽又打来了视频，他背后的场景变了，不在房间里，而是在楼梯上。

许妍："你生完气了？怎么跑出去了啊。"

林泽："生完了，室友回来了。"

室友其实一直在宿舍，只是刚才在洗澡，洗完澡出来听到了几句对话，说他是"妻管严"。

虽然林泽没听懂，但感觉室友是在笑话自己，所以他拿着手机戴着耳机出了宿舍楼，坐在外面的台阶上。这里人少。

夜深露重，许妍怕他在外面冻感冒，催他："我也没什么事了，你快回去休息吧。"

林泽："不，我要和你说清楚，你不信任我。"

许妍："信呀信呀，我信你，我逗你玩呢。"

林泽坚持让她把所有疑问一次性说清。许妍为了安他的心，硬想出个问题："那个人当时是怎么挑衅你的？"

时间久远，林泽认真回忆了一下："他问我是不是没断奶，让我回家找我妈吃奶去。"

许妍沉默。她感觉比起没断奶更伤人的，是林泽回家找不到他妈。

女人的同情心总是容易泛滥，许妍完全忘了刚才捉弄人的也是她，现在只想给他一个大大的拥抱，再加一句"姐姐疼你"让他别伤心。

终于结束了这个话题，林泽问她辞职是否顺利。

许妍："还剩两节课，收个尾就走了。"

林泽便又说起自己的行程安排："俱乐部这边我会有两周假期，去掉录制的五天时间，剩下时间我们可以出去旅行，或者就在这里玩，管他呢，跟你在一起都可以。"

许妍欢呼了一声："那我们先把菜地的种子种上。前天我去看了看我们的花园，唔，一片惨淡。"

林泽笑起来："好的，或许你可以试试给它们唱歌跳舞，说不定能让它们复活。"

许妍想起上次的糗事，在自己脖子上比画了一个割刀子的手势，让他闭嘴。

"网恋"生活因为林泽即将开始的假期充满了希望。

许妍去公司签离职单这天，刚好是林泽队里休假去录节目的日子。

他训练的时候她从不去打扰，但是许妍想这也算是特别的一天，所以她买了礼物想要下午去他录制的酒店探个班，见他一面。

礼物是她精挑细选的小奶瓶，她很期待他面对这熟悉的挑衅是什么反应。

反正他说过了，绝对不会揍她的。

启寻娱乐的人事办公室里，许妍确认了工资结算日期和社保缴纳日期后，在离职单上签了名字。这是经过双方"协商"后由她主动辞职，离职原因写着"个人工作计划变动"。

人事皮笑肉不笑地感谢了许妍对公司所做的贡献，祝愿她未来工作一帆风顺，还假惺惺地问了几句有没有找到合适的下家，有需要的话也可以给她推荐几个猎头。

许妍从口袋里掏出口罩，摆出不想交谈的姿态，背上包就走了。

在公司待的最后几周，她都快被人事的阴阳怪气和一系列操作气死了，早就对公司没什么感情了，只想赶紧解脱。

只是走去电梯的这一路上，要经过熟悉的练习室。练习生们透过玻璃门看到她，知晓了她离职的消息，纷纷不舍地跑出来跟她道别。

这帮家伙平时可没少用他们的魔音折磨她，现在她要走了，居然生出几分舍不得。

"大跑"和"小跑"上她的课上得最多，他俩今天没课，是特意来公司给她送行的。"大跑"抱着百合花，"小跑"提着个锦旗，两人站在走廊尽头对她挥手。

许妍觉得又感动又丢人，捂着眼睛没脸看。

"大跑"："小妍老师，别哭！坚强！"

许妍："我哭个屁，我怕被人拍下来，我要脸！"

她走近了，看清了锦旗上的内容，两排六个大字：唱得好，骂得对。

许妍嫌弃，不想收下这份大礼，"小跑"转动旗杆把旗子卷起来，用根红绳扎了个蝴蝶结，送给许妍："小妍老师，你一定不会扔进垃圾桶的，对吧？"

许妍嘴上说着："嗯嗯，我回家挂客厅。"心里想的是：挂客厅垃圾桶里。

两个大男生伤感得眼圈都红了，勾肩搭背地把许妍拥抱住，三个人滑稽得像是在跳大神。

"大跑"为了不让许妍拉黑他们，主动提议请她吃午饭。结果隔壁教室出来看热闹的形体老师，抓住这两个作业没提交的"差生"去补课了，许妍笑嘻嘻地跟他们挥手再见，头也不回地坐电梯离开。

她一手抱着鲜花，一手把锦旗插进背包里，在公司楼下的咖啡厅点了热美式和铜锣烧，以后估计没什么机会吃到这家的手艺了，有点遗憾。

许妍找了个角落的位置，摘下口罩，等待上餐。

没想到和餐盘一起出现在面前的，还有路英奇。

她都不知道他今天也在公司。

路英奇没化妆，戴了口罩和帽子，看起来比她上次见到时更瘦，几乎能看见胳膊肘上的骨关节凸起。

以前许妍喜欢清秀的男人，觉得身上没有赘肉的瘦削类型看着干净。现在她变了，她觉得男人就得像林泽那样一身腱子肉，瘦得像火柴棍似的有啥看头，风吹得大点还得她帮忙拉着别被刮跑。

路英奇开口，嗓子有些哑："离职了？"

许妍纳闷他声音怎么这么沙哑，反问："你最近抽烟？"

路英奇苦笑一下："偶尔，很偶尔，失眠的时候。"

许妍身为音乐人，对嗓子的爱护程度甚至比对赚钱还上心。她职业病犯了，从包里掏出一盒自用的蜂蜜润喉糖，贴着桌面推给他："那你多喝水，烟油糊了嗓子可不容易清。"

路英奇打开盒子，抠出两粒喉糖扔进嘴里，薄荷的清新让头脑清明了些许，心里的烦闷也减轻了很多。他问起她之后的打算："张三疯那边在找舞台策划，你有没有兴趣，我推荐给你。"

之前公司给许妍使绊子的时候，巴朵还曾怀疑过是路英奇搞的鬼。现在他这么热心帮她找工作，许妍心里说不出什么感觉。

她没想到自己离职还挺受瞩目，看来高层怕她留在公司"蛊惑人心"也不是没有道理的，毕竟她可是八卦新闻的女主角。

她没有拒绝路英奇的主动帮忙，不管于公于私，他确实是欠她的，给她出力很应该。

路英奇当着她的面给张三疯打电话，说了说情况以后把她的联系方式推过去，约他改日吃饭。

许妍的铜锣烧吃得差不多了，她等路英奇打完电话，就跟他告别："我还有事，先走了，饭我请他吃就行，你不用出面，省得又被拍。"

路英奇沉默片刻，仰着头看着起身要走的许妍，目光在她的背包上扫过："这包你背着挺好看的。"

是他送的那个。

许妍没有丝毫慌乱，她又坐下，跟他说了几句："我背这个包，不是对你还有什么余情未了，只是它刚好和我今天的衣服比较搭。"

路英奇："但你也没舍得把它扔掉。"

许妍呵呵一声："我不扔，是舍不得钱，不是舍不得你，OK？"

她的解释并没有让路英奇觉得难受，相反，他挺高兴她还能这样语气生动地挤对他，起码说明他还能调动起她的情绪。

他把口罩戴上，把她给的喉糖揣兜里，先走一步。没有刻意卖惨，但确实看起来背影孤单，有种破碎的美感。

许妍想，这如果被他脱粉的粉丝看到了，恐怕都要立马回粉。

但她不是他的粉，她的心软现在都在另一个男人身上。

许妍打车去酒店，路上林泽给她发消息，说自己刚跟节目组的车到达酒店，休息一会儿，吃了午饭就要去训练场了。

许妍看看时间和车程，应该能赶得及。

林泽又问她离职办好了没有，现在在干吗，中午吃什么。

许妍淡定地骗他说自己刚办好离职，遇到了路英奇，中午打算和他一起吃楼下的西餐厅。

林泽："哦。"

许妍捂嘴笑，对比上面那每条几十秒的语音来看，这条一秒钟的语音信息量很大啊。

她告诉他自己要给他闪送礼物，问他房间号。林泽不疑有他地告诉了她。

车子正好停在了酒店门口，许妍下车后一路小跑。

正是午饭时间，电梯里人多，她运气好蹭到了和林泽同楼层的住户，浑水摸鱼地到了林泽住的那层。

来到林泽房门口，许妍按门铃。

门内是林泽的疑问声："谁呀？"

许妍捏着鼻子，沉着声喊："快递！"

林泽居然很单纯地信了，都没从猫眼看一下就把门打开。

许妍在外面举着包挡着脸，听到门开的声音把包一挪，叫了声："喵！"

这种躲猫猫密语林泽没听懂，但不妨碍他露出来玩躲猫猫时看到人的那种惊喜表情。

他手放在她肩膀上，一拉，把人带进屋，关门，手还没松开："你不是在和路英奇吃饭吗？"

许妍："吃完了呗，正好路过，来看看你。"

林泽不说话，表情是看穿她的样子："骗我。"

不管哪句话是假的，总之都是小情侣的情趣。

许妍看到房间的茶几上摆着不锈钢饭盒和汤煲，还有叉子和勺子。

"你接着吃，我坐坐，一会儿就走。"许妍说完，坐在沙发上，等他吃饭。

林泽的进食速度加快了许多，想快快吃完多陪陪她的意图非常明显。

他吃着东西不方便说话，但她的嘴闲着可以唠嗑当背景音。

许妍也不想刻意制造误会让他吃醋，讲了讲刚才遇见路英奇，对方帮她找工作的事。不知道怎么的，说着说着就说起来背着的这个包。

许妍叹气："之前我没扔掉这个包，觉得它可以作为一个提醒，提醒我远离渣男，别当圣母。"

她其实没跟林泽讲过她跟路英奇的事，林泽也只以为路英奇是她的前男友。但这不妨碍他听懂许妍的情绪。

许妍："但是现在我一看到这个包就烦，背也能背，又好像没必要，我也不知道自己想怎么样。"

林泽："那就不要了，我给你买新的。"很标准的男朋友正确答案。

许妍拿起包再看一眼，以前还觉得是个融合了很多复杂情感的东西，现在看好像确实就是个包，她已经计划晚上就把它挂到二手平台卖出去了。

毕竟钱是无辜的，她花钱的时候不会考虑这钱是否来自"乌龟背锅盖"的血泪教训。

她讲完包的事，他饭也吃完了。许妍抢先一步站起来："渴不渴？我给你倒水！"

她掏出她买的"新杯子"，去洗手间拆了包装，冲洗了一遍才拿出来接水。

接好了，拧上盖子，送到林泽手里。

林泽无语。这是个真正的宝宝用奶瓶，硅胶奶嘴正往外冒着接得太满的水。

许妍狡黠地笑，偷看他的表情："没断奶其实可以喝奶瓶的。"

林泽还真的拿到嘴边嘬了一口，嘬完后放回桌子上，两只胳膊交叉在一起，抱在胸前："许妍，你是在找事儿吗？"

他不知跟队里面谁学的，"找事儿"三个字带着儿化音，字正腔圆，很是地道。

许妍摇摇头："哪有，我只是想送你一个特别的礼物。"

他松开胳膊，站起来，站在她跟前，手抓着她的手腕，一躬身，搂着她的腰把她直接抱起来，扛在了自己肩膀上，像是扛着一袋大米。

许妍吓了一跳，尖叫着蹬腿。

她的肚子顶在他肩头，头和手垂在他背后，一张脸因为倒立的姿势而充血涨红。

林泽扛着她在屋里转悠，似乎在寻找什么。

许妍还在努力想把自己撑起来："你要干什么？放我下来！"

林泽终于发现了合适的地方，他朝着玄关那边的全身镜走去，语气故作冷漠地告诉她："要揍你。"

许妍："你说过不会打我的！"

林泽不与她辩论，他的长腿几步就走到了镜子前面。

镜子里，被扛在他身上的许妍略显潦倒，裙摆乱七八糟地皱着，一半翻折过去，还有的塞在身下。

林泽替她整理了一下，像是整理一把被风吹翻的雨伞，所有的裙摆都翻上去，搭在她背上。

许妍头有些晕，她的视线被裙摆遮住了，看不到镜子里自己的狼狈模样。

只听到"啪"的一声，林泽的巴掌落在她的大腿上。

许妍今天穿的是蓝白底油画图案的针织衫，衣服塞在同色系的蓝色的百褶裙里。裙子下面还穿了条肉色的薄款打底裤袜。

此时她宁愿自己没穿这条裤袜，那样好歹场面只能算暧昧，而不是像现在这样臀部走线主打一个分区域收缩，弯弯曲曲地不平整利索，还半透不透地露出她的纯棉全包式底裤。

她窘得要死，不想给男朋友留下幼稚且臃肿的感觉，哪怕她不是性感，也要是清纯吧！

许妍："放我下来。"

林泽扛着她，转了半圈，让她头那边对着镜子，自己变成了背对镜子。他笑："不放。"

许妍努力抬起头，看到了镜子里自己涨红的脸，她带着颤音哭诉："我头晕！我要晕过去了！"

她这肺活量太好，中气十足，实在不像虚弱得要晕过去。

林泽不信她，又打了她一巴掌："就不放。"

其实他打得不疼，打的位置也不过分，都没碰到她的屁股，只是打了大腿而已。

可许妍就是觉得丢脸。她也算演员出身，上学那会儿声台形表一应学过，现在要表演个哭戏，眼泪也说来就来。

她抽抽搭搭了半分钟，林泽像是追自己尾巴转圈的大狗，扛着她转了一圈又一圈，扭着头去看镜子里她的脸色。

终于他觉得不对劲了，把人从身上放到地上，看到许妍满脸泪痕，而且眼泪还在往外飞溅。

林泽慌了，用手背给她擦脸上的眼泪，可擦掉旧的又添新的，眼泪总也擦不完："别哭呀。"

许妍原本是三分真、七分演，这下被他一哄，委屈涌上心头，成了十分真，号啕大哭起来。

林泽不知道怎么办了，正面打横抱起她，坐到沙发上给她拍背："别哭了别哭了，我错了，我逗你玩呢。"

　　学表演的，或多或少有些表演型人格，许妍坐在林泽腿上，痛快哭了一场以后，终于停下来，梨花带雨地指责他："你打我！"

　　林泽："我有罪。"

　　他认错态度这么好，她骂都没得骂。

　　许妍："你把我打底裤脱了再打啊。"

　　林泽："啊？"

　　许妍："丑死了！"

　　林泽有些混乱，他以为是自己的行为太亲密让许妍觉得被冒犯了，怎么听她的话像是嫌弃他不够冒犯呢？他不敢往深了想，怕想多了不能自持。

　　许妍哭好了，有点渴，拿起桌子上她带来的奶瓶，拧掉奶嘴，"咕咚咕咚"灌了半瓶水，喝完还打了个嗝。也说不好是哭嗝还是饱嗝，既然用的是奶瓶，大概就是传说中的小说女主的"奶嗝"吧。

　　她哭完替自己找了个理由："我是今天离职了有些伤感，这是我的第一份工作。"

　　林泽："嗯。"

　　不管他信不信，反正许妍给自己铺好台阶就走了，他还要去录节目，她不好待太久。

　　将百合花留给了林泽，背上插着锦旗的背包，许妍飞奔回家。

　　秋日的寒凉天，她愣是跑出来一身汗。

　　许妍回了家先去浴室冲澡，脱下那让她倍感丢人的塑身打底袜。

　　她狠狠地把裤袜扔进脏衣篓，闭上眼用淋浴的水流浇丢丢脸的回忆。

　　其实她也不知道自己为啥就矫情大哭了，她一年都哭不上几次，可能有一些隐藏在心底的压力趁机宣泄出来了。

　　水花打在腿上，细细刺痛中午的"伤处"，当时只顾着挣扎和反抗，现在想来，林泽的那两巴掌落在大腿上，也是足够暧昧的。

　　她洗完澡出来的时候，巴朵正在研究她那面锦旗，看到她笑得很不给面子："你学员送的？太有才了吧。"

　　许妍看着"骂得好"三个大字，也绷不住笑，她的第一份工作好像就被这三个字总结了。

　　现在，她真的要跟一段过去告别，开启新生活了。

第 六 章
谈恋爱能多腻歪

没有立马找工作的许妍开启度假模式，等了林泽两天，等他结束了录制，一大早就开着自己刚提的新车去奥园浇花。

之前种的那些花苗，有一半已经枯败了，许妍也不知道是季节原因还是她养得不好，吭哧吭哧地给它们"灌"营养液，试图让它们起死回生。

忙活到一半的时候，院子外面门铃响了。

许妍纳闷有谁会来，提着喷壶跑过去问，结果是林泽。

她已经忘记了上次见面的尴尬，张着双臂像快乐的小鸟扑进他怀里，仰着头问："你没带钥匙吗？"

林泽带了，他就是听见了里面的声音，想试试回家被女主人迎接的感觉。不过他说："嗯，忘带了。"

他接过许妍手里的喷壶，用脚把铁门踢上，拉着她走到花圃旁，蹲下观察花苗的生长状态，一副很专业的样子。

许妍问："看得懂吗？"

林泽回答："我妈妈和妹妹都在种花。"

他蹲着的时候也拉着她的手，手臂高高抬着，也不嫌累。

许妍问："那它们为啥枯了啊？"

林泽说："因为它们太想你了，就哭了。"

许妍说："什么冷笑话？"

她把拖鞋脱了，用脚尖踢他一脚。

林泽笑了："不知道啊，我妈妈种花，我又不种。"

他站起来，陪许妍做"最后的抢救"，等营养液都喷好了，进屋去检查了一下冰箱存货，决定跟许妍去超市采买囤货。

林泽："我打算这几天住在这里。"

许妍："哦，你住呗，你的房子。"

他们往楼后面的停车区走，林泽听许妍这么说，把她拉到胸前，两只手从她肩膀上方环过去，轻巧地将人揽入怀中："你说你也要住在这里，快说。"

林泽刻意往前压，身体的重量分了一些到她身上，许妍就感觉自己背了只大熊似的，压弯了腰，后背暖暖的，心里麻麻的。

她说："哼哼，看你表现。"

林泽得了令，立马直起身子不压她了，只是手还圈着她，有些腻乎地用姿态表达对她的喜欢。

许妍今天想要展示车技，指着自己的新车示意开这辆。林泽给她拉开主驾的车门，做个"请"的手势。

好在超市离家不远，她的不娴熟车技也能轻松搞定。

许妍没想到自己跟林泽为数不多的几次约会里，几乎次次都有逛超市的安排，这恋爱让她谈的，可太有烟火气了。

工作日的上午，超市人不多，基本都是大爷大妈和小孩。

林泽对自己的健康管理有要求，许妍却没有，所以在林泽挑菜的时候，她往购物篮里放了一堆垃圾食品。

袋装零食没什么重量，林泽提着没感觉，一扭头发现篮子里的东西都要溢出来了。

他又去拿了一个空篮子，分开装，一个装菜，一个装零食。然后他问许妍："是我拿两个，还是我们一人拿一个？"他问这话的时候已经把轻的那个篮子往前送了，"如果我拿两个的话，就不能牵着你了。"

没想到许妍不买账，像公园老大爷那样甩着两只手走开了："你拿两个。"

她在前头开心地挑，他在后面当保镖。最后两个篮子都被她装满，他们才收手回家。

收银台前，收银阿姨正神色悠闲地看着对面电视上播放的综艺节目，接过篮子取物扫码，扫好了，抽出两个无纺布袋子给他们打包。

　　阿姨边收银边盯着林泽看，最后下结论："帅哥，你长得跟那个教练很像嘞。"

　　许妍回头看了眼电视屏幕，放的正是《超新秀冰球》，镜头里林泽正冷着脸，让趴在冰面上生气哭的队员"站起来"。她偷笑，那岂止是长得很像。

　　林泽把袋子拎起来，一只手拿着，对阿姨说了声"谢谢"，拉许妍回去。

　　许妍："我们回去看你那个节目吧！"

　　已经播到第二期了，她每期都准时准点看过，但不介意陪他再看一次。

　　林泽平时没空，不想耽误时间看这些，但现在是度假，他欣然应允。度假不就是要和心爱的人望天看云，虚度时光吗？

　　其实真不算虚度时光，许妍的计划长长一串，要种菜，要看综艺，要做个她刚学会教程的小蛋糕，要去拍职业照，还要满足心愿坐傍晚的摩天轮。三天时间根本不够用。

　　"所以你住在这里比较方便。"林泽再次开口留她住宿。

　　许妍"嗯哼"了一声，之前是没有计划，现在他提议了，她也没什么抗拒，只是她空手来的："要回去拿些日用品。"

　　林泽："我们可以去商场买吗？我也需要一些，放在这里用。"

　　许妍同意了，转头去做她的蛋糕胚。

　　端着盆子站在厨房的窗边，拿着打蛋器打发蛋液，看高速旋转的钻头带起飞溅的液体，她才想明白，林泽不是觉得回去拿东西麻烦，是想让这个家里逐渐摆满她的物品吧？

　　想明白了，她觉得这蛋糕还没做好，就已经尝到甜味了，笑着把液体倒进模具里，放入烤箱，去院子里找林泽。

　　林泽正在往地里撒种子，这看起来比移栽花苗更难，因为土壤一盖，种子消失无踪，光秃秃的土地上实在看不出有生命力的迹象。

　　他坐着板凳用喷壶洒水，许妍直接蹲到他旁边："你都种了什么？"

　　林泽答她："番茄、黄瓜、土豆。"

　　许妍："可以，听起来能炒盘菜了。"

　　林泽指着离自己最近的那块湿地："还种了你要的草莓。"

　　许妍两只手搭在膝盖上，土壤浇过水颜色发暗，她脑海里想象着红红大草莓的可爱模样，抬起头来噘着嘴对他说："来，给你'种个草莓'。"

　　许妍仰着头凑过来的时候，林泽马上就理解了"种草莓"是什么意思。

他自以为他理解了，应该就是和草莓一样香香甜甜的亲吻吧。

可是很快他就发现不对劲，她在吸他的脖子，像个美丽的吸血鬼咬住他脖子上的皮肉，吸咬。

理智比快感更快抵达他的大脑皮层，林泽一把将许妍推开："不行，这里是颈动脉，不能吸。"

许妍被他推得一屁股坐在地上了。

她茫然："你说啥？"

林泽掏手机，对着语音输入法一顿嘀咕，最后给许妍看他翻出来的界面："这个，准确地说是叫颈动脉窦，这里不能吸，会死。"

许妍疑惑地接过手机，去看他说的什么。医学原理她看不懂，但后果她看到了，对比了一下图片上的"死穴"和她刚才亲他脖子的位置，还真有点接近。

浪漫剧差点变恐怖片，许妍为自己的莽撞感到后怕，同时庆幸林泽懂得多，没有酿成大祸。

林泽把她拉起来，替她拍拍裤子上的灰，在她额头上亲了一下。

许妍不想让他误会自己是不是想谋财害命继承他的遗产，跟他解释"种草莓"的来历。

许妍说："小时候看偶像剧，里面的情侣会在对方身上留下吻痕，就叫'种草莓'。"

林泽不想扫她的兴："你可以种在别的位置。"

许妍扫了一圈他的脖子，感觉哪儿哪儿都是危险区域，于是她像他经常亲自己额头那样，指着他的脑门说："我种这里吧。"

林泽皱眉笑："那就变成二郎神了。"

"哟嚯，可以呀，还知道二郎神呢？"许妍"海豹鼓掌"。

林泽没理会她的嘲笑，虽然是在自己家的院子，但这里四面透风还能看到邻居家，他没打算在这儿继续亲热，把种菜的工具收起来拿进屋："饿了，做饭吧。"

一进门，先闻到了烤蛋糕的甜香气息，腻死个人。

许妍去厨房看了眼火候，把蛋糕胚脱模倒到木盘子里晾凉，开始等待涂抹奶油。

林泽跟进来，手里拿着小音箱，放到冰柜上面，连上蓝牙放歌，抒情的乡村音乐，口哨声吹得像是走在秋天铺满落叶的小路上。

他拿出陶土锅，放在水池里浸泡，然后清洗好已经化冻的整鸡，在鸡肚子里塞满了板栗仁和大蒜瓣，再把蔬菜一层一层铺进陶土锅，最后放上鸡，盖上盖，推进烤箱定时烤。

烤鸡要烤一个半小时，他们可以先去看会儿电视。

许妍已经把蛋糕做好了，她想来想去感觉涂抹不均匀，直接用奶油喷壶在蛋糕顶上喷了一圈花边，又点缀了一圈车厘子，看起来挺像那么回事。

她把盘子端到饭厅，跟林泽说："庆祝一下我们恋爱不知道第多少天！"

林泽笑着说好，还去鞋柜上拿来个香薰蜡烛，点着了让许妍吹。

许妍："我能许个愿吗？"

林泽："当然可以。"

许妍于是双手合十在面前，心里许了一串愿望。

愿爸妈身体健康；愿林泽比赛不要受伤；愿自己早日暴富；愿巴朵也早日暴富然后分自己一些钱。

她许愿时间有点久，林泽低头去看她，疑心她是不是睡着了。

许妍睁开眼，就看到他放大的脸，在小小火苗后面忽隐忽现。

她"噗"一声把蜡烛吹灭："许完啦。"

这只是非常普通的一天，也没什么特别的事要纪念，但她认真地许下心愿，心里满是欢喜。

"自己做的蛋糕，你可以吃吗？"许妍拿勺子挖下一块带着奶油和车厘子的蛋糕，递到林泽嘴边。

可以吃是可以吃，最近休假，就算吃到点不合适的等他回去队里也代谢完了。他只是单纯地控制甜食摄入量，自律是优秀运动员的基本要求。

林泽张嘴往她送到跟前的勺子含住，记忆里有印象的蛋糕的滋味，是十岁那年过生日的时候希亚给他做的生日麦芬，他记得是香橙口味的。

等他吃完那个麦芬，希亚就拖着打包好的行李箱离开了，她对他说："这是你新生的日子，这也会是我新生的日子。"

许妍做的蛋糕应该是减糖的配方，吃起来不太甜，甚至有点鸡蛋的腥味。她等着林泽吃完第一口，自己也跟着吃了一口，吃完后表情有些沉重，然后告诉林泽："现在外面最流行的就是这种半糖蛋糕，是健康的味道。"

　　林泽点头，吐掉车厘子的核，握着她的手又舀了一勺蛋糕，喂到自己嘴里："好吃。"

　　许妍不确定他是不是真心觉得好吃，心虚地把剩下的大半盘蛋糕端走了："你少吃点吧，你去调一下电视。"

　　她把蛋糕装进保鲜盒，放到冷冻室，异想天开地幻想这样就能变成冰激凌蛋糕。如果实在不行，那就扔到花园里，当肥料给花花草草吃吧。

　　等她处理完，林泽已经调好了电视频道，还给她冲泡好一杯拿铁，并且在自己腿上放了个小靠枕，示意她可以躺过来。

　　许妍爬上沙发，一头扎进他怀里，枕着枕头抱着他的腰，"嘻嘻"笑着去蹭他的腹肌："那我躺着怎么喝咖啡？"

　　林泽："我去给你拿吸管。"

　　许妍："你就不会喂我吗？"

　　林泽："怎么喂？"

　　他问完，自己就想通了，还能怎么喂呢。他看起来像笑，又像嫌弃，皱着眉低头看她："你不觉得脏吗？"

　　本来不觉得的，他一问，她好像觉得是有点脏。

　　许妍冷哼一声，翻过身去看电视："你亲我的时候怎么不觉得脏。"

　　她拿遥控器按了播放键，动感激情的团歌响起来，新秀们打球不行，唱歌还是可以的。

　　林泽觉得许妍想要的和抱怨的并不能等同于一件事，但如果她喜欢的话……

　　他拍拍许妍的胳膊。

　　"干吗？"许妍仰头看他，只见他腮帮子鼓起来，不知道什么时候喝了一大口咖啡。

　　他低头，向她凑近。

　　许妍看着他那花栗鼠一样的脸颊，忍不住笑场，她抬手推开他的脸，可他那一大口太多，轻轻一推，全都喷了出去！

　　好在他还知道转过头喷，没弄脏她的衣服，但是弄脏了地毯。

　　许妍一点都没有做了坏事的不安，她理直气壮地埋怨他："脏兮兮的！"

　　林泽无语，掐了一把她的脸，抽纸巾擦擦嘴，先不去管地毯了，看电视。

看的是第一期，去哈市和小学生打比赛的那场。在正式训练之前，队员们一起逛夜市。新秀们见到美食两眼放光，纷纷讨论哪个自己吃过，哪个听说很好吃。而林泽跟在后面，每当他们想扫码付钱的时候，他就要说一句："不健康，别吃。"

节目组把他的这句话剪成了鬼畜视频，满屏都是他的"不许吃""不要吃""别吃"。

这期节目剪辑好的时候，林泽的打架视频还没被热议，节目组还想要给他这个辅导员立个"男妈妈"的人设。

包括后面他看比赛的时候一言不发，也被节目组揣摩心思加上了"忧心忡忡""心疼队员"这样的字幕。而弹幕区却是满屏的"真的吗？我不信"这样的质疑。

许妍指着电视问林泽："你那时候在想什么啊？"

林泽回忆了一下："好像是在想……'他们怎么打得这么烂'，还有'许妍能不能看到我'。"

那时候她就在他后面的看台上，他克制了好多次回头找她的冲动。

许妍闻到厨房飘来的香气，肚子咕噜噜地叫。林泽说要去把锅盖打开，再烤一会儿。许妍像他的腰部挂件一样，在后面环抱着他的腰，和他一起同步走去厨房，又走到储物间把上午买的零食拿了一大包，再回到沙发上。

她把玉米浓汤味的妙脆角套在林泽的十个手指上，像给他套了十个甲套。她躺着，他两只大手抬着张开，随她想吃了就拉着他手腕放在嘴边吃一个。

她眯着眼享受得像只慵懒猫咪，问："都吃到沙发上了，你不嫌脏吗？"

林泽表情无辜："刚才是你推开我的。"

许妍就是没事找事逗他，不和他讲道理："哼，就是你嫌我。"

林泽跟她说不清，只能等她吃完了，拖过来一台布艺清洁机，把地毯上的咖啡渍和沙发上的零食渣都清理干净。

许妍在一旁也没闲着，她给他拍了很多好看的照片，挑选着修图。

电视成了背景音，偶尔有林泽的部分，她就抬眼看看，然后跟他分享弹幕内容。

第二期在后期的剪刀手下，林泽成功"黑化"成大魔王，主打一个冷酷无情的形象。

队员跑吐了，他在旁边递水："让你漱口，没让你喝。"

队员趴在冰面上哭，他让人家站起来哭："脸冻伤了会留疤。"

许妍："弹幕说'哥哥好凶，我好喜欢'。"

林泽举着清洁机的拖杆："也没有很凶吧，我还给了那个大力送面霜了。"他想到什么，鼻子一皱，"他好爱哭。"

许妍："不懂了吧，现在就是流行这种，看起来是运动型，但实际是泪失禁体质，要的就是一个反差萌。"

林泽："哦，流行。喜欢他的人和喜欢吃那个半糖蛋糕的是不是一拨人？"

许妍怎么觉得他在内涵她？她一个"猛虎下山"，把林泽扑倒在沙发上，跨坐在他腿上，膝盖跪在沙发上，正面对着他作势要挠他："道歉！跟我道歉！跟蛋糕道歉！"

林泽把拖杆往地上一扔，空出来的两只手举在耳边，投降："姐姐，饶命。"

他轻易不叫姐姐，一开口就让她心软。许妍要挠他的那双手改成搂着他的脖子，眼睛亮晶晶地看他："再叫一声。"

林泽："饶命？"

许妍："不是！叫姐姐！"

林泽抿着嘴，不叫了。

四目相对，林泽高举的手扶到她腰上，把她推向自己，低头嗅她脖子上的香味。他活学活用，嘴唇贴着她的皮肤，说话的气音要灼伤她的脖子："给你种草莓。"

许妍："不行，那个，什么窦！"

"嗯。"林泽低低应了一声，"我知道。"

他感受到许妍激烈的心跳，透过他的唇舌传到他的耳膜。

许妍原本是向上抬手揽着他的脖子，不知何时手臂垂下去，低头看到他的发顶。她的手更加不知所措，按在他的腿上，不敢低头看，抬头看到沙发背后窗外的蓝天，把自己也软成了一朵绵密的"嘟嘟云"。

厮磨的时间总是不够用，综艺节目都已经开始念结尾广告词感谢赞助商了，许妍才回神，时间已经过去了好久好久。

她从林泽身上爬下来，坐到一边的沙发上，红着脸整理自己的衣服。

林泽原本在地上的脚抬起来，踩在茶几边上，人往后靠坐着，手腕搭在膝盖上，很散漫的姿势，缓解一些不适。

许妍不敢看他，他却用他漆黑的眸子盯着她看，想拉她到怀里再亲一亲，又怕吓到她。

她这个人，虽然有时候表现得好像大姐大，可跟他在一起的时候又经常害羞，像只张牙舞爪的鹌鹑。

"饭应该好了吧。"许妍看着自己的拖鞋，小声说。

是应该好了，都已经快下午两点了。

不过他们刚才也断断续续吃了点东西，三餐按时按点吃的话那还叫什么休假呢，就是要慢悠悠，随时随地，想吃就吃。

许妍把自己这套理论说给林泽听，林泽只是笑笑。

他戴着烤箱手套，把滚烫的陶土锅端到饭桌上，然后拿了两套餐具，给许妍先舀了一碗带着鹰嘴豆的鸡汤，又用刀叉分切出鸡腿和鸡翅放到许妍盘子里。

鸡的表皮已经烤得焦黄，旁边堆积的土豆、番茄、西兰花也都被汤汁泡入味。

许妍喝了一口碗里的汤，啊呸，烫到舌头了。她猛灌凉水，还好喝汤用的是平勺没喝多少，不然她舌头要烫掉了。

始作俑者居然还在笑，她大着舌头说："疼死了！"

林泽："那么严重吗？"

许妍："非常！你这几天都不要和我接吻了！"

林泽跟着严肃起来："看来确实是非常严重，我送你去医院。"

许妍才不去，她丢不起这个人！

舌头疼归疼，忍一忍还是能吃能喝的。她吃饱喝足后又开始犯困，可她舍不得睡觉，能跟林泽在一起的时间总共没几天，每一秒钟她都想掰成六瓣用。

饭才吃好，她就拉着林泽去逛街，置办这几天要用的物品。

出门前，许妍不仅和林泽戴了同款帽子，还往包里装了两个口罩："你现在也算公众人物了，还是低调点。"

林泽以前在北美打球的时候，也有不少粉丝，他们会在球场上对他欢呼，跟他合影。

虽然他还没机会线下感受追星少女的热情，但是从评论区那些想对他这样那样的奔放词句里，他也觉得许妍的建议是有必要的。

平时许妍跟巴朵逛街，那是一家店一家店地试，精挑细选最适合自己的。

但是跟林泽逛街完全不同，他们就像是赶着去上货，要的是一个速战速决。

护肤品化妆品直接拿平时常用的；家居百货许妍打算在网上买，最快一小时就能送到；衣服拿的是许妍平时经常穿的休闲品牌，同款同色大小号分别拿一件，T恤、卫衣和帽衫各来一套。

"要不要买睡衣？"许妍抢着买完单，问提着大包小包的林泽。

林泽："我睡觉不穿衣服。"

许妍："……哦，那算了。"

至于她，她可以穿他的T恤替代。

收工要回家了，许妍看见商场角落里有个自助证照机。

她指着那个白色小房子问林泽："你不是说需要一寸照吗，去拍呀。"

之前她跟他说计划去拍套证件照和写真照，找工作的时候用，林泽就说他也需要拍套一寸照备用。

许妍吹捧男朋友的美貌："我还要化妆修图，你这脸自己随便拍拍就行了。"

她想着如果去影楼拍，林泽被认出来有点麻烦，可是不带他去她又觉得浪费了能在一起的时间，所以决定取消这个计划，等他录节目的时候自己去拍。

林泽无所谓，她指哪儿他就走哪儿，撩开白色的门帘钻进去坐下。

自助机房的空间不大，林泽的身型在里面更显局促。再加上一个硬挤进来要指导他操作的许妍，空气甚至有些闷热。

许妍扫了码之后对着屏幕一顿戳，调出了白底一寸照的拍摄界面后，退出了拍摄范围。

她很有成就感，就像看着自己刚入学啥都不懂的小朋友一样，能照顾别人的心情可别太美妙。

林泽拍照很随性，按了拍摄键以后把身子坐正，拍完就算完了。

"哎，等等！"许妍抓住他的手，不让他点确认，"你笑一笑呀，不要装酷。"

林泽看屏幕里的自己，觉得挺正常的，他就是这么酷。但他没跟许妍睪，听她的，又拍了一张。这次嘴角微微弯着。

"假笑男孩。"许妍摇头，不为难他了，"就这样吧，比刚才那个好。"

她又去研究怎么把电子版发到自己的邮箱，刚操作完，机器上弹出来个广告，复古情侣大头贴。

许妍："咦，我们试试这个吧！"

林泽乖乖任她摆布。

这大头贴的版式真是复古，许妍还是上小学的时候和好朋友拍过，看到这些粉色花边有种梦回童年的错觉。

土到极致就是时尚，许妍挑了一版有大小十张不同样式的款，付了钱以后进入拍照模式。

林泽还是没什么表情，像在拍证件照。

许妍不满意："你跟我学。"

虽然爱是包容……但林泽实在不想学她嘟嘴瞪眼、眉边敬礼的动作。

许妍："你不懂！这可是当年的大流行！"

林泽挠挠脖子。

许妍勉强了两次，看他就是很抗拒，就不逼他了，正正经经拍合照。

她在前面十连拍做各种可爱姿势，他在旁边当一个帅气的背景板，看着她。

最后一张，许妍忽然歪头，在他脸上亲了一口，他本就在看着她笑，被亲到的时候笑得格外灿烂。

许妍很满意。从出片口拿到新鲜出炉的照片后还用力甩了甩，她感觉这样能加速油墨干燥，这是一些从小养成的肌肉记忆。

回家路上，许妍坐在车里就下好了日用品的订单，还买了一个透明手机壳。

把空旷的样板间一一塞满真是件让人无比满足的娱乐活动。

时间甚至比跟林泽亲热时过得更快，外卖小哥把日用品送来后，他们又是一顿收拾。

都收拾好了，许妍才坐到椅子上，得空欣赏一下被她装满小东西的房间。

她把透明手机壳换上，把今天拍的照片裁剪下来，一张是他的证件照，一张是她亲他的大头贴，都放进了壳子里，人像朝外。

她很满意自己的新手机壳，晃给他看："好看不？"

林泽没觉得有什么好看的，但是看她把自己"时刻带在身边"，他又觉得挺高兴。

他的笑让许妍神经敏感了一下，她强调："这可不意味着我给自己贴上了你的标签，成为你的所有物。"

林泽："当然。"

许妍指指那张照片："这是我给我的手机养的电子宠物。"

林泽揉揉她的头发，笑了一声没搭腔。

晚上看了部《天使爱美丽》，轻松欢快的旋律很适合裹着毯子坐在地毯上接吻的情侣。

晚饭吃过了，澡洗过了，睡衣换好了……呃，林泽确实睡觉不穿衣服，但他现在穿了条短裤，也只穿了条短裤。

他的灰色宽松 T 恤穿在许妍身上，能盖过大腿。

客厅开着暖风，但秋天的夜里凉，白色法兰绒毛毯披在身上，短绒接触皮肤带来柔软体验，就像和爱人的肌肤之亲。

电影总共 122 分钟，他们几乎就亲了一整部电影的时长。有时候他们左右并肩坐着，有时候她坐在他腿上倚他怀里，有时面对面相贴。

除了电视屏幕的高饱和度亮光，这厅里再无灯火。

时间在这个房子里被施了魔法，手脚都被绑住再跑不动，人生的某个时刻在这无休无止的亲吻中暂停了。

那是很乱很乱的吻，又是很纯很纯的吻，只是吻，只有吻，干燥与潮湿，混沌与清澈，矛盾拉扯，什么时候想起来都要羞红了脸。

许妍不记得后来是怎么睡着的，太晚了，她的大脑虽然也曾经兴奋紧张，却又觉得温馨舒适有安全感。她本就是易眠体质，平时躺在床上放下手机三分钟就能入睡，现在睡倒在林泽怀里也没什么稀奇。

早上睁开眼，她已经在卧室的大床上了，一翻身就看到了林泽，他靠着床头在看她："早上好。"

许妍一见他，又想起来昨晚那场无边界的吻，害羞地拉起被子盖住了嘴巴。

被子底下，身体好像没有任何不适，看来他没趁她睡了对她不尊重。

许妍是满意的，说出来的话却"恶意满满"。她问林泽："你们家是信教吗？"

林泽："什么教？"

许妍："东正教之类的，要求婚前守贞那种。"

林泽沉默了片刻，听懂了她的话外音。从昨天下午到今天早上，他的克制好像助长了她的不知好歹。

林泽倾身向前，把刚坐起身的许妍从侧面推倒回床上，一只手握住她的两个手腕，拉到她的头顶脑后，辖制她像拉开一柄弓。

男人和女人的体力悬殊在他们这里对比尤为明显，他没怎么使劲，她就已经一点劲也使不上。

"我不信教。"林泽捏捏她的手腕，好心提醒，"但是你再挑衅我的话，我也不是什么好人，林太太。"

林泽一声"林太太"，提醒了许妍，他就算要守贞，他们的关系也已经不是婚前了。

她的手被他压着动不了，腿弯起来往后踢他："快放开我，惹恼了我跟你离婚！"

林泽变身"中国通"："有离婚冷静期的。"

哼，他倒是研究得挺明白。

许妍像案板上的鱼，如何挣扎都似徒劳，甚至因为去踢他，脚也被林泽给夹住动弹不得。她听说男人清早都容易冲动，有些后悔招惹他了，装得可怜巴巴地说："我饿了……你放开我，你弄疼我了。"

许妍一示弱，林泽立马松手了："哪里疼？"

结果许妍一百多斤的反骨，刚得了自由就展示了一套花拳绣腿，追着林泽捶打到床边，又被林泽抱着滚到床脚，亲了一口脑门："休战！"

许妍哼哼唧唧同意了。

她也只是遵循传统，老话不是说了嘛，床头打架床尾和。

吃过早饭，林泽问许妍今天做点什么。

其实依着许妍的想法，就这样和他在家里种种地、做做饭、看看电视、听听歌、跳跳舞，已经非常满意了。

但她又觉得家这个本应最安全的地点，对于亲密关系突飞猛进的他们来讲，好像是危险地带。

她没有什么执念，也不排斥和他亲近，但就是感觉自己还没准备好，有点害怕。她想林泽一定也发现了她的胆怯，才会每每在紧要关头松开她，亲亲她的额头安抚她。

呜呜，他真好。

林泽不明所以地看着突然哀怨地盯着他的许妍，以为她在埋怨自己什么计划都没有，是个太不称职的男朋友。

林泽："想去和小动物互动吗，带你去农场玩怎么样？傍晚回来可以坐摩天轮。"

许妍点点头，表示同意。

只是出发前她都以为他要带她去的是什么度假村萌宠区，再不济也是个长颈鹿咖啡馆之类的。

没想到车子越开越偏远，映入眼帘的是大片农田和水塘，最后他们来到了一户农家院子门口。

林泽下车去跟人打听，又在一个大娘的指引下找到管事的大哥，大哥已经得了林泽舅舅的信儿了，他从墙上摘下两顶看起来很干净的苇笠帽子给他们遮阳，领着他们上了后坡。

管事大哥先给他们看沿途的菜畦："这都是无公害有机蔬菜，咱们的蔬菜盲盒就是从这里摘，用户订个包年套餐，每周都会收到一箱新鲜蔬菜，冷链空运次日达。"

许妍听着，不时发出赞叹的声音，心想这还挺有商业头脑的。

上了山坡，散养动物的叫声不绝于耳。

大哥还在介绍着："这是走地鸡，那是和牛、盐滩羊……你可以抓把小米喂喂鸡，别离太近哈，它们都会飞，啄人可疼。"

原来是这么和小动物互动的？

许妍戴着斗笠，挎着篮子，大把大把地撒米喂鸡，觉得这场景好滑稽。

大哥又跟她解释那些小动物耳朵上的标签是什么："都放了电子芯片的，也是客户在网上认领的。你看那树上、电线杆上都安了监控，联网直播的，这些客户就能云养牛、云养鸡了，牛产的奶，鸡下的蛋，定期给他们寄过去。"

"这不就是现实版的开心农场吗？好酷啊。"许妍只听描述就觉得有趣，她接触到的直播都是帅哥美女卖艺带货，从来不知道还能用到农业上。

许妍跟林泽商量："我们要不要也认领一只什么？"

毕竟这个不用他们自己亲自照顾。

可林泽还是劝她放弃这个想法："别了吧，养到最后都要上你的餐桌，能吃下去吗？"

许妍想想也是，她昨天还吃了一只这些走地鸡的同伴呢。

许妍又抓了一大把小米扔出去，多吃点，吃得多心情好……心情好肉质才能好！

大哥看看日头，快到午饭时间了，他热情地邀请两人在这儿吃饭。

这里的风景和许妍想的太不一样，她不想蹲在坡上托着大碗干饭。

许妍看向林泽，林泽问了大哥中午吃什么，最后决定跟他回家去看看。

许妍还以为会是像农家乐一样的自助，进了院子才发现这就是大哥家的自建房，院子里还烧着大铁锅，正在炖大鹅。

旁边一个老奶奶在手工制作类似饼子的东西，许妍听不太懂她的口音，说的好像是"野菜粑"。

许妍洗了手，在旁边跟着一起搓小饼，搓一搓，再把软塌塌的饼贴到那个炖着大鹅的铁锅壁沿上，看着它们被锅气熏熟膨胀。

这些野菜饼子就是两个人的午饭了，他们谢绝了大哥一家的好意，提着一袋饼子开车回去。

途经一片绿意盎然的林地时，林泽把车停到了树荫下，从后备厢里拿了两瓶水出来，拧开其中一个盖子又拧好，递给许妍。

他俩坐在车里，喝水吃野菜饼，看远处重峦叠嶂的矮山。

"这饼还挺好吃的，我看做起来也不麻烦，你喜欢吗？下次我再给你做呀。"许妍嚼着锅巴一样酥脆的饼底，已经琢磨着给林泽做成小点心。

她其实不怎么会做饭，手艺还不如林泽好。

林泽把最后一个饼子吃完，喝水漱口，并不觉得很美味，但她想找点事做的话，他也能勉强吃下去："好。"

正是太阳最毒辣的时间，他们待着的这片树荫却把光遮了个严严实实。

许妍自己觉得困，就担心林泽也疲劳驾驶，提议在这里休息一会儿。

他们把天窗打开，椅子放倒，躺靠着听歌。

长方形的天窗外面是墨绿色的枝叶，叶子和叶子中间的小缝是蓝色的天空，叶面上反射着亮亮的日光，有些叶片比较薄，被照得晶莹剔透。

车里放着久石让的 *Summer*，轻快的钢琴曲让这场景一秒回夏。

许妍抬起手，去够天窗底下，想看看叶缝间的阳光会不会照到她的手上，变成影子或光斑。

然而她的手只是更亮了一些而已，手背上浅浅的绒毛都能看清。

许妍觉得这画面好美，因为这不经意间收获到的美好记忆，她已经不想去坐摩天轮了："人为制造的浪漫怎么能算浪漫呢？"

林泽听了，点点头："我昨天还查了一下拍摄技巧，我以为你是想跟我在摩天轮上自拍。"

许妍立即改口："人为制造的浪漫怎么能不算浪漫呢！"

林泽："那还去吗？"

许妍："去啊！你可不可以在摩天轮上露腹肌跳男团舞啊？"

林泽："你就不怕隔壁的乘客报警吗？"

许妍："嘻嘻，那你露腹肌，我跳男团舞。"

林泽："……"

他们说着无聊的蠢话，悠哉地又躺了半个多小时，才继续上路，打卡他们的恋爱日程。

三天时间果真过得飞快，许妍身在曹营心在汉，林泽去录节目了她才恋恋不舍地回了自己的出租房。

一进门，被巴朵围着转圈看了个遍："我们许大宝出息了呀，快给我封口费，不然我就告诉许伯伯你夜不归宿好几天！"

许妍麻利地下单了两杯养生饮品，讨好地用头拱拱巴朵的肩膀："朵儿姐，我其实还是很想你的。"

巴朵："少来，我看你都想不起来我姓什么了。"

小姐妹亲热地斗嘴，巴朵看许妍出去这几天过得很开心，也替她高兴。

许妍有些疑惑："你是怎么做到有男朋友还继续和我合租的啊？就没起过搬出去住的念头吗？"

巴朵："哟哟，听着话里有话的，咋了，你想搬出去和弟弟住了？"

许妍连忙摆手："没有没有，还没到那一步。再说他成天训练打比赛，搬出去我也是独守空房，我才不去呢。"

"就是的。"巴朵给她传授经验，"你还没结婚呢，同居有什么意义？去给他当保姆，洗衣做饭收拾家，还要帮他分担一半房租啊？什么好事都让男的占了，做梦吧。我跟你讲，在他能提供给你有你一半资产的住房前，绝对不能搬过去住，偶尔过个夜就是赏他脸了。"

巴朵好像还怕她犯傻似的，说得更明白些："毕竟谁知道最后你结婚证上的男的是不是他呀。"

许妍被说得心虚，猛点头后躲回屋里去了。

巴朵看这架势，还以为许妍在敷衍自己，"恋爱脑"非一日能改变的，反正她得好好劝诫着。

林泽录节目要用时三天，许妍虽然说打算给自己放一个月的假，但也把工作的问题插空处理了一下。

她先是约了照相馆拍证件照，另外打算请张三疯吃饭聊聊他那儿的职位空缺。

衣服是她自带的，妆是在照相馆化的，她以前在这拍过，对化妆师的技术还比较认可。

化妆师挺能聊的，虽然记不住许妍了，但看她面熟，想来应该是老客户，一边化一边跟她讲现在流行哪种眉形。

许妍的手机倒扣着放在桌面上，手机壳里的照片很是清晰。

化妆师扫了一眼，笑着问她："你也喜欢林泽呀，最近来拍照的小姑娘好多讨论他的呢。"

他们照相馆一向与时俱进，最近就推出了仿林泽造型的运动风写真照。所以化妆师一眼就认出来许妍手机壳上的是林泽。

不过化妆师没想到他们是真情侣，还夸她呢："你 PS 得还挺好看，技术不错。"

许妍都快笑出卡粉的法令纹了，点头："对对，我 PS 的。"

化妆师为了体现自己是个百事通，继续跟她分享八卦："我听说，林泽家里可有钱呢。本来打冰球就很烧钱，他不是在加拿大长大的嘛，当时他爸为了不让他被白人欺负，林泽上中学的时候，他爸就买下个以他名字命名的俱乐部，让儿子安心打球。"

"这么厉害？"许妍都没听说过。

化妆师："听说他在加拿大那边还有个青梅竹马，都结婚好多年了。"

许妍："哈哈哈，这听起来好假啊。"

化妆师看她不信，"啧"了一声："真的呀，说是他同学爆料的，因为有了孩子才结婚的，后来好像又离婚了。"

许妍震惊。好家伙，吃瓜吃到自己头上了？

许妍回到家就开始上网搜索林泽的"八卦"传闻。

才几天没上网，他居然都有超话了，而且在体育运动分类里排名第三，有 18 万粉丝正在讨论他。

点开超话热帖，就有化妆师说的那个林泽他爸为林泽买下冰球俱乐部的传闻。贴图里不仅有那个俱乐部的股权结构图，还放了公司的招牌，真的是以林泽的名字命名的。

许妍代课的时候见识过林泽妈妈和继父的家庭条件，现在又隔着网线知道了林泽亲爹的雄厚财力……这感觉就像是在玩具店开了一个几十块钱的盲盒，结果里面开出来个传国玉玺。

无形中变成"富婆"的许妍平复了一下心情，开始找林泽传说中的"私生子"消息。

为什么是在网上搜而不是直接问当事人，许妍觉得还是因为这个传闻听着太假了。

林泽才二十三岁，如果已经完成了结婚、生娃又离婚的操作，那也太高效了吧，哦，没完，还有跟她的"再婚"！

可她想到他当初轻易就拉她去领证的举动，又觉得他像是脑子一热能干出这种离奇事的人。

许妍心情复杂，觉得自己脑子有泡才会怀疑这种离谱的谣言，可怀疑的种子一旦在心里落下，便会疯长出枝丫，像血管那样密密麻麻把心脏缠绕。

她根本管不住自己的手和眼，在网上冲浪了半天，顺便还把其他网友发的林泽在节目里的帅照存下来。

搜到最后，也只搜到了一个发帖人的聊天记录，据说和他聊天的是林泽的大学同学，说他看到过林泽跟女朋友还有女儿一起出街，很多次。

还说他是个很好的爸爸，看得出来特别疼女儿，从女孩的年纪判断有两三岁。

开局一张图，剩下全靠编。

至于青梅竹马倒没搜到，只看到有人说在伊亚小镇遇到过林泽，他在一个小房子前面的咖啡厅门口坐着，从日出坐到日落，因为觉得他很帅，網友偷拍了他的照片。

许妍也存了那张照片，看网友描述的时间，应该是他们约定以后的第三年，没想到他又去了那里。

是去等她吗？

她从来没有问过林泽"赴约"的事，想来他会知道她"失约"了，必然是因为他按时去了。

只是没想到，原来他可能去了不止一次。

许妍骤然觉得自己对他的怀疑无聊又卑鄙，他的心思那样纯直，如果有前妻和孩子不可能不让她知道。

夜里，林泽得了空闲给许妍打视频，她把今天在照相馆的见闻当笑话说给他听，却见他的表情有些凝重。

许妍的心也跟着一滞，皮笑肉不笑地问："啊哈哈，你不会是真的离异还带个孩子吧？"

林泽蹙眉："许妍，你不信我。"

许妍："我没呀，我当然信你！"

林泽："不，你刚才说的语气、神态，都是试探，你不信我。"

许妍语塞。

林泽没有揪着这个问题不放，他立刻解释："我爸确实买下了俱乐部，但我不觉得是为了'哄我开心'，他只是在进行一些商业行为，觉得能赚钱才投资的。至于'女儿'，我猜应该是指宋淼，她五岁的时候我妈带她去加拿大看外公外婆，住了一段时间。宋淼是早产儿，小时候像只小病猫，看着比同龄人要小。"

看，她就说这谣言假得离谱，小孩看不出来就罢了，怎么会把人家亲妈认成他的女朋友，年龄差看不出来吗！

再一想，她这不也是姐姐吃嫩草呢，于是没好意思深究这个问题。

林泽的解释清晰简洁，把许妍纠结了一天垒起来的心墙拍得粉碎，风一吹，就把粉末吹得七零八落。

许妍还想再往回找补几句，譬如他们可以找个日子谈谈心，了解一下彼此的过往。

可林泽忽然说了一句："我今天一天都在想你，挺好的，你也想了我一天，虽然可能是一边骂一边想。"

许妍就差把"心虚"两个字刻在脸上了。她讪笑:"我也想你想你想你呢,快睡吧,录完节目我们去看海!"

不知道是不是因为相遇的时候在海边,她总想再拉着他去看看真正的海。

她说了三遍想他,林泽的表情和缓了一些。

林泽:"好,晚安。"

只是他说了晚安却没睡,隔了半个小时,大概是越想越郁闷,给她发来一条:我是第一次结婚。

看得许妍哭笑不得。

她怕自己回复了再聊一会儿天会影响他休息,又怕自己不回复他委屈得睡不着,思来想去,干脆回:我现在去找你?

凌晨一点钟。许妍换了身黑色运动装,做贼一样轻手轻脚地出门了。

她也觉得自己有些疯,大半夜的,居然为了哄男朋友开车跨半个城去找他。

她这身"夜行装"让她看起来像是穿梭在夜色中的女侠客,为了安慰一颗受伤的心灵飞檐走壁,在夜色中疾驰。虽然吧,那心其实就是被她给伤的。

二十二分钟,车子就开到了林泽发定位的酒店门口。

林泽正在楼下等着她,口罩、帽子等遮掩工具都没用,坦然自若地拉开她的车门,把她牵出来给了她一个大大的拥抱。

他心跳得很快,刚才站在这里一直在担心她开夜路安不安全,唯恐因为自己的一时贪心没有拒绝,害她出意外。

还好她现在完好无损地俏生生地站在了他面前。

将车钥匙抛给服务生帮忙去停车,林泽拉着许妍的手带她上楼。

已经这么晚了,酒店大堂里除了有个别办理入住的客人外,十分空旷安静。

但是许妍想着摄制组的工作人员也住在这里,她知道那是一群夜猫子,说不定这会儿正在开策划会或者睡不着起来买咖啡呢,为了防止被拍到,她松开了林泽的手,去往电梯走的时候也跟他隔开了些距离。

林泽不懂许妍为什么这样,许妍等到上了电梯只有他们俩了才解释:"你现在出名了,关注你的眼光也多了,还是避免一些麻烦吧。"

林泽细细解读这句话，问："我给你带来麻烦了吗？"

许妍语塞。她只是本能地觉得要离"当红明星"远一点。

从前路英奇刚火起来的时候，他自己不甚注意，跟他关系好的朋友包括她都照旧嘻嘻哈哈，结果被拍到他和朋友勾肩搭背的照片，他本人没啥事，但是他的朋友们被扒出来各种黑料，让粉丝喷个狗血淋头，叫他们离路英奇远一点，别带坏哥哥还蹭哥哥热度。

后来路英奇越来越火，他也就主动跟往日朋友们划清界限——除了她。他还是会偶尔跟她见面，给她带出国拿回来的小礼物。

他告诉她，他这样做是在保护自己，也是在保护其他朋友。

许妍那时候觉得他真是个温柔的人，为了保护别人宁愿自己变成"孤家寡人"，更加心疼他，也更觉得自己对他来说跟别人不一样了。

可是现在想想，他最在意的，其实还是他自己，不然他不会从来不管教粉丝，由着他们四处发疯。

林泽问完那个问题，看许妍有点放空，想了想也猜到她大概是在想之前跟她的歌手前男友在一起的时候发生的事。

电梯到达楼层，他胳膊圈过许妍的脖子，胳膊肘垫在她肩上，用大手捏着她的脸颊，把她的嘴巴捏成鸭子嘴："不许想别的男人。"

他飞醋吃得莫名其妙，许妍不承认："我没有！我只是有点困了！"

林泽哼了一声，用房卡刷开门，转个身，顺势把她推向门板，"吧嗒"一声把门给压着关上。

他胳膊还环绕在她脖子后面，倒是方便她朝后仰头的时候有东西垫着，不会磕到后脑勺。

屋子里只开了床头的阅读灯，走廊那边不怎么透光，有些昏暗。

林泽什么话都没说，圈着许妍，低下头来亲她。

她真好，从前他担心他的工作太忙没法陪她，会让他们的关系遇到阻碍。可她不仅给他提供快乐的情绪价值，还总能在他需要的时候毫不犹豫地飞奔到他面前。

她真好。

亲吻已经不能满足他想表达的爱意，林泽打横将她抱起来，轻轻抛在床上，又俯下身去亲她。

他听见许妍问他："姐姐好不好？疼不疼你？"

林泽：“好。”

许妍满意地“嘿嘿”笑，手抬出来，食指顺着林泽脊椎的中轴按压，想数数他有几个骨节。

她想起节目里他们训练的时候两人一组做仰卧起坐，弹幕里好多人说想看林泽做的，最好是仰卧起坐加俯卧撑轮流来。

这是一次临时起意的为爱冲动，最后却在夜幕的晕染下化作另一种冲动。

两颗躁动不安的心跳成了相同的频率。

许妍睡得不安稳，也没睡几小时，五点闹钟响的时候，许妍整个人的脑子都是木的，眼神空洞地爬起来套上运动服，要在节目组的人来之前离开房间。

还没下床，林泽扣住了她手臂，他大脑的“开机启动”时间比她短，很快就清醒过来：“我给你开了楼下的房间，你再去睡一会儿，睡醒了吃了饭再回去。”

林泽抬手按开床头的所有开关，灯光大亮，窗帘也滑开，纱帘外的天空还是蒙蒙亮的，路灯都亮着。

他下床去把楼下的房卡和车钥匙拿给许妍，帮她把运动服的拉链拉到顶，几乎遮住下巴：“自己能下去吗？我不送你没问题吧？”

楼上楼下的，总共走不了二百米，他多走一趟有很大概率被摄制组的人碰到。

许妍蒙蒙地摇头，赤着脚丫子趿上鞋，拖沓着就走了，再见都没说。

人才离开，原本温煦的房间好像一下子就冷清了，尤其是在这格外安静的清晨，开着窗都听不到丝毫声音。

好像一切都是梦，她不曾来过，也没有离开。

林泽去冲了个澡，出来以后把床铺整理好，捋平被角的时候，从褶皱里捞出来了两只荧光绿的袜子。

林泽轻笑一声。

她的袜子是运动款的，勒口的地方印着个法斗狗头图案。他捏在手里攥了攥，没给她送下去，私自扣留了。

第七章 你的梦想是什么

许妍这个回笼觉睡到快中午了才醒，反正也不需要上班，她搓着脸又赖了会儿床，洗好澡才准备出门。

在酒店的自助餐厅吃了午饭，饭钱连同房钱一起刷在林泽账户上，许妍光着脚穿着运动鞋开车回了家。

回去果然免不了又被巴朵一通揶揄。

许妍现在不过是个陷入热恋的"呆呆没头脑"，巴朵骂她，她也认了，反正转过头再把气撒在林泽身上就行了。

她换衣服，化妆，还有工作的应酬要去赴。

"张三疯"本名叫张旭，因为工作起来特别拼，被起了这么个外号，后来工作室也叫了这个名。他跟路英奇是同学，从前许妍和路英奇一起玩的时候见过他的面，也和他吃过饭唱过歌。

现在没了路英奇在场，许妍也没特别发怵，见到张旭直接就开口喊"老板哥"。

张旭："老板就老板，哥就哥，老板哥是个什么称呼？"

许妍："招了我就是我老板，不招我就是哥，咱就是主打一个进可攻退可守。"

张旭从前见她的那两次，她都像个小媳妇似的跟在路英奇身后，他倒不知道原来这姑娘也是个能侃的。

张旭要新组个班子做舞台项目，专门承办各种文艺晚会，嘴皮子不利索可不好办。

原本以为是要卖给路英奇个人情，给许妍安排个艺指的岗位负责走走彩排流程，结果聊了半天自己的规划以后，他觉得许妍说不定可以挑大梁，做他的执行经理。

张旭还鼓励她："没经验不要紧，我带着你干，谁还不是从零做起的，我现在更看重的，是找个靠谱负责任又信得过的人。"

许妍听他说的那些工作内容，虽然自己没干过，但感觉也没那么难。

只是他忽然点兵成将，让自己做二把手，她不确定地问："你是看在路英奇的面子上才对我'委以重任'吗？"

张旭也不避讳："是啊，有他背书我放心些。"

许妍只好提醒他："我们现在可没什么了，我有新男朋友了。"

张旭："嗨瞧你说的，就是分了才敢用你呀，要是还谈着我才不用呢，指不定骂你一两句就把关系给崩了。"

许妍没想到做路英奇的"前女友"还有意外收获。

工作的事聊得挺好，许妍说自己想再休息半个月，张旭也没意见，反正他的新公司也没完全搭起来，还要招兵买马："都可以，你来了也得先在'张三疯'干一段时间，差不多年底才接项目。哦对了，你最近可以学习学习写标书。"

许妍带着她的"课后作业"散了场，上学时写作业都要抄的家伙，现在居然戴着眼镜拿着笔记本认真听起网课。

巴朵从她身边经过的时候犯嘀咕："你要考研啊？"再看看她屏幕上的项目管理流程，结合前阵子看的八卦，摸摸下巴，"哦，我知道了，弟弟要派你去管理他的冰球俱乐部了是吧。"

许妍把眼镜摘了："扯呢，我在做入职培训！"

巴朵："入职当包工头？"

许妍："这只是个模板！不过你说包工头好像也没毛病，我就是跟着跑舞台工程的。"

她感觉自己现在就是山上的小妖，被自己的大王吩咐去把唐僧抓过来，而她只会满脸震惊地反问："谁？我？"

巴朵听她说完了跟张三疯的对话以后，给她出主意："这么说你也是领导呀，那你写什么标书，交给手下人去干呗。"

许妍："我们这个公司啊，可能计划就三个正式员工，有一个还是

143

张三疯。"

巴朵："那不是还有一个呢！"

许妍："还有一个是张三疯的小姨。"

巴朵："……那你还是再学习下怎么写标书吧，活到老，学到老，学到手的知识都是自己的。"

许妍工作的事没跟林泽讲，她知道他要录节目忙得很，反正马上就要见面了，面谈总比打字方便。

可真见了面，又不想聊这些正事了，只想要说废话。

林泽上次休假还在家住了一晚，这次录完节目收工，直接就跟希亚打了声招呼说去奥园住，说这两天想去外地逛逛，不回家了。

希亚从林泽舅舅那里听说过儿子带女朋友去吃饭的事情，她不想干预林泽的恋爱，但也给予了作为母亲的支持："如果需要我出面的话，我们可以在外面吃个饭。"

她怕他不愿意带人回宋家。

林泽笑了一声，说有需要的时候会告诉她的。

可他自己的事情做主惯了，想来如果不是许妍提出要求的话，他妈妈很可能是直接在婚礼上见到儿媳。

节目录到深夜才结束，林泽不想打扰许妍休息，提早跟她约好第二天一早去接她，驾车去邻市看海。

车程不算太长，预计办理完入住刚好是吃午饭的时间。

上次"旅行"在坡地上看了一群肉食牛羊，这次许妍策划了一堆人文项目，要去美术馆看展，要去音乐厅听歌，还要去剧院看戏。

林泽："不是说去看海的吗？"

许妍："对呀，海就在那里，总会看到的嘛！"

她计划里的旅行很丰满，可实际上的行程很骨感，林泽就没让她出过酒店。小情侣在房间里厮混到天黑，在阳台上喝着林泽带来的红酒，远远地看着夜色里漆黑的海，感受着风里飘来的咸气。

许妍感觉林泽像是变了个人，平日的温柔都成了装的，在冰场上凶悍进攻和持久耐战的姿态可能才是本性。

不知道是不是没休息好，夜里许妍有些发热，林泽守在旁边，隔两个小时就给她测测体温。早晨许妍醒来的时候，他已经穿戴整齐坐在床边了，抬手又摸了一次她的额头，温度正常才放心，拉她起来吃饭。

　　许妍语气幽怨地吐槽他："现在才想着要当个人是不是有点晚了？"

　　林泽装听不懂："吃了饭去看戏，我已经订好票了。"

　　许妍听他这么说，心情好了一点。

　　可等到吃完早饭，要出房门了，许妍看着林泽西装革履的样子又有些心猿意马。她推他一把，他后退着跌坐在沙发上，无声地发出疑问。

　　许妍用最没威慑力的质问，向林泽提出抗议："你故意的，是不是？"

　　林泽靠坐在沙发背上，手扶着她的腰，仰头看她："我怎么了？"

　　他的语气如此真诚，好像别有用心的人绝不是他。

　　许妍可不信。

　　他平时总是运动风，各色卫衣帽衫填满了衣柜，连上节目也都是这种风格，偶尔穿个针织衫牛仔裤。可是他今天居然穿着白衬衫、黑西装！

　　他从哪里搞来这么一套合身的正装？甚至没有一丝皱褶！

　　"我后备厢里一直放着啊。"林泽无辜地回答，"你说要看戏，我就拿去酒店前台让他们给熨烫好了。看戏不是需要穿正装？"

　　他有理有据，许妍无言以对。

　　他这副模样太像斯文败类，许妍有点舍不得放开他。她的食指在他眼眶上画了一圈："应该再戴一副金丝眼镜。"

　　林泽："我不近视。"

　　许妍捏住他的嘴巴："不要说话。"

　　林泽沉默。

　　不说话的时候更带感了。

　　许妍从前好像也没觉得自己喜欢这种类型，大概是在林泽身上太有反差感，想到这西装革履之下是结实的肌肉，心里的小火苗燃得更旺了。

　　于是这趟旅程只在他们要离开时开车到了海边兜风，许妍不无遗憾地约他下次有机会再来，林泽没有意见，点头应好。

　　其实还剩下两天假期，可许妍不想林泽在外面吃得拘束，索性回奥园去住两天，起码他们能自己做饭，他也能吃饱。

　　养花种菜，做饭遛弯，在家里的各个角落留下痕迹。

这是他们在一起以后共处时间最长的一段假期了。

喜欢可以带来一段感情的开始，但要想滋生出更浓烈的爱确实需要近距离的相处。短短几天，许妍觉得她对林泽的爱膨胀得漫无边际。

书房里，许妍开着电脑练习写策划案，她在给自己找些事干，用以缓解即将面对分别的难过。

林泽原本是靠在书房的摇椅上晒着太阳看书的，无意间瞥向书桌，发现许妍皱着眉头咬着笔帽，似乎正在犯难。

他起身，走到她旁边："在做什么？"

许妍苦恼地抓头发："我感觉我逻辑好差，我想按这个样例整理一份晚会策划的项目管理流程当模板，以后申项目就能直接往里填了。"

林泽打眼一看，好像挺简单的："我可以帮你弄吗？"

许妍："啊，你可以吗？"

他耸肩："我学的是 MEM 啊，工程管理硕士，虽然退学了，也是上过一些课的。"

许妍让座位给他，站到旁边看他把自己"摘抄"得七零八碎的框架重新排版。

他做事情的时候总是很专注，认真的眼神看起来格外迷人。许妍喜欢他这个样子，更喜欢他用这种专注的目光看自己。

她从背后搂住他的脖子，木条长椅没有椅背，她的胸口贴上他的背，亲密无间的距离。

林泽手里的鼠标一滑，要粘贴的内容贴错了行。他松开鼠标，抬手伸向身后，摸到她的脖子："干吗，不是要工作吗？"

许妍咬咬他耳朵："不弄了。"

林泽的手向下滑，抱着她的腿，一抬身把人背起来，朝着卧室走去。

许妍坐得高高的，伸着手臂像小飞机在空中翱翔，自己蹬腿制造颠簸："飞咯！"

可惜终有一别，林泽要去训练了，这次封闭一个月。

有对比才有落差，许妍跟他甜甜蜜蜜待了这些天，再一个人宅在家里便觉得没意思得很，她回老家住了两天，又跟巴朵逛了一整天街，吃饭、买衣服，最后给张三疯打电话说想上班了。

原来不工作还会觉得难受的。

如张旭所说，新公司还要一段时间才能启动，她先在他工作室干一阵子熟悉环境："后面有新项目了你也是在这边办公。"

张旭给她在张三疯音乐工作室辟了一个小办公室，单人间，还放了个大桌子可以开会。

许妍觉得这待遇确实很不错，就算是个光杆司令也挺有面子了。

没想到入职以后跟的第一个项目就是路英奇的巡回演唱会。

许妍："老板，我能跟别的项目吗？"

张旭："现在咱们对接的最大舞台就是这个，你跟一场就行了。还有，别叫我老板，叫师父。"

从前的小妍老师于是变成了小妍徒弟。

从头来过、从零学起，是件比想象中更难的事情。

刚入职的那两天还不太适应，许妍想过要不要就此打住，还是回她的舒适圈当个声乐老师带带课就好了。

她的动摇被张旭看在眼里，这天开完组会，张旭喊她一起吃晚饭。就在她的办公室，两荤两素的盒饭。

张旭像那种电影里的超级导师一样，问她："许妍，你的梦想是什么？"

许妍有点蒙。

从小到大这个问题被无数人问过无数次，她的答案也变来变去。

小时候梦想当公主，上学了梦想当科学家，看了几场戏梦想当演员，考上音乐剧专业了梦想当台柱子。后来工作了，日复一日地教练习生唱歌，她就没再想过这两个字了。

张旭问她梦想是什么，她答不出来。她已经被生活磨平了棱角，只是让日子推着一步一步往前走而已。

她的沉默，换来张旭的另一个问题："那你有特别喜欢的东西吗？唱歌、钱、酒，随便什么。"

这个问题更具象化，可许妍也想了一会儿。她只能想到近期让她最愉悦的"东西"——林泽。所以她问："男人算吗？"

"咳咳咳！"张旭被米饭粒呛到，猛咳了几声，喝了几大口水才压下去。他抬起头来，重新戴上发箍，理顺了一下他的爆炸头，"哦，想不到你好这口，失敬了。"

许妍："师父，你接着说呀？"

张旭："说啥？"

许妍："你问完我这些问题，不是该开导我，给我灌点心灵鸡汤吗？"

张旭："想喝鸡汤楼下自己买去，多大人了，还需要听别人讲道理吗？"

许妍点点头，听师父一席话，如醍醐灌顶。只是这个问题在许妍心里荡起了涟漪，原本平静的湖面再难光滑如镜。

她从下班到睡前一直在想这两个问题，她喜欢什么，她的梦想是什么。

今天是新一期《超新秀冰球》播出的日子，许妍没有忘记第一时间去收看。

林泽是真火了，最新这期都有他的单人剪辑了。许妍因为心里有事，就先点开了他的个人部分，想等有时间了再看一遍全集。

没想到开头的采访竟是一模一样的问题："林泽，你的理想是什么？"

林泽："代表中国队参加冬奥会，打好球，比好赛。"这是一个符合运动员设定的答案。

许妍忽然有些羡慕林泽，他是个有梦想的人，而且他正在朝着他的梦想前进。

她说她最喜欢的是林泽，但她的梦想总不能是当娇妻吧？

越想越堵，她烦闷得口干舌燥，去客厅倒水喝。正好碰上从卧室里出来的巴朵，许妍问她："巴朵，你的梦想是什么？"

巴朵瞪大迷糊的双眼："吓我一跳，姐姐，我上个厕所还得哲学一下啊？"

许妍："你喜欢什么啊？"

"钱。哦，对对，我的梦想是暴富。"巴朵说完，先去了卫生间，过一会儿举着刚洗完的湿漉漉的手出来了，凑到许妍跟前问，"干吗，梦游呢？"

许妍摇头："我在思考。"

巴朵一巴掌拍她脑门上："大晚上的不睡觉，别烧脑细胞了！"

许妍被拍了回去，困顿地看完剩下的节目，看的时候上下眼皮子打架，好不容易看完了，闭上眼却又睡不着。心跳得特别快，像是喝了两大杯奶茶，胸腔都被带着震动。

迷茫的许妍给林泽发语音消息："我的梦想是什么呢？"

她信息发得时间太晚了，林泽已经睡了，是早上起床的时候看到的，看到了就给她发语音，他没有给她参考，也没说教，更没有告诉她那是要自己想的。

他只是说："有些人，没有梦想，也幸福快乐地度过了一生。"

许妍醒来时看到这句，鼻子发酸。

她觉得他说得好像对，又好像和大家说得不一样。没有目标的人生，那不就是碌碌无为吗？

林泽没有等到晚上才找她，训练间隙休息的时候他就给她打了电话。

许妍说他是"饱汉不知饿汉饥"："你一个有梦想的人，自己闪闪发光了，就不知道我们这些黯淡失意的人多想有一个梦想。"

她像是钻入了一个矫情的死胡同，找不到出口，不知道回头，一次次地在墙上撞头，想撞出个出路。

林泽安静地听她说完，等她不说了，他才开口："打冰球只是我现阶段的目标，我的梦想不会是打一辈子冰球，我也不可能打一辈子冰球。如果你最近没有特别想实现的目标，或许是因为你对现在的生活挺满意的，既然满意，就不需要给自己找不痛快。"

许妍听他说的话好像有些道理。

最后，他还是在替她解压："许妍，我觉得你活得也很精彩，我们不是在做题，不一定要追求 100 分的人生。"

居然被一个弟弟教育了。

许妍："可恶，被你装到了。"

林泽没听懂这个梗，但他很有发展土味情话道路的潜质，他问："装到了什么？装到了心里吗？"

"噫！"许妍又嫌弃又喜欢他的直白，对着电话"啵啵"两声，从她的死胡同里转身找别的路。

她认认真真地给张旭发语音消息："师父，你问我的问题我仔细想过了，或许时间会给我答案。我也反思了我前段时间状态有些浮躁，应该沉下心来，这里的工作环境和同事氛围我很喜欢，我会努力提升自己，找到真正的热爱。"

张旭："啥？你说了些啥？我只是要把爱好相同的员工分在一个组，方便沟通协作。"

许妍休息日结束了去上班，才知道张旭说的是什么意思。因为工作室新来了一批员工，为了让大家尽快熟悉，打成一片，张旭让所有组打乱了重新搭配。

要不说他是张三疯呢。

许妍发现因为她那句"喜欢男人"，他居然给她这个组安排的全是男人！

是六个帅哥。

和六个帅哥共事，许妍还从来没有过这么奇妙的体验，她感觉他们就像一棵藤上的七个葫芦娃，只不过她是蛇精变的。

她带着审视的目光观察这几个坐在她办公室和她开会的小帅哥，除了最年轻的那个是刚毕业的大学生，其他几个都是老员工了。

这些比她经验更丰富的男生对她却很客气，一口一个"小妍姐"。甚至有个大哥比她还大两岁，也跟着称呼"小妍姐。"

许妍："别叫姐，你是我哥。"

大哥："姐是尊称。"

许妍跟巴朵小声吐槽了自己的境遇，巴朵笑得岔气。

但许妍不得不承认，跟这几个帅哥共事还挺舒坦的，她甚至学了不少护肤技巧和减肥妙招，还在酷爱健身的肌肉大哥带领下办了公司附近健身房的年卡……

许妍后知后觉：这不会是大哥的副业吧？

没坐几天办公室，许妍开始跟着跑现场。项目人员组成复杂，许妍并非事事亲力亲为，大多时候是跟在张旭身后跑腿学习，只是人手不足的时候，和声伴唱的排练任务被张旭丢给了她。

要彩排，就不可避免地跟路英奇碰面。

不过月余未见，他又瘦了。

从前她总找机会跟他视频，和他见面，看他各种活动的直播，见得频繁，一丝一毫变化都能看清。

谈恋爱以后，许妍忙林泽的事都忙不过来，早已不跟路英奇联络了。看他这副样子，她忍不住偷偷发语音消息问他："你嗑药了吗？"

路英奇正在休息看手机，秒回："我嗑你大爷。"

他盘腿坐在排练室的正中央地板上，抬头看向角落里坐在板凳上的许妍，对她一扬下巴，示意她出去说。

他先出去了，许妍过了两分钟才跟出去。

路英奇站在通往洗手间的过道，手抓着栏杆隔着玻璃看外面的车水马龙。

许妍问："叫我出来干吗？"

离得近了，路英奇能看清楚她的脸，她没化妆，眼眶有点黑，眼睛里有红血丝，看来最近跟项目挺累的，但眼神有光，脸上也不见瘦削，状态应该不错。

路英奇问她："最近工作怎么样？"

许妍打了个呵欠："你早排好，我就能早收工。"

她这个呵欠打得毫无美感，大张着的嘴巴能塞下一个橘子。

打哈欠会传染，路英奇也不自觉跟着一起打了一个。结果许妍很神奇地又跟着打了一个，眼泪都流出来了。

他们打着打着一起笑了，路英奇说："再待一会儿咱俩直接睡昏在这儿了。"

许妍又问："不是你喊我出来吗，要干吗？"

路英奇也不知道要干吗，他没什么事要跟她说，只是看见了她发给自己的信息，就想单独跟她说说话。

对她的感觉一言难尽，但经过了这段时间的冷却，他还真有种她是自己前女友的错觉，偶尔念起，就想知道她过得好不好。

路英奇知道许妍谈恋爱了，从她朋友圈里的蛛丝马迹能看出来，他不觉得伤心悲愤，也很难为她开心祝福。他没问她男朋友是谁，没立场也没意义。

路英奇拍拍她的脑袋："我前阵子减肥减得有点厌食，最近在调理了。行了，回去继续吧，早排完你早下班。"

许妍听路英奇解释为什么会瘦的原因以后，又觉得他当这个明星还挺惨的。

巴朵以前总说她是圣母，不记仇。她原本以为对于路英奇的背叛和利用她永远不会原谅，可是连半年都不到，她就没感觉了。

她有了新的生活，对路英奇便没了爱和恨，很神奇，可能她脑子不够聪明，空空的脑壳搁不下那么多烦心事吧。

许妍先回去的，路英奇去洗了个手才回。

排练室里大多数人知道他俩的关系，看他们一前一后回来，也都心照不宣地各自忙各自的，没多关注。

排练一直到了后半夜，散场以后许妍跟爱健身的肌肉大哥一起往外走，刚走出门口，路英奇的车路过她身边时停下来。

他落下车窗，问许妍："送你？"

许妍："不用，我跟同事一起走。"

路英奇挑了下眉，升起车窗叫司机开车。

肌肉大哥："嘿，其实咱俩可以不用非要一起走的。"

许妍："谁非要跟你一起走，我的车在这儿呢，我不得开走啊？"

肌肉大哥："我给你开走啊，你坐他的车。或者你开走，我坐他的车也行。"

许妍翻了个白眼。

肌肉大哥低头端详许妍，许妍被他看得毛毛的，一巴掌拍在他胳膊上："你看啥？可别说看上我了！"

肌肉大哥："我看看小妍姐有什么过人之处，学习一下。"

许妍听这话，就想起来网上那些粉丝说她"普通"的评论。

她心高气傲地哼了一声，拿出车钥匙"嘀嘀"解锁，说："再废话就不带你了。"

肌肉大哥麻溜地爬上副驾驶坐好，捂着嘴："别别别，我闭嘴！"

第二天还是排练，路英奇跟舞蹈演员在台上练走位，许妍跑前跑后对接外联，终于得了空蹲在后台吃盒饭，听到路英奇喊肌肉大哥去商量行动路线。

路英奇："你是叫 Milk 是吧？"

肌肉大哥："路老师，我叫 Mike。"

"哦。"路英奇好像并不在意，带着他走了一遍自己新设计的上场路线，让他给舞蹈演员再排一下。

等改好了，路英奇又跟他说："天冷，别让许妍喝凉可乐，她胃不好。"

肌肉大哥："哎，好好好，我给她拿微波炉里热热。"

路英奇无语。

Mike 跟群舞沟通排练好了，才跑回去找许妍吃自己剩下的盒饭。

许妍已经吃完了，正收拾垃圾要出场地跟平台直播的人联系，看到他回来随口问了一声。

Mike："他是不是误会了你跟我的关系？"

许妍："大哥你别太离谱。"

巡回演唱会的首演非常成功，虽然依旧有些小纰漏，但整体还算顺利。

许妍跟着忙活了快一个月，真是脱一层皮换一身骨，回家昏睡了一天一夜，林泽的电话都没接到。

她再醒来是在傍晚，饿醒的。

看到林泽来电，她脚步浮软地下床给自己煮面，给林泽打回去。

林泽说他正在开车去奥园，问要不要来接她。许妍这才意识回笼，想起来他今天休息。她懊恼地叫了一声："快来快来！"

已是凛冬，树上的枯枝跌落在地，脚踩上去嘎吱嘎吱响。

许妍穿着长至脚踝的黑色羽绒服，这还是演唱会的工作服，她觉得挺舒服，就直接套着出来了。

林泽比她早到了几分钟，站在车门口等她。这样冷的天，他居然没穿外套，只穿着件橄榄绿的抓绒立领卫衣。

许妍跑向他，开口责怪："没有大衣吗？"

林泽拉开车门让她上车："放车上了，懒得穿。"

许妍回头一看，后座上果然有件派克服，还绣着俱乐部的标。

林泽刚坐好，许妍就凑过去，揪着他的衣领恶狠狠地说："好好照顾自己呀，不许让我担心！"

她边说，边咬了他一口，咬在他嘴唇上。

林泽抬手按着她后脑勺，也亲了她一口，松开她，启动车子开回去。

路上，他突然说了句："哦，你会担心我吗？我以为你已经忘了我呢。"

这话说的，怎么会呢！

许妍以为他是因为自己最近没怎么给他发信息生气了，一到家，脱了外套就化身树袋熊往他身上爬，挂在他脖子上不撒手，腿也盘到他腰上，紧紧地贴着："我每天都想你呢，想你吃得好不好，睡得好不好，有没有受伤，训练累不累。"

"哦。"林泽还是淡淡的。

　　许妍奇怪他今天怎么这么难哄，索性不说话了，抱着他的头主动去吻他。

　　他虽然态度有些硬，舌头却是软的，她勾一勾，他就被她牵着走了。

　　他托着她，抱着她走进卧室的洗手间，把她抵在浴室的墙上。他压抑着呼吸，额头贴着她的额头，盯着她的眼睛看。

　　许妍伸手摸摸他的脸："你昨天没睡好哦，眼睛都是红的。嘿嘿，是不是想我想的？"

　　林泽一偏头，咬住她的食指，含在嘴里嘬了一口："嗯。"

　　许妍脸红了，把手抽出来："你干吗呀！"

　　林泽一手抱她，一手拉开浴室门，冷冰冰地说了声："乖，命都给你。"

　　许妍笑出鹅叫。

　　至此她都还以为林泽是看了什么霸总小说，在她面前演呢。

　　等他归了队，她回工作室上班，Mike 给她发了个链接，她才明白。林泽大概确实是看小说了，看的还是她跟路英奇的同人小说。

　　许妍并不知道林泽是基于什么契机去看那篇同人小说的，或许是在她不联系他的某个夜晚，他想要在网上搜搜看，她正在忙的项目是怎样的一场演唱会，无意间就搜到了超话里的热帖。

　　这是一篇传说中路英奇的头号黑粉写的他跟前任的爱情小说。

　　黑粉原先是真爱粉的，在他发文承认许妍是自己的前女友那天脱粉回踩，又因为曾经爱得深沉，踩起来有理有据，有图有视频的，后来料太多了，干脆编成了同人小说。

　　只是为了可读性，又把许妍编进去当女主角，名字都叫"小妍"，真真假假的，连许妍看了都有几分恍惚，好像有些确实是他们一起经历过的。

　　接吻那些自然没有。最暧昧的不过是一次在 KTV 唱歌喝酒做游戏，微醺的时候他坐在她旁边，靠她的肩睡着。那个依偎比偶尔朋友式的拥抱更让她心动。

　　许妍看这篇小说时心情复杂，主要是这个黑粉的文笔太好，真给她一种身临其境的沉浸感。

　　许妍用了一上午的工作时间，摸鱼把这个中篇小说看完了，然后才知道这篇早都完结的小说突然又火起来了，是因为演唱会才结束，就有据说是首演的临时工作人员，给朋友发消息实时分享她观察的路英奇，而她的朋友把聊天截图发到了网上。

除了夸路英奇对人态度和善、唱歌好听、配合度高、精益求精等优点之外，还八卦了一下他和"前女友"的事情。

临时工作人员原话说的是：我当时就在厕所，都没敢出去，看到路摸她头，拍小狗狗一样，好有爱！就是我们大家都知道那是他前女友嘛，她好像是音乐总监还是啥的，反正是管那些伴唱的，都在一个排练室，她跟路在人前一句话都没说，结果被我看到了互动！这种过期糖真的又甜又扎心啊！

然后热评是又不知道哪个工作人员说，遇见了排练结束以后，路英奇要开车送前任回家，前任拒绝了。

许妍把这段截图发给 Mike：这位不知名的工作人员不会是你吧？

Mike：那我不应该爆料他关心你有胃病让你不要喝冰可乐？

许妍：他什么时候？

Mike：哦，没事，我们男人之间的小秘密，你都有新男友了，别在意这些细节。

许妍扶额。

或许正因为是"前任"这样的身份，还真有一部分女粉丝吃起路英奇和许妍的"断头饭"，各种觉得她们哥哥惹人怜爱，连带着对"小妍"的厌恶都减轻了，甚至还有路人喜欢上了小说里的小妍。

当然，许妍清楚明白，如果她不是前任而是现任的话，那路英奇的粉丝可能会用唾沫星子把她淹死。

过去了就是过去了，现在也不是重温旧梦的时候。许妍把热帖截图发给路英奇，问他需不需要做公关。

路英奇语音回复："在压了，问题不大，你不用理。"

许妍发了个"OK"的表情，就像给自己的同事回信。

如果没有工作上的交集，她可能都不会认真看完那篇小说。她还有其他重要的事要做。

比如哄她男朋友。

许妍给林泽发语音消息："你哪天要录节目来着？我能去吗？"

林泽秒回："对。"

对什么对，她明明问的是两个问题。

猜他没空回消息，许妍直接联系了编导欣欣，和她沟通去看现场。

《超新秀冰球》节目播出已经过半，点播数据一直不错，尤其是林泽在受到关注频频上热搜以后，不仅在正片中出现的时长越来越长，连负责他的编导都换成了欣欣的领导。

欣欣语音回复："最后一期比赛后天就录哈，到时候你还去南门等我，我带你进去哈。"

许妍心里期待着，到时候录完节目再偷偷去林泽住的酒店住一晚，哄一哄他，让他可别瞎吃飞醋。

结果晚上林泽给她回电话的时候，说的话让她的计划落了空："后天一早我们俱乐部的人也会去，晚上我不住酒店，直接归队。"

好吧，他有正事要做，连录节目都只是百忙之中抽空录一下。

许妍听他声音有些疲惫，不想在电话里跟他掰扯无聊的八卦新闻，急着挂了电话，只说后天见。

能近距离见一面就已经很好了。

最后一期节目的比赛录制，场馆里比许妍之前见过的都要火爆，不知道这些观众是从什么渠道来的，但大多都是因为看了节目才了解的冰球这项运动。

许妍依旧被欣欣带到了前排的观景位，透过玻璃墙壁，她能清晰地看到教练席位。

经过三个多月的训练，新秀们在比赛中不断成长，他们的对手从小学生、中学生到大学生，从退休大爷到职业女冰，从渔业工厂队到企业家公益队……在与各行各业的队伍比赛中，新秀们屡战屡败，从无胜绩，但心态一直良好，斗志始终高昂。

现场解说正在夸赞新秀们的作战能力肉眼可见地进步，而今天他们要迎战的依旧是一支骁勇善战的队伍——U20国家男冰青年队。

用脚趾想都知道，比赛结果是显而易见的必输无疑。

所以新秀队请了两位"外援"，一个是林泽，另一个是林泽的队友——同时也是国家队的守门员。

许妍来之前根本没听林泽说过他会上场，听到解说讲解这次阵容组成的时候大吃一惊，然后也和现场的观众一样，不自觉地欢呼起来。

两队运动员依次入场，林泽还是跟在队伍的最后面，这次他穿着新秀队的球衣，依旧是他惯用的数字 33 号。

这场比赛比从前的那几场都要激烈，虽然有"外援"助力，但新秀们依旧是被青年队压着打的。

因为队友表现不佳，林泽成了那个力挽狂澜、满场飞奔的超人，许妍感觉他在正规比赛里都没这么累过。

尽管林泽表现瞩目，但团队运动毕竟不是靠一人之力，最终新秀队还是以三分的分差输掉了比赛。

但是没关系，输了的队比赢了的队更开心，新秀们把头盔摘下来抱在臂弯里，沿着比赛场边滑行转圈，向观众们飞吻致谢。

许妍想，他们是不是在庆祝"这苦日子终于熬出头了"？

林泽也跟着滑，他滑得慢，拉开些距离，不像前面那几个显眼包，看起来甚至要在冰面上跳街舞。

等他滑到了许妍坐着的那片位置，一个转身，停下脚步。

观众席，透明墙，赛场边。林泽和许妍的距离并不远，能清晰地看到彼此。

已经有很多观众因为林泽的驻足拥过来了，他们高声对林泽呼喊着喜欢和鼓励。

林泽弯下腰去，许妍以为他要跟观众鞠躬致谢。可他从场边散落的冰球里捡起一个，朝着场外扔过去。

冰球越过高高的玻璃围墙，被一个高大的男观众抢走了。

许妍意识到他是在扔给自己，也赶紧站起来要抢。

林泽又扔了一次，还是被其他人抢走了。

林泽忽然竖起食指在嘴边做了个"嘘"的手势。等这一小片观众席安静下来，他又指指许妍。

大家的视线随着他的手指看过去，看到许妍正站在自己的座位上，被突然的关注搞得手足无措。

林泽再次把手里刚捡起的冰球扔出去，这次许妍成功抢到了。或者说是她前排的大哥成功抢到了然后递给了她。

林泽笑着对她一挥手，做了个飞吻的动作，然后背着手滑走了。

他这么高调，许妍红着脸坐回自己的位子上，压低了帽檐，不敢看其他人的目光，把包一背，匆匆离场。

有工作忙的时候，时间真是不知不觉就从指缝里溜走了。

许妍跟着张旭的小姨跑新业务，小姨交际甚广，许妍跟着对方长了不少见识，也应酬了不少达官贵人。她好像毕业这么多年才开始真正接触社会是什么样的。

终于等到林泽休息，许妍跟小姨打了个招呼，要歇两天。她们跑工程时间不固定，说是自由，加班起来却也拼得很。

好久没见她的亲亲男友，许妍提前备好大包小包的蔬菜水果，在他回来之前给他先做了一桌菜。

冬日的花园已完全枯萎，他们之前的辛苦劳作也不过在冬天来临前收获了两棵小油菜，其他的种子不知道是不是在土里休眠，毛都没见一根。后来天凉了，就不种了。

林泽到家已经天黑，屋里开着橘色的光，地暖熏得地板暖呼呼的，饭桌上摆着热气腾腾的菜。处处都透着"家"的味道。

许妍对他招手："你先去洗澡，换身衣服。"

林泽："好。"

他从她身边经过，揽肩在她额头上吻了下，去浴室快速冲了个澡。洗完更觉得燥热，在家只穿着短裤和 T 恤，捧着碗大口干饭。

他吃饱了，她来追责，手从他衣服里伸进去拧他的腰肉，像个查岗的悍妻："怎么晚回来了一个多小时？我看实时交通了，可没那么堵。"

林泽往后懒散地倚着，由着她的手作乱，眉头都没皱一下："回了宋家一趟，看我妈妈。"

"哦哦。"许妍把手抽出来，那这是正经事，她不好怪他。

林泽去拿自己的背包，翻出来一本巴掌大的相册："拿来了我妈的宝贝给你看。"

许妍好奇地跟着他去客厅沙发坐下。

相册里是林泽十岁之前的照片，希亚离婚走的时候没拿别的共同财产，只带走了这本相册。

许妍倚着他的胳膊，看他打开相册。

第一张是他刚生下来时的照片，正闭着眼睛睡觉，浑身红红的，像只小猴子。

许妍的手指摸着照片上小孩的鼻梁骨线条，羡慕地说："天啊，你刚出生鼻子就这么挺！"

说实话，刚生出来不是很好看，鼻子挺是她唯一能夸的点了。结果才到第二张就让她真情实感地尖叫了："妈耶，太可爱了吧！这是多大？一岁？"

林泽指着照片右下角自带的日期："应该是一百天留念吧。"

越往后看，他胖嘟嘟的脸蛋逐渐清秀，眉眼越发俊朗。

许妍最喜欢的是那张林泽穿着冰球服举着球棍和棒棒糖蹲在地上的照片，小小的男孩才五岁，刚摔了一跤疼得哭，脸上还带着泪痕，然后他的妈妈送给他一支小熊棒棒糖，他就破涕为笑了。

许妍拿手机翻拍了这张照片，不停地说："好可爱好可爱，我心都化了。"

林泽陪她看了一遍相册，讲了每张照片背后的故事，也是在讲他的童年回忆。

他在和她分享她没有参与的人生。

许妍把玩着他的手指："那你想不想听我以前的事？"

林泽："当然。"

许妍想，或许这是个和他聊聊前阵子的绯闻的机会："唔，要不，我和你说说我和路英奇的事？"

林泽把相册一合，嘴角垮下来："也没那么想听。"

许妍闻出他话里的酸味，笑着搂上他的脖子，咬他的下巴："干吗！干吗！干吗呀！"

林泽等她咬完松口，把她抱到怀里，低头看她。

"许妍，你喜欢看海的话，明年我带你回温哥华看海吧。

"我有一艘游艇，入秋我们可以出海打鱼，牡丹虾很肥美。

"或者夏天的晚上，我们可以去看海上烟花，喝一杯香槟再在甲板上跳个舞。"

许妍第一次听他说这样的话，听得她都愣住了。

她惊讶地张大了嘴巴，除了"好呀"，不知道要说什么。她想到了什么，捏捏他的脸："我以为你不会吃醋的。"

明明他从前提起她的过往，都显得很大度，说那也是她人生的一部分。

"我也以为我不会，但是好像不是。"林泽把她拥入怀，下巴垫在她肩上，对着她的耳垂轻吻，"所以，不要喜欢别人，只喜欢我一个人好不好？"

林泽平日里不吭不响，一出手就是对许妍的狠狠拿捏。

即使已经发生了亲密关系，许妍也还是当成恋爱在谈而已，可林泽说的那些话，哄她要带她出海，让她不要喜欢别人，那些话让许妍第一次对他们的"未来"有了认识。

他爱她，所以虽然很忙，虽然见面的次数有限，但他还是在未来的计划里设想了很多和她有关的可能性。

许妍被他一声呢喃叫得心都软了，泛着酸涩的泡泡。她回搂住他的脖子："好呀，那明年夏天你休假的时候我们去钓鱼。"

说着是明年的事，其实也不遥远，毕竟今年已经到了年末，就快要过新年了。

许妍问起林泽过年的打算："你是不是把圣诞节当过年？"

林泽："之前圣诞节有假期，也会过。但是过年的话，过春节。"

他无奈地提醒她："我们家都是中国人呀。"

尽管在加拿大长大，但是祖辈还有他爸说话时，还会经常有"我们中国人"这样的口头禅。

许妍依旧坐在他怀里，手指闲不住，在他眉毛上描摹："知道了！那你们球队过年会放假吗？你要在这里过年还是回加拿大？"

应该是要回去的，许妍猜，他把他妈妈的家叫"宋家"，并不觉得那是他的家。

果然，林泽说："要回去一趟，看看爷爷奶奶还有外公外婆。"

虽然他还没走，许妍却好像已经在体会离别了。

林泽故意逗她："舍不得我的话，陪我一起？"

"那我爸可能会疯。"许妍否定了这个建议的可能性，"我可以过年的时候跟你打视频，和爷爷奶奶、外公外婆拜年。"

林泽没说话。

许妍撇嘴："什么意思啊，你不想给他们介绍我？"

林泽笑："在羡慕你要收到好多红包了。"

许妍也跟着笑："那我也给你包个大红包，我这阵子赚了不少钱呢。"

他们说一会儿，亲一会儿，不急着做些什么，只是这样拥抱在一起就觉得无比满足。

许妍说她最近赚了不少钱，不是吹牛。她跟张旭的小姨跑项目，利润一半都给她，累是累了点，可是这一个月赚的钱比她以前一年课时费都多。

在全新的领域里开拓自己，是一件既痛苦又有成就感的事。

巴朵看着许妍瘦出来的尖下巴，震惊地摇头："以前演大戏的时候都没见你这么有成效的减肥啊，你要不要去医院看看，可别是生了什么大病。"

体重骤减确实是要考虑生病的可能性的，快两年没体检的许妍麻溜儿地去医院做全套检查，好在有惊无险，一切正常不说，她甚至还有点脂肪肝趋势，医生让她"少撸串少喝酒少熬夜"。

许妍挠头，原来瘦脱形了只是错觉，她肝上还囤了不少存货呢。

她当笑话讲给林泽听，林泽却又想帮她制订健身计划，只是被她一口回绝："姐姐的事你少插手！"

林泽说不过她，只能给她订了每周农场的菜和肉，又帮她找了个做饭阿姨，每天三顿去给她和巴朵做营养健康的饭菜。

巴朵早就吃够了外卖，自己做的减肥餐又不好吃，托许妍的福吃上了定制菜，关键这个星级饭店退下来的阿姨手艺还特别好，每天吃饭幸福感飙升。

巴朵的男朋友听说了这事，非要找碴儿说她室友的男朋友对她有歪心思："我是男人，最了解男人，要是对你无所求，才不会在你身上花钱。"

巴朵一怒之下跟男朋友提了分手。

许妍劝和："不至于不至于，要不我去跟他解释，他可能也是太在意你了，吃醋呢。"

巴朵："得了，他说的是别的男人，还不是把自己心思给暴露了，我能容忍他对我没多少爱，但不能容忍他不想给我花多少钱！谈恋爱都这样，难道我还能期待结了婚他变大方？"

许妍一直觉得巴朵活得比她清醒，她想想巴朵这话说得也有道理，只是对巴朵这种说断就断的态度感到佩服。

许妍给巴朵点赞："我辈楷模。"

转头告诉了林泽。

林泽沉默，也觉得有些抱歉，又给巴朵订了批高级海鲜，搞得巴朵都要怀疑了。

巴朵说："别这样啊，难道你或者你男朋友真对我有什么想法？"

许妍抱住巴朵往她身上蹭，毛衣勾起来的静电把她头发都给带蓬松了："我可以没有男朋友，但是不能没有巴朵朵。"

巴朵也贴贴她的脑袋："谈恋爱以后这嘴都变甜了哈，我也要去找个弟弟玩。"

"去吧去吧。"许妍给巴朵包里塞了个大红包，快过年了，巴朵就要回老家了，"我也没想好给咱爸咱妈买点啥新年礼物，钱给你，你就买了替我传达心意吧！"

巴朵翻开红包，拿出来数了数，二十八张。她抽出二十张还给许妍："你就算成了暴发户也不用这么急着散财哈。"

许妍把钱又推给她，没什么恶意直白地跟她说："我真是不知道送你点啥，你不是喜欢钱吗，我正好发了不少工资。"

巴朵："我喜欢钱，但也不是只要给钱就能让我高兴啊。"

许妍有些迷糊了，她因为从小就没被阻碍着花钱，对金钱其实没什么概念。最近这么拼命工作，赚到钱的时候她还没感觉，可是把钱给自己在乎的人时就觉得挺高兴。

她看巴朵真的不要，反思自己是不是太没有诚意，连夜跑到彩票站去，把手里的两千块钱换成了一百张刮刮乐，装信封里重新送给巴朵。

没有人能拒绝刮刮乐，巴朵当然也不能，她拿个啤酒起子，行李扔一边都顾不上收拾了，坐在饭桌上开启刮彩票之旅。

许妍搬着凳子坐在她旁边，给她收集中奖的彩票并且奉上欢呼尖叫。

巴朵手气不错，这把散票频繁小爆，最后一算中奖额，居然两千变两千六，还赚了六百。

她们俩兴奋得等不到第二天早上，当晚就裹得像个球一样跑去彩票站兑了奖，还没出店门，巴朵就把中奖的钱转了一半给许妍。

两个人都很开心。

许妍觉得自己这样的新年礼物很不错，想要如法炮制，给爸妈还有林泽都来一份。

林泽轻飘飘地给她泼了一头冷水："凡是赌博，一定会输。"

许妍："我运气好！"

林泽："那我希望你的运气都用在你身上，不要分出去。"

许妍："你好扫兴。"

林泽："抱歉。"

两个人对着电话沉默了几秒。许妍任性地把电话挂断了。

挂完她又有些后悔，刚想给他打回去，他发了条语音过来："可以只买一张送我吗？我想要。"

许妍噘着的嘴巴变成平的，又变成弯的。

算你小子识相！

许妍是个给台阶就下的人，她接受了他不喜欢"博彩"的想法，也决定把原来的送礼计划都改成只买一张讨个彩头。

但她给爸妈挑的是五十元一张的大票，给林泽就只买了张五块钱的小票。

去机场送机的时候，许妍把彩票给了林泽，让他当面刮。

别人家送机都是你侬我侬依依惜别，他们俩却是到处找便利店买口香糖换硬币，最后终于换到一枚，两人蹲在椅子旁边刮刮乐。

运气确实不错，刮出来五块钱。

林泽把那张彩票，连同刮彩票的硬币一起装进了挂着捏捏玩偶的斜挎包里，不打算去兑奖了，要珍藏起来。

"我要走了。"林泽看一眼时间，摸摸许妍的后颈。

许妍撇着嘴，但是因为戴了口罩，看不出来她的难过。

可是林泽知道。林泽不让她再送了："过完年就回，回来就找你。口罩戴好，别在机场逗留了。"

新闻上说，一场传染性极强的肺炎正在流行。许妍对当年的"非典"没什么印象了，但最近出入公共场合见到大家都戴着口罩，她也跟风囤了一箱 N95 口罩。

送走林泽后，她立刻就回了老家。临走前还跑了个标，区妇联办的"和睦家庭文艺比赛"。

此时离除夕也仅有五天了，许妍偷了个懒，提前给自己放假，想要和爸妈多待几天，工作就留待过完年回来再做。

她飞回家以后还很谨慎地在自己卧室自行隔离了三天，确保自己在路上没有被人传染，没有感冒发烧。

这波病毒强势，疫情发展迅猛。许妍的妈妈是呼吸科的医生，临危受命在医院值班，剩下许妍和爸爸两个人在家过年。

许文标好不容易见到宝贝女儿，储物间里满满堆着的都是给她的零食饮料，一个劲儿说她瘦了，要她多吃点。

许妍送给他一张彩票，他一分钱没刮出来，也不妨碍他美滋滋地发朋友圈炫耀他有个好女儿。

许妍担心妈妈，可那是她的工作，她的职责，有更多病患需要她，许妍没法因为自己的私情就喊妈妈回家"避险"。

许文标安慰女儿："放心吧，你妈身经百战，知道怎么保护好自己。你真让她回来，她心里还要不踏实了，她可是'天使'。"

许爸最后这句话是笑着说的，许妍听着却笑不出来。

她盘腿坐在沙发上，看着无聊的春晚节目，拿遥控器把音量调低，说："爸，让我男朋友给你拜个年吧？"

许文标："哈哈，好啊……谁？让谁？"

许妍："我男朋友。"

许文标："哪一个啊？"

许妍："老许，你说啥呢？"

许文标眼睛都瞪得大了不少："那个唱歌的？"

许妍："不是，打球的，打冰球的。"

她心里想着，要是妈妈在就好了，她们可以说说知心话，爸爸什么都不懂，说的话都乱七八糟的。

许妍变了主意，不想给爸爸看，自己跑去阳台上跟林泽打视频电话。

她特意把头发扎起来，涂了唇彩，画了眉毛。

林泽那边是白天，他刚跟爷爷和爸爸拜过祖先，正在客厅喝茶。

林泽猜她会拘束，跟爷爷说了一声，拿着手机去了厨房，只让许妍跟他奶奶打招呼。

林泽奶奶显然早就听孙子说过这事了，老太太穿着酱紫色的唐装，银白色的头发梳得一丝不苟，神色却很慈祥。

奶奶抬手，手腕上一连串的金镯子，她随手摘下来最上面的那一个，放到林泽手里："等林泽回国，带给你。"

许妍连连说谢谢，脸颊也跟着红得发烫。

林泽没让她尴尬太久，很快拿着手机走回自己的房间。

许妍看到镜头里一闪而过的小男孩，应该是林泽同父异母的弟弟，好像是个混血，头发卷卷的。

林泽往屋里走，许妍也不自觉地跟着走动。一转身，看到阳台的玻璃门后面，许爸很没形象地两只手搭在眉骨上，贴着门往她这边看，试图看到她的手机屏幕。

她无语，走过去，拉开阳台门，给林泽随意地介绍："看，这是我爸。"

许爸立马直起腰杆，拿出他小镇企业家的严肃姿态，自认为目光凌厉地看着林泽。

而林泽一丝怯态也无，大大方方地跟他招手："嗨，爸。"

许文标冷哼一声，骂这上赶着认亲的臭小子："轻浮！"

第 八 章 ④
还没离开就想你

因为林泽那声"爸"，许文标觉得自己血压飙升，抢在许妍之前把视频给挂了，恨恨地告诉许妍这小子油嘴滑舌的，别让他给骗了。

许妍替林泽辩解："他跟你开玩笑呢。"哪敢说实话。

许文标不听，他就是不满意这个"女婿"，尤其是听说他家在加拿大的时候，仿佛看到了女儿远嫁再也不回家了，扯着嗓子让许妍分手，他不同意。

许妍："他现在在中国啊，他是国家队的呢！"

许文标捂着耳朵，不听。

许妍气得把一大把瓜子皮扔进垃圾箱，躲进自己房间，反锁上门和林泽视频，不理她爸。

屏幕上，林泽笑得带着歉意："我是不是惹你爸不高兴了？"

许妍鼓着腮帮子，像松鼠："你故意的是不是？"

林泽："是呢。"

还"是呢"，他还敢承认！

林泽像个做了恶作剧的小男孩："给你找点麻烦，要你在解决麻烦的时候不停想到我。"

原来是这样的"险恶用心"！要不是因为过年不能说不好的话，许妍都想骂他了。

林泽看着许妍眉眼生动地对着他生气，就觉得这几日空洞的心又有了着落。

从前，他虽然偶尔想妈妈，但也不觉得自己有什么可怜。直到他来到中国，住在妈妈家里，却也没能获得什么缺失的母爱。

真正让他有"家"的感觉的，是许妍，是奥园的一日三餐和总也养不好的花花草草。

再回到温哥华的家里，爷爷奶奶最近已经住过来了，家里还有林泽的爸爸，有苏珊阿姨和她生的儿子林羽。

林泽进门的时候只觉得这个家已经非常完整了，好像并不需要他。

他是多余的，在两个家都是。

他不愿意自怨自艾，可他愿意让许妍悲他怜他，想要许妍抱着他的脑袋亲亲他的嘴，跟他说"姐姐疼你"。

她的温柔能带给他无限力量。

林泽跟她说："我三天后回去。"

许妍没想到他这么快就要回来了："不是说初八回的吗？"

林泽才咨询了现行的出入境政策："需要酒店集中隔离七天，再居家观察七天。世锦赛的集训马上开始了，我需要尽早归队。"

北城的防疫政策也在收紧，林泽的话提醒了许妍，她苦中作乐地想："那我和你一起隔离，咱们还能度个假。"

林泽："隔离是为了排除感染风险，你不要来。"

对于未知的病毒，人们恐慌于它的传染力之强和死亡率之高的同时，也担忧着它对经济社会带来的打击。

比如许妍的项目，她有预感，在这波疫情被消灭之前，那些文娱活动和艺术比赛都要停办了。

许妍想早点回北城，她爸不让，既是舍不得她，也是担心情况不明。

许妍："那我总要回去的吧，我不工作了？"

许文标："工作没了再找，找不到还有爸爸养呢。"

许妍："……老许你不要胡搅蛮缠。"

许文标："你是不是急着回去找那个假洋鬼子？"

许妍懒得理她爸，订了票，比原计划早两天回去，其实比起法定节假日还多待了几天。

许文标看拦不住她，又提出要开车送她。

许妍不要："你走了，万一我妈突然病倒了，谁照顾她？"

许文标没办法，把他买的那些吃的用的全都打包好，几大箱，非要她带回去。

许妍抓狂："这些托运都不知道要多少钱了！我也搬不动啊，你寄快递吧。"

许文标："现在情况不确定，而且这里面有防护用品，容易寄丢了，你得随身带走。"

许妍只带了两大包医用口罩和两个护目镜，其他的都不要："财不外露，我带着这么多稀缺资源在身上，你不怕我半路被人抢了啊？"

许文标感觉她的话也有道理，可这倔老头上了岁数难搞得很，最后又回到了原点——要开车送她回北城，带着那些物资。

从涌市到北城，距离一千三百公里，开车要十四个小时。

许妍拗不过她爸，只好同意。

他们早上六点天不亮就出发，说好的两个人轮流换着开，可许文标嫌弃她开得太慢，大部分时间还是他在开，只在中午吃完饭的时候在车上睡了会儿。

吃喝也是在车上解决的，除了憋不住的时候下去服务区上个厕所，他们尽量不出车门。

一路疾驰，晚上八点多才到许妍的出租房，许文标掏出自己带的白酒倒了两盅，就着酱牛肉喝完了，在客厅沙发上倒头就睡。

第二天一早，又是天不亮就开回去了，他不放心自家老婆，一天都不多待。

许妍蓬头垢面地坐在沙发上，看着客厅里还没来得及收拾的行李箱，有些睡不着了。

窗外好像有鸟叫声，吱吱喳喳的。

她想着昨晚跟她爸吃饭的时候聊的天，她爸叮嘱她工作别太累，她便说起关于梦想的迷茫，问她爸有什么梦想。

许文标说："我不像你妈那么伟大，她整天救死扶伤，我就只希望你和她都健康平安，希望你快快乐乐地长大。"

许妍娇嗔："我早都长大了！"

许文标："在我眼里你还是个小孩呢。"

人老了，心愿好像便都和健康有关，拼了一辈子才发现身外之物都不重要，汲汲营营不如阖家安康。

这样的愿望，在灾难苦痛面前尤为真挚。

林泽已经在酒店隔离了许多天，很快要转去奥园居家观察了，许妍再次提出来要过去住，林泽却久违地对她冷了脸，不让她冒险。

许妍："那我偷偷去了你还能怎么样我？"

林泽："我会生气。许妍，你要惹我生气吗？"

许妍不想惹他生气，妥协了。

她百无聊赖，打开文档填申请表，想用工作来分散注意力。

才看完填写说明就觉得心里一慌，这个表格提交日期怎么是年前啊？她不确定地拿出手机对着日历看日期，距离提交的截止日期已经过了大半个月，也就是说当初拿到表格的时候就只剩下两天了。

许妍赶紧给张旭小姨打电话，汇报情况："……我以为他们肯定要过完年再处理审批的，没想到截止日期居然在年前。"

"好了，小妍。"小姨打断她，"你有空跟我说这么多，不如去找王主任，想想办法看能不能补救。"

挂了电话，许妍的脸烫得像要着火，又窘迫又慌张。

她用手掌给自己扇风，努力想着补救措施。

直接给王主任打电话请求通融怕是没用，这些人打得一手好官腔，踢得一脚好皮球。

许妍先用了最快的速度把表格填好发到指定邮箱，然后饭都没来得及吃，先去商场专柜买了套海蓝的礼盒，用普通快递纸盒一套，开车到王主任家楼下，等她回家了，立马送过去说明情况："过年从家带了些特产，您别嫌弃。"

王主任不要，许妍扔下就跑了。

过后，王主任打来电话，坚持让她来拿回东西，以后别搞这套。顺便告诉她，正好因为疫情防控，活动也要延期了，项目申报也会延后，等新通知下发后许妍再提交一次项目书就好。

这事算是解决了，许妍跟小姨汇报完以后却觉得心里有些堵。其实这事能解决，肯定不是她道个歉就完事了，还是小姨的资源在起作用。

她说不上来哪里不舒服，但就觉得有些不得劲。

工作上的麻烦她也没跟林泽说起过，总觉得他是个很纯粹的人，他们的感情也很纯粹，好像说这些会让他觉得她是个俗人似的。

他不让她去奥园和他同住，可她心里难受想见他。

许妍的车没开回家，而是开去了奥园。

许妍给林泽发语音消息："我在门口。"

刚发完，二楼卧室的窗开了。

许妍从车上下来，仰着头看他。

林泽手臂支着窗沿，被灌进屋的冷风呛得咳嗽。

许妍这么和他对视着打电话，就像罗密欧与朱丽叶在窗边对话。

许妍："你真不让我进去？我都来了。"

林泽有些无奈，终于告诉她："我有些感冒症状。"

许妍一听，急了："你怎么不早说？那我要去照顾你！"

林泽："也可能只是感冒。"

许妍不管，威胁林泽："你不让我进去的话，就和我分手吧，我就再不管你了。"

这威胁有点严重。

可林泽不为所动，吓唬她："真不怕死？"

许妍："不怕！"

林泽："你死了你爸妈怎么办？"

许妍动作一愣，然后对着林泽吼："你不是说只是感冒吗！"

"好吧。"林泽虽然不太确定，但他感觉自己百分之八十的概率是刚来奥园那天，地暖还没烧起来，冻感冒了。

没见到许妍的时候他还能铁面无私地拒绝她的要求，可她就在他面前了，他才发现自己对她毫无招架之力。

她想要什么，他都愿意帮她实现。

林泽下楼去开门。

许妍直接把车停进了门口的院子里，关了门，她把外套一扔，大踏步地在房子里巡视，一间屋一间屋地看过去。

林泽跟在她身后，问："找什么呢？"

许妍一把推开他："别挡我，找你的金屋藏娇！我倒要看看哪个小妖精把你缠住了，让你不敢放我进门。"

林泽轻笑一声，上前抱住她，紧紧的。

许妍却不买账了，委屈涌上心头，眼泪涌出眼眶，她重重地推他一把："你不是不要我来吗！"

林泽半是虚弱半是演地一屁股坐到了地上，仰着头看她："许妍，我头晕。"

许妍不理睬他，他就一声又一声地唤她："许妍，你看看我呀，许妍，许妍，我头晕……"

许妍吸了吸鼻子，把眼角的酸意憋回去。

她蹲着摸摸他的额头，把他搀扶回卧室床上："晕死你得了！"

不知道人是不是总在有人宠着的时候变娇弱，原本只是有些咳嗽咽痛的林泽，因为许妍的到来，开始头晕低烧。

许妍怕得要命，想带他去医院。

林泽制止她："去了也没用，现在还没有有效的治疗手段，就是对症吃药就可以，在家观察吧。"

他已经自觉戴上了口罩，要许妍也戴着，即使是感冒也不想传染给她。

许妍有些自责，如果不是她一意孤行非要待在这里，他也不必感冒了还要戴口罩闷着呼吸。

她不和他待在一个屋里，去厨房给他做饭吃，让他关上房间门就把口罩摘了，她会一直戴着的。

两个人都憋得慌，但又因为能在同一个屋檐下感到开心。

林泽吃了感冒药就睡下了，许妍煮了燕麦粥，拌了两个小菜，炖了梨汤。

她坐在客厅，看着钟表转圈。终于，听到卧室传来了脚步声。

许妍跑到楼梯口，仰头问他："要不要给你把饭端到屋里去？"

林泽已经走下来，他戴着口罩停在半路，好像是想到了一起吃饭难免会接触，跟许妍说："我自己来吧。"

一顿饭分成了两份。他俩一个在客厅，一个在卧室，开着视频"面对面"吃饭。

林泽没什么胃口，但不想浪费许妍的厨艺，硬撑着吃光了盘子里的食物，又把餐盘送下来放进洗碗机。

许妍被他勒令离他一米远的安全距离，她只能在客厅看着他收拾。

早知道，刚才他抱她的时候，她不推开他了。

这也是许妍第一次住在奥园，却要睡客房。

她躺床上和林泽视频，问他："你可不可以明天就好啊？"

林泽嗓子发炎，说话不舒服，只"嗯"了一声。

许妍裹着被子，把脖子捂得紧紧的，一丝风都透不进去，连被角也窝起来，用脚踩着不漏风。

她跟林泽说："你快点好起来，我害怕……"

不仅是怕他生病，还害怕自己一个人在陌生的床上睡觉。

她把自己裹得这么严实不是怕冷，而是怕鬼，总觉得要是身体的什么部位露在外面，就会有怪物咬她。

她把自己无厘头的担忧说给林泽听，林泽闭着眼睛微笑。

他想，他要给她买两个大大的毛绒娃娃，他不在的时候，也可以陪着她睡觉，让她不要害怕。

许妍的胆战心惊并没有持续多久，或许是林泽的身体素质好，睡了一晚烧就退了，连嗓子也恢复了很多，感觉不那么疼了。

许妍不想让林泽一直憋闷着，主动提出来自己戴口罩就好了，让林泽别戴了。

林泽说："没关系，我肺活量好。"

这跟肺活量有关系吗？

许妍较真，戴着口罩当即唱了一段《咏叹调》，让他知道谁的肺活量更好。

林泽无奈地笑，和许妍在一起的时候，不管当时是什么事什么情绪，最后总免不了是带着笑。

许妍来得匆忙，没带电脑，为了避免传播病毒的可能性，她也自觉隔离在家没再出门，只好借用林泽的电脑。

林泽无所谓："用吧，密码是我生日。"

许妍笑得狡黠："没什么不能看的内容吧？"

林泽把帽衫的帽子一拉，帽檐压着刘海，头发遮住眼睛。

他一步一步把她逼到墙角，手撑在她耳边的墙壁，戴着口罩几乎完全被遮挡的脸低下来，像个坏人："我可以现在给你拍一点不能看的。"

压迫感让许妍的背紧贴着墙壁，她瞪大眼睛："你要拍什么！"

林泽好整以暇："你想看什么？"

许妍觉得他也就是吓她，板着脸告诫他："你不可以拍那种视频！我不允许被拍摄！"

林泽松开了对她的桎梏，抱着自己的手臂："谁要拍你了，我说拍我自己。你不是喜欢我的腹肌吗？"

许妍用手把他的衣服掀起来，露出他的肚子，像拍瓜那样拍了两下："就这？这有什么不能看的！"

他宠溺地揉了揉她的脑袋，不知道该说些什么，隔着口罩给了她一个亲吻。

他的身体还没完全恢复，许妍不让他陪自己，赶他回卧室去睡觉休养，自己则神采奕奕地去了书房加班加点地干活。

原本该有一场元宵节的文艺晚会，现在取消了，财务上的纠纷让人劳心费神。

还有那些未开展的确认延期的活动，都让早先还干劲十足的许妍觉得头疼，创业热情被冻成了冰。

张旭想要直接把这块的活儿停了，前面接的项目退款就是了，及时止损。

小姨不乐意，觉得前期投入的人脉和财力扔了可惜，反正等疫情结束了还是要继续办晚会的："说不定就这个抗击疫情的主题，各地也会做成晚会加油鼓劲呢。"

最后他们居然把决定权交到了许妍手上。说是决定权，可许妍能决定什么呢，她不过是个普通打工人，对疫情的预判和对意识形态工作的认识都没这两位大佬深刻。

她只能说一句："我都行，听你们的，最近不开工的话我的底薪也停了吧，但是社保能给我交一下吗？"

三个人的电话会议开了许多次，都没开出个所以然来，最后决定先观望半个月，许妍的工资照发。

路英奇也给许妍打电话，问她身体好不好，又说自己后面的演唱会都停了，最近的很多商务活动也延期了，出道这么久以来他难得享受了空闲，闲得找她聊聊天。

许妍没他那么闲，说了句"我男朋友要吃醋了"就给他挂了电话。

许妍这边电话不断，林泽那边手机却安静得很。

他给自己削梨吃，也切了块盛到碗里送给许妍："润润嗓子。"

许妍说话说得嗓子冒烟，吃了两块梨感觉好多了，眯着眼对林泽笑笑。

林泽拿了本书，问："我可以坐在这里吗？"

他觉得自己好很多了，想和她待在一起。

许妍点头，继续处理那些已经签约的项目。林泽坐到摇椅上，在初春明亮的阳光下看书。

这样清闲的时日已经不多，林泽偷得一天算一天，还说要把冰箱里的食物吃完再离开。

许妍知道他是想跟自己再待久些，这次世锦赛集训，不知又要多久才能回来。

许妍觉得自己在渐渐习惯分别，林泽却发现自己越来越厌恶孤独。还没离开，他就开始想她。

北城越来越多的公司开启了居家办公的模式，也有些老板积极性很高地给员工办了通行证，好像地球缺了他们无意义的工作就不会运转了。

张三疯工作室停工停产，果断裁了一半的新员工。许妍也坦然接受了现实，创业有风险，张旭赔偿了她一个月的工资，她还抽了两千发给张旭红包：师父，稳住！

张旭回了个孙悟空被压在五指山底的表情包：妍姐，苟富贵勿相忘。

她能有什么富贵呢，她现在连工作都没有。

巴朵异想天开地问许妍："如果我们把手里的钱都买刮刮乐，会怎么样？"

许妍："会破产。"

巴朵叹气，她的家教工作也停了好几家："你未来婆婆倒是问过我要不要住在他们家，现在宋森学校停课，线上教学，她说我可以住过去方便每天练琴。"

许妍："你想去的话就去呗。"

巴朵眼珠子一转："要不你去？正好你现在也没工作，提前适应下林泽的家庭生活。"

她是知道许妍和林泽的关系，宋家人是不知道这件事的，所以她每次去给宋森上课，莫名就会有些禁忌的紧张感，像个特务似的。

许妍摇头，她才不要。

巴朵像只老母鸡，把许妍揽在自己并不宽广的羽翼下："那你就做我的直播小助理，跟着我带货吧，最近电热饭盒卖得不错。"

自从饭店堂食没了生意，大众开始习惯自己做饭带饭，这些家用小电器的销量都飙升。

许妍点头，试着跟巴朵学习做新媒体。巴朵是主播，许妍只是举牌子上链接配合一问一答的小助理，几乎不需要出面。

她第一次上播，林泽特意注册了账号来看直播，激情下单了一百个电热饭盒。

巴朵笑得合不拢嘴："谢谢'冰球林泽'！谢谢大哥！"

此时距离《超新秀冰球》播完已经有一段时间了，也是因为疫情，文娱的热搜被压了很长时间，林泽只是小火出圈，没有后续更多热度的助推大爆。

这对林泽来说没什么所谓，他本来也无意踏足娱乐圈发展。

对许妍来说却算是个好消息，至今还处在时不时被路英奇狂热粉拎出来骂的阴影里，她并不想成为顶流的花边新闻女主角。

但林泽是用社交账号注册的直播平台号，粉丝顺着绑定的通知一起来到巴朵直播间看热闹，还以为她是林泽传闻中的女朋友。

巴朵直播间因此收割了一批热度，带货期间还要撇清她跟林泽的关系："朋友的朋友啦，泽哥人很仗义的，给我捧个场而已。"

林泽已经下线了，粉丝们却还在热火朝天地凑热闹，甚至有的被巴朵圈粉了，直播间里买了不少健身零食。

喧闹的夜晚结束，巴朵直播间的营业额是平时的百分之八百。

她高兴地隔着许妍的手机说要给林泽分成，林泽的声音很是温和："记在许妍账上吧。"

还说记账呢，许妍正要找他算账："你干吗那么高调！"

林泽："我没打算。"是没想到居然会被这么多人关注到。

他问她直播的感受："有意思吗？"

许妍也没露脸，只有声音出镜而已，不觉得多紧张，但也不觉得多有趣。

她有几分迷茫，不知道该何去何从："最近工作不好找，我也不知道要干点什么。"

林泽只能想到最老套的说辞："做你喜欢的事。"

被压下去一阵子的疑惑又占据了她的头脑，她喜欢什么呢，她又能做什么呢？

她的妈妈，她的爸爸，她的好友，她的林泽……他们都有自己的梦想，都知道自己想要什么。

怎么到了她这里，梦想就变得这么难搞呢？

赚钱，她试过了，虽然说出来很矫情，可金钱并不能带给她真正快乐的感觉。

许妍想破脑袋，想出来一个很高尚的诗句："你听过'春蚕到死丝方尽，蜡炬成灰泪始干'吗？这句诗现在常常被用来赞美老师无私奉献的精神。"

林泽："哦，所以你想当一个老师。"

有时候，信念是需要重复确认才更坚定的，今天之前，许妍没觉得自己的梦想是当老师，可此刻之后，她越想越觉得她喜欢当老师了。

屋里照片墙后面挂着的锦旗，"唱得好，骂得对"六个金色的大字，越看越红。

许妍点头："对，我想当声乐老师。"

林泽为她高兴："真好，你有一个很棒的梦想了。"

他又告诉她一个或许算是"好"的消息："世锦赛因为疫情暂时取消了，集训也中止了。

"许妍，这次我大概会有很长时间的假期，你能收留我吗？"

许妍可太吃林泽示弱这一套了。

她自认不如巴朵那么飒爽那么辣，而林泽又因为从小在外面打比赛，独立又早熟。两个人在一起的时候，她根本感觉不到当姐姐的优越，反而更像是被照顾的那一方。

可是林泽一卖惨，许妍就觉得浑身上下哪儿哪儿都有劲了，好像有无穷无尽的爱要发散出来。

许妍答应"收留"他："好说好说，我把你揣兜里，走哪儿带哪儿。"

说是这么说，可她其实并没有什么地方要去，奥园的房子就是她的乌托邦，院子里那两块花圃就是等待开发的桃源。

骤然间拥有了悠长的假期，许妍还有些不适应，她再三跟林泽确认："你要休到什么时候啊？"

林泽也不清楚："等到有比赛可以打的时候吧。"

他趴在沙发上，下巴枕着她的腿，勾着她的手摸自己的头发，语气失落地问她："我失业了，不赚钱了，你不会嫌弃我吧？"

"怎么会！"许妍根本忘了自己才是真正没工作的那个人，"我种大头菜养你！"

春天来了，院子里的花圃被重新利用，在隔壁大爷的指导下种满了大头菜的种子。可是这些大头菜起码要三个月后才有收成，真靠它们是撑不起这个家的。

林泽听许妍说完就闷声笑。

许妍想起之前巴朵说的，宋家问她要不要住在家里教宋森。

许妍跟林泽商量："要不我接了这个工作，你也回去住，这样我们不仅不用担心吃食，你还能跟你妈多待待，而且我也有了收入。"

"赚我妈的钱养我？"林泽笑得更厉害了，"这么精妙的主意你是怎么想出来的？"

许妍坐着，手指摸着林泽的下巴，那里有还没刮的胡茬。

她兀自想象着这场景："你看啊，白天，我是宋家小姐的钢琴老师，温婉端庄，夜里，我就偷偷爬到这家少爷的床上……啧啧啧。"

她手指摸到林泽的喉结，轻轻揉按，像在玩一颗枣。

林泽听着她的描述，还是笑，抓住她的手指，一寸寸和自己手掌贴合，最后十指相扣，放在嘴边亲了一下："温婉端庄的许妍老师，我的床不是只有晚上才能爬，白天也可以的。"

他已经改为仰躺着，眼睛像黑色的宝石，闪着熠熠的光，又单纯又荡漾地看着她。

衣服不知是有意还是无意的，边缘皱着卷起来，露出手臂宽的一截，人鱼线如刀刻般完美。

在家的这些日子，林泽每天都很自律地健身，他也没什么花样，家里就一根五管的拉力绳，但他用这根绳子能练全身。

有时候，他也带着许妍练，可许妍最多不过五分钟就坚持不住，撒泼要赖的，宁愿在他身上运动，也好过被这拉力绳折磨。

难得有这么长的假期，可却不合适出去旅游，甚至连逛街都要全套防护小心翼翼。唯有待在家里最安全。

许妍刚感慨了一下宅居生活有些无聊，国际冰球联合会就根据各国队伍的世界排名，公布了冬奥会的分组情况：中国队将与美国队、加拿大队、德国队同组，堪称掉进"死亡之组"。

许妍陡然感受到了时间的紧迫，好像林泽下一秒就要离开。

她虽然跟着林泽看了些冰球比赛，但对这些赛事章程还没那么了解，只是觉得中国队"运气太差"，还以为是抽签抽到了强敌组。

林泽跟她解释了规则，比赛是依据排名的蛇形分组，中国男冰因为东道主身份被保送入围，在十二支队伍里占据末席，所以这个分组是注定的。

难怪国家队要"归化"一批华人运动员来备战冬奥，原来是我们的冰球水平不太行。

许妍替林泽紧张："小伙子，要努力为国争光啊！"

林泽没有抛下豪言壮语，只说："赛场上拼尽全力是职业操守。"又说了句，"运动并不只是为了拿名次，一个强大的国家，也不需要靠金牌证明自己。"

许妍想，他说得有道理，可还是捂着他的嘴提醒他："笨蛋，在媒体面前只说前一句就行了，不然有些网络暴民会骂死你。"

她是一朝被蛇咬，十年怕井绳。

林泽又装可怜，弓着腰埋头在她怀里："我太笨了，你要保护我。"

许妍豪气冲天地承诺："没问题，我会保护你！"

在这些细水长流的日子里，许妍也没办法完全像林泽那样享受清闲的生活。一种国人刻在骨子里的自驱力让她停不下来。

大概就像小时候，她暑假在家掐着最后一天把作业赶完，而其他同学不仅早就写完了作业还报了十几个辅导班，最后开学考试她下滑十几名成了垫底的。那时候她就对"逆水行舟，不进则退"有了深刻的认识。

她受到的教育体系里一直以吃苦为荣，以享乐为耻，认为人活着不努力就会变成咸鱼。所以，虽然她成绩从来不咋样，但她也没有尽情摆烂过，属于间歇性努力的"笨小孩"。

在这段日子的自省中，许妍确认了自己喜欢唱歌、喜欢教学之后，开始准备考研。在专业方向上，她选择了更偏向表演的音乐剧学校，或许有机会的话，她也愿意再登上舞台。

考研这事，许妍最先告诉的自然是林泽，但是跟林泽没什么好聊的，她又找巴朵商量。

巴朵向她推荐了沪市的学校，说起自己有认识的导师可以引荐给她，最重要的是："我打算去沪市发展了，正想和你说呢，那边有个经纪公司跟我在谈，可能下个月我就要搬走了。"

许妍震惊："什么？你怎么才告诉我？！啊！那我也要去沪市！"

毕业这么多年了，她跟巴朵一直住在一起，很少分开，比亲姐妹还要亲。她下意识地就想去追随巴朵的步伐。

林泽听许妍说了她临时的新决定，他说出来的话居然有些酸溜溜："去吧，巴朵才是你的真爱。"

许妍本来猛地听说巴朵要走有些焦虑，冷静下来后，开始思考择校的利弊。

首先，沪市离她老家更近，她在那里可以经常回家看看爸妈。

其次，沪市的学校或许比起北城的要容易考上。

最后，她去了沪市还可以继续跟巴朵做室友！

思考结束，许妍更坚定了要考去沪市的决心。

至于眼前的林泽……

"我年底考试，考上了也要明年才上学。你不是很快就要去集训吗？冬奥之前你也没什么机会经常休息吧？那我在哪个城市都无所谓啊，你需要我的时候，我可以随时飞到你身边！"

她是个头脑一热就爱做决定的性格，连考研复习资料都已经下好单，看起来是立志要考去沪市了。

林泽看着这房子，虽说某种意义上他跟许妍一样，都算是"漂"在北城，没有根基。可他已经在奥园住出了家的感觉，他喜欢放假时就回到这里，喜欢她带着围裙给他做不怎么好吃的点心，也喜欢在地毯上和她打滚。

但他没有办法用这个房子绑住她。他要集训，不知道要消失多久，他怎么可能让许妍就守着这个房子等着他。

如果她换个城市，去读书，去游学，去和好朋友待在一起，或许会更快乐一些。

有时候林泽挺矛盾的，既舍不得她无聊苦闷，又坏心地希望她安心守着，把他当成唯一快乐的寄托。

不过不管他怎么想，最后都只能顺她的心，投她的意，甚至还要帮着她整理资料陪她复习。

冬奥会男冰国家队选拔近在眉睫，林泽即将跟随大部队去外地的体育学院集训，这次封闭集训计划是两个月起步。

也就是说，他要有至少两个月时间见不到她。

许妍感觉林泽突然就变了，之前的可怜可爱果然都是面具，摘了面具以后的他像只大尾巴狼！

曾经伪装成猎物的猎人，恢复了狠厉的本性，猎枪总在她不注意时就上了膛。

他最爱托举着她，让她比自己还要高一些，仰头望着她时，是更真实生动的眉眼，连咬着下唇的贝齿都更加可爱。

他像是要跟她炫耀自己的健身成果，展示他的臂力和核心力量，只要墙壁的一个支点，就能构成最坚固的三角形，然后在这狭窄的空间里用力吻她。

他和她一起的时候，没什么想法，不过是想着她。

他希望她也一直想着他，现在，以后。

初夏的风吹起时，许妍帮巴朵收拾好了房子，自己也干脆打包了行李，一起退了租。她要和巴朵去沪市找房子。

林泽是陪着她俩一起去沪市的，他已经确认他在集结的大名单里，离开之前他想再陪陪她，也算作旅行。

本以为租房子会是件很麻烦的事情，毕竟当初许妍和巴朵用了几个月的时间，还赔过违约金换了两个住处才挑到合适的。

这次有林泽作陪，巴朵和许妍都不想浪费他的时间，也因为和刚毕业那会儿比，现在她们有了更多的积蓄，挑选房源的时候顾虑就少了。

只用了一天的时间，他们看了三套房子，就定下了其中的 loft公寓。

精装 ins 风，一楼是客厅加饭厅，木板阳台带遮阳棚，望出去就是护城河，看书喝下午茶再惬意不过。二楼是两间卧室，挑高三米，走路丝毫不压抑。

他们仨都很满意，搬完家又一起大扫除，还有些灯饰家居需要补充，林泽没陪着去买，给她们小姐妹留下以后逛街采购的机会。

就在林泽打算回北城的时候，北城忽然又爆发了新一轮的疫情。那个查出有病毒的菜市场离奥园不远，以前林泽和许妍还经常去买奶酪。

巴朵劝他们干脆在沪市住下来，也没多久了，等到集结时间到了直接去训练，省得回去北城再被封在家里。

许妍觉得有点道理，她那绿油油的行程码，要是回一趟北城不仅要带星，说不定还要变红。

希亚给林泽打电话的时候才知道他这几天跑去了沪市，他这几个月没有比赛却一直住在奥园，偶尔才回宋家一趟。她这个不爱管闲事的妈都忍不住好奇："什么样的女孩把你迷成这样？难以想象。"

彼时许妍刚洗完澡，正坐在床边对着垃圾桶剪脚趾甲，白皙的脚丫子被她反手抱在胸前，神色专注。

林泽笑着说："是天使。"

既然决定在沪市小住，林泽就打算直接在这里置办起去集训要带的行李。

许妍却还惦记着奥园种的大头菜，他们离开的时候还说回去就收割，现在只怕是要烂在地里了。

林泽安慰她："就当施了肥，下次再种其他菜的话，土壤的营养会更好。"

谁知道还有没有下次呢。

许妍是来到沪市后，才突然对学习、工作、生活了几年的北城生出一丝不舍，但这样惆怅的心情很快又被新生活带来的新奇感冲散。

沪市下了几场雨，和北方的狂暴不同，是许妍儿时印象里属于江南的缠绵氤氲。

她复习得眼睛酸涩后，就坐在阳台上看雨，虽然有雨棚遮挡，可身上依旧有潮湿的触感。

林泽不习惯这种梅雨季，她在阳台看雨，他就在客厅看她。都有各自打发时间的事情干。

只有巴朵最忙，才落脚就马不停蹄地赶赴各大活动，每周还要直播，身心忙碌但钱包充实。

许妍没有什么别的能为巴朵做的，"扯后腿"最在行，每天晚上在饭厅搞一锅火锅，给她当夜宵。

锅是鸳鸯锅，巴朵和林泽吃清汤涮菜，她自己吃牛油锅涮肉，辣得她嘴唇红肿，"吸溜吸溜"，馋死那两个要做身材管理的人。

这期间，许妍虽然没去热门景点凑热闹，但也和林泽逛了几次公园，看了几次展览，甚至在日落时分一起去了游乐场。

夜晚风大，他们披着同一条卡通披风毯子，拥抱在一起，抬头看城堡上方炸开的烟花。

嘈杂的音乐声里，许妍回头大声问林泽："海上的烟花比这个还好看吗？"

烟花或许差不多，但海上的人没有这么熙熙攘攘的，是那种绚烂孤独而美丽。

林泽低头跟她说："我不知道明年有没有时间，但是打完冬奥会，我一定带你去看。"

他为这次的失信感到抱歉，只想着她喜欢的话，以后年年带她去看。

许妍看到周围有很多情侣都在烟花下接吻拍照，她是个在公共场合不喜欢过分亲密的人，却也有浪漫的幻想。

她拉着林泽的脖子，让他低头在她耳边，她小声说："那等我们去海上看烟花的时候，也亲嘴，不让别人看。"

林泽笑着听她说完，把毯子从她头顶兜下来，完全盖住两个人，像是搭了个小帐篷，在隐秘的空间里快速地亲了她一口，又退开，把毯子重新披回肩上。

许妍用拇指摸摸自己的嘴巴，啃着指甲盖看着他傻笑。

烟花五彩斑斓的光照在她的脸上，虚幻又漂亮。

临行前的最后一天，林泽陪许妍去看了看她想报考的学校。

巴朵也在，她是百忙之中抽出时间，要给许妍引荐她认识的导师："赚钱哪有你的事重要。"

林泽看着许妍感激地和巴朵蹭脑袋，默默走过去拎着许妍的后衣领把她"抢"回自己身边。

巴朵笑骂他是"醋坛子"，但也知人家小情侣快要分别了想腻歪，一般没事不往他俩跟前凑。

学校就快要放暑假了，许妍和巴朵去的这天恰好有学生的汇报演出，拜见的那位孟老爷子和她们一起在校友之家喝了杯咖啡，聊了聊旧识，就给了两张票邀请她们一起看大戏。

两人连声感谢，送别孟老爷子，天色还未沉，巴朵看看手机，跟许妍说："你和林泽去看吧，我晚上约了品牌运营吃饭，来不及。"

许妍探究地看她的表情，想知道她是不是故意给林泽让位置。

巴朵把聊天记录给许妍看："真的呀！我骗你干吗！"

许妍这才相信，还给她打了辆专车："等我有空回北城去，把我的'小突突'开过来，给我巴姐当专职司机！"

巴朵骂了句"德性"，踩着高跟鞋风风火火地走了。

剩下许妍一个人了，她往边门的咖啡厅走，给林泽发信息，问他在哪里。

消息还没得到回应，她已经走到了咖啡厅外面，透过玻璃窗，看见林泽坐在靠窗的卡座，趴在桌子上睡觉。

她偷拍下来他的睡颜。

走进咖啡厅，走到他身边，还能闻到那杯已经凉透的美式咖啡香醇的苦味，看来这杯提神饮料效果一般，饮用者睡得够香甜。

许妍伸手，捏住他的鼻子。

睡梦中的人呼吸不畅，睁开眼时带着被打扰的不耐烦，在看清眼前人的时候又瞬间变了笑意："见完了？"

"见完了。"许妍给他看自己手里的演出票，"看了剧再回去行吗？"

"行。"林泽从抽屉里拿出菜单，给许妍点菜，"先吃东西，不然胃疼。"

她前几天生理期，动不动就肚子疼。

许妍捏着他的手指，"嘻嘻"笑着，暗示意味十足地说："我好了，不疼了。"

林泽立马接收到信号，把菜单一扣："这个演出是非看不可吗？"

许妍没想到他居然这样问，老脸一红。

林泽又把菜单拿起来："知道了，先吃饭。"

吃完饭，还要看演出。

从咖啡厅走到小剧场，校园虽然不大，但景致别有一番风味，是那种青葱岁月的美好。

许妍阔别校园已久，再来到这种环境，心里是难以言喻地快活，她跟林泽说："我喜欢这里，我要努力考到这里！"

"你肯定能行。"林泽点头，用手指比画厚度，"你吃了这么厚一摞书呢。"

许妍想得更远："等我硕士论文的致谢，我就写'谢谢我的男友一直支持鼓励我'。"

林泽不认同："你这属于学术造假吗？应该写'丈夫'。"

他第一次用这种自称，许妍有些心慌，下意识地左右扭头看，好像怕被人听到似的。

林泽看见了，眉头拧起来，故意问："难道你上学以后要隐瞒自己的感情状态吗？"

他前几天填写表格的时候，还诚实地在婚姻状况一栏写了"已婚"，虽然他接受她对外隐瞒婚姻关系，但不接受她连自己都骗进去。

许妍跳着脚捏住林泽的嘴巴，不让他再说了："上学结婚很奇怪好不好！我会说我有男朋友的，你不要胡思乱想了。"

林泽嘴巴被封上，有些生气，别扭地把头转向一边，一直到演出结束都没怎么和她说话。

因为眼睛不再黏在她身上，他也有时间看到更多周围的景色，以及人。

他才发现，这个学校的学生，不论男女，好像都长得很好看，而且是风格各异的好看。

林泽再看看身边的许妍，危机意识陡升，"防三"警报拉响。他主动终结了为期两小时的"冷战"，手搭在许妍的肩膀上，跟她说："我不和你生气了。"

许妍瞪大眼睛："你什么时候跟我生气了？"

林泽看她模样好像是真没察觉，心里堵得慌："算了，没事。"

许妍蹙眉："怎么我的生理期走了，你的生理期来了？"

林泽没搭腔，他只是，有些离愁别绪。

入夜，她主动爬到他身边亲亲，居然被林泽挡住："家里有人。"

来沪市的这些天，他们因搬家而忙碌，许久没有亲热。

许妍纳闷他今天怎么转了性子，有些羞恼，翻身背过去不搭理他。

中央空调冷风吹得凶猛，许妍打了个喷嚏。

林泽起床，去调节墙上的面板，把制冷改成除湿，又调高了一度，再躺回床上去，依旧是背对着她。

许妍回忆今天这一天的对话，心想他是因为什么事在生闷气，想了一会儿也就想明白了。

她觉得他有些无理取闹，这醋吃得毫无边际，又想到他从前都表现得温柔大度，怎么突然就成了小心眼。

她坐起来，抱着手臂，气死人不偿命地说："你就惹我吧，反正你明天就走了，关起来几个月出不来，出来了还要打比赛，说不定我上学你都没空送我。我呀，最喜欢听话的男大学生了，到时候我去上学，在班里交十个八个的弟弟好朋友，美滋滋。"

说完气话，她就又躺了回去。

她听见了他被气到粗重的呼吸，又有些心软，心里骂他，平时不是挺能说的嘛，现在怎么成了哑巴。

许妍也不知道自己怎么那么困，困到才闭上眼几分钟就睡着了，然后被咬醒了。

林泽沉默地咬她，听他咕哝一声："你倒真是没良心，居然还能睡得着。"

许妍觉得嘴唇都被他咬肿了，捶他背："你属狗的？"

林泽把台灯打开，细长的灯柱在墙面上投射出玫瑰花的光影。

他看着她的眼睛："说你爱我。"

许妍嘟嘴。

他语气低落，又说了一遍："说你爱我，好吗？"

"哼。"她带着睡意冷哼一声，自己也不知道怎么就落泪了。

林泽盯着她看，看她眼泪顺着下巴滚落，落到不知道哪里去了。大概是落到了他的心里，在那干涸煎熬的心田上溅不起一点水花，才落下就被灼烧成了蒸汽。

林泽："你说的话，我会当真，会难过。"

许妍："少来，你又装可怜。"

林泽的眼睛睁得太久，有些干涩，他闭了闭眼，感觉眼皮发烫，再睁开，跟她说了一些心里藏着的秘密："跟你领证的时候，说只是为了给你个保证，你依然有选择的权利。其实我骗你的，我根本不想，不想你选择别人，现在，更不想了。"

他向她暴露自己内心的惶恐不安与霸道渴望，他一直在装绅士，装完美先生。不，他不是，他只是个渴望被她偏爱的可怜虫罢了。

许妍听得心软，趴在他耳边反驳："我什么时候选择过别人了？"

林泽抱住她，复述她的气话："你要找听话的男大学生，交十个八个弟弟好朋友，美滋滋地不再爱我。"

他说得心酸，她听得却发笑："我逗你玩呢，我爱你，我当然爱你。"

林泽像只无家可归的小狗，眼神湿漉漉："许妍，这并不好玩，一点儿都不。"

两人几乎整晚没好好睡觉，早上许妍睡蒙了没起来，林泽给她留了张字条，亲亲她的额头，没要她送，自己推着行李打车去机场。

许妍快中午了才醒，摸出手机看了一眼时间，吓了一跳，以为是自己没听见闹钟，大喊："林泽！林泽！迟到了！"

没人回应她。她捡起地上的睡裙套上，冲下楼。

客厅里，巴朵正在喝着咖啡，拿着手机修图，听到楼梯上的声音抬眼瞧她。

许妍问："林泽走了？"

巴朵挑眉："你男朋友，你问我？走了吧，我起来的时候就没人了。"

许妍"哦"了一声，转身上楼去洗漱，边走边给林泽发语音消息："你怎么没叫醒我啊。"

她发完，就觉得鼻子一酸，眼眶里霎时盈满了泪水。

林泽已经登机了，没有及时回消息。

许妍回到房间才发现床头柜上有张便笺纸，上面写着"Money for you（给你钱花）"，下面是一串数字，她的生日。

反过来，标签后面粘着张银行卡。

她想起来，好像有一天她复习的时候，他说要出去转转，那是唯一一次他单独行动，原来是去楼下银行开卡。

她洗漱好去吃早午餐，林泽不在，冰箱里的那些垃圾食品终于得见天日，许妍把午餐肉切成大大小小的方块，里面打上蛋液煎成太阳蛋。

以为自己会很怀念这滋味，吃的时候却又觉得好像林泽煮的西兰花更美味。

林泽终于落地，去取行李的路上就给她打来视频："你醒了，吃午饭了吗？"

许妍趴在沙发上："没有，我好想你啊，茶饭不思。"她刚说完，就打了个饱嗝。

林泽笑了。许妍狡辩："我没吃午饭，我只是吃了早饭。"

林泽在岔路口抬头，看了眼指示牌，又跟许妍说："我到了基地再跟你说吧，接机的领队在等我了。"

"等一下！就一下！"许妍着急地喊他，"你那张卡是什么意思啊？哪有人睡醒了在床头放钱的！"

她说完，不远处的巴朵默默抬头看过来，又缓缓低头干自己的事。

许妍咳了一声，转过身去，把手机压低了，像和林泽说悄悄话。

林泽愣了一下："抱歉，我没有别的意思。"只是觉得早拿给她的话，她或许不会接受，所以临走前才拿出来。

林泽："我绑定了我的手机号码，你花卡里面的钱我会看到，我希望我每天都能收到短信通知，知道你在好好生活，这会让我觉得赚钱是有意义的。"

不管想不想花他的钱，许妍听他这么说，还是挺高兴的。她问："你这口气不小啊，里面有多少钱？"

林泽答："我所有能花的。"

许妍倒吸一口冷气。

画面里，他已经走到行李转盘那儿了，许妍让他先忙，匆匆挂了电话。

她去楼上床头柜抽屉里拿出那张金色的卡片，心怦怦跳。

晚饭后，许妍和巴朵下楼散步，路过自助银行时，她戳戳巴朵的胳膊："我想去查下余额。"

巴朵点头："去吧，我在外面给你守着。"

在小小的房间里，许妍输入密码，看到界面上显示的一串数字，1开头的，她数位数："个、十、百、千……"

没一会儿，她推开门，眼睛亮亮地看着巴朵。

巴朵也好奇："多少钱啊？"

许妍比了个"八"的手势。

巴朵保守猜测："八十万？"

许妍眼睛都大了一圈："八位数。"

巴朵惊叹一声，抓住许妍的手，把她的卡塞回她裤子口袋里："装好，装好，别掉了。"

巴朵："这么多钱，他不理财吗？存个定期，买个基金挣点利息也好啊，就这么放活期太浪费了吧？"她还在念叨着"你不理财，财就不理你"之类的。

许妍有点走神，她只知道林泽有奥园的一套房子，有辆宾利，还有艘游轮。其余的，他还有什么资产他们并没有聊起过。

但是，他突然把他能花的钱都给了她——他是这么说的，在他们即将开始一段异地恋前。

他总是习惯先给予"保证"，再索要"好处"。

林泽直到临睡前才联系她，说是基地开了动员会和茶话会，结束得有些晚："纪律会更严格，我以后可能只有晚上才能回你消息。"

许妍轻佻地逗他："钱都上交了，你人在不在没关系的。"

林泽警告她："我不在，也不能有别人在。"

许妍："那我不是很可怜吗，孤家寡人。"

林泽："你还有巴朵。"

许妍哈哈笑："既然已经被你发现了，我也就不瞒你了，没错，其实我和巴朵……"

"够了。"林泽打断她，"再胡说八道就打屁股了。"

许妍噎住，他承诺过绝对不会打她，但是后来演变成"打屁股不算"了。

她鼻子一皱，把手机拿远照出全身，拍拍自己的屁股，挑衅他："你来呀！"

林泽没说话，这一刻真情实感地想念她。

许妍自己不理财，所以她也是一知半解地给了林泽一些建议，问他要不要把钱存起来。

林泽说不用，这些钱就是日常花销，他们家有专门负责理财的人帮他处理："这些都是我的工资，给你花。"

许妍想起之前他在休假时，说自己失业了要让她养的那些话，再想想自己大言不惭的样子，只觉得丢脸，她从来也不知道职业运动员这么能赚钱。

她忽然就有种想要躺平，不再努力的冲动。

可是林泽接着就问她，今天复习得怎么样，有没有偷懒。他是觉得她有书要读的话，就不会无聊得出去结识什么男人了。

许妍："你这算盘打得我在沪市都听得清清楚楚！"

那些网上的俏皮话，林泽都是从许妍口里听说的，于是总觉得她可爱伶俐，有很高的语言天赋。

玩笑归玩笑，许妍也并不想拿这种事分他的心，再三保证自己会认真复习准备考试的。

毕竟距离考试也只剩下几个月时间了，她好多年没看书，英语和政治背得她头大，确实也没心情出去玩。

还好家里还有个巴朵陪着，巴朵要出去玩的时候，喊许妍一起。

沪市的酒吧一条街，舞夜气氛正浓。

许妍脑袋昏昏沉沉，巴朵说她这样是学不进去的，去蹦个迪，把脑袋里的水甩一甩，空出地方来才好让知识钻进去。

许妍："那万一把为数不多的知识给甩出去，只剩水了呢？"

巴朵无言以对，叉腰道："那你去不去？"

许妍也叉腰："去！"

她们都觉得这大半年闷得实在太憋屈，想要宣泄一下。

晚饭就在小资情调的网红中东菜馆吃的，她俩都不太饿，精致摆盘的菜品更多带来的是心理上的满足。

配餐的鸡尾酒度数很低，两人说好一会儿了酒吧不喝酒，只蹦迪。

要买单的时候许妍抢着付钱，这段时间林泽动不动就暗示她，怎么还没收到付款短信，是不是手机坏了。这不给她逮到了花钱的机会："刷林泽的卡！"

巴朵也不跟她争，还跟她出坏主意："一会儿去酒吧你也刷这个，看他气不气。"

许妍："别了吧，他集训呢，干吗惹他。"

巴朵："小醋怡情呀。再说了，你也不能太惯着他，到时候让他拴住了哪儿都不让去，那不成了他的宠物了？"

许妍："我才没！"

巴朵戳戳她的恋爱脑袋："反正你呀，一恋爱起来就傻了吧唧的，随便你吧，你开心就好。"

她们去了最有名的一家店，女士免门票。

才晚上十点多，场子还没有热起来。

巴朵和许妍居然遇见了她们的大学同学，同学带着同学，聊几句就都成了朋友，最后坐到一个卡座玩游戏。

巴朵跟人聊得欢，破了戒喝了酒。许妍在旁边只要了杯可乐，盯着巴朵怕她喝多了被人占便宜。

男同学手往许妍身后的椅背一搭，低头和她说话："妍妍，你要考研的话，我给你介绍个哥们儿，专门搞培训的。"

以前他们上学排练、喝酒、撸串的时候，确实关系都挺好，勾肩搭背也正常。

但是许妍现在忽然发现自己不喜欢这种朋友间的亲密距离了，她往旁边靠了靠，避开他："行啊，谢谢啦。"

男同学感觉到了她的疏远，哈哈笑："哎呀，我变成油腻中年男了？"

巴朵喝得有点上脸，一巴掌拍在同学背上："起开！我们许大宝现在是有夫之妇，敢调戏她，你抗揍吗？"

男同学："哟！失敬了哈！男朋友这么能打？"

巴朵："那可不，她对象可是林唔唔……"

许妍一把捂住巴朵的嘴，不让她再说了。

许妍端起可乐一饮而尽："哥，我先干为敬！"

男同学跟着喝了瓶啤酒："好家伙，不知道的还以为你这里头是红酒呢。"

她们一直玩到半夜，许妍看巴朵已经醉了，扶着她打车回家。

到家以后看时间快两点了，就没给林泽发消息。

结果天蒙蒙亮的时候听到手机响动，许妍看来电人，如果不是林泽的话，她可能要骂人了。

许妍接起来："喂？"

林泽："到家了吗？"

许妍迷糊着："嗯，在睡觉……"

林泽："好，没事了，接着睡吧。"

他说完，把电话挂了。

许妍太困了，根本没反应过来，蒙头又继续睡觉。

梦里，她跟老同学把酒言欢，贴身热舞，一扭头看到林泽就在舞池边上，阴沉着脸问她："你就是这么好好复习的吗？"

她被吓得一激灵，从梦中惊醒。

隐约记得早上接了个电话，摸出手机一看，五点二十分的时候确实有和林泽的通话记录。

许妍回想他们的对话内容，如果没记错的话，他好像知道她夜里玩到很晚，还问她是否已经到家。

明明昨晚她给他发消息，说的是自己跟巴朵出去吃了饭回来，有点困，先睡觉，不等他视频了。

这种被抓包的感觉不太美妙，许妍想，他怎么知道的呢，难道他在这房间里装了监控器不成？

想到巴朵说的不要当他的"宠物"，她心里一颤，他不会真的那么变态吧？

就在她满腹疑惑，打算跟巴朵请教的时候，巴朵先肿着眼皮跟她道歉了："我昨晚喝多了，朋友圈忘了屏蔽你家弟弟了。"

"啊？"许妍点开巴朵的朋友圈，看到凌晨一点的时候她发的状态，一群好朋友坐在沙发上揽着肩举着酒瓶，写着"他乡故知，不醉不归"，还定位了酒吧地址。

而在点赞的众多共同好友里，林泽的头像熟悉又刺眼。

完蛋。

许妍看了眼一直被她当成"情感导师"的巴朵，这猪队友！

第九章
每一天都更想你

　　许妍一整天都在琢磨着该怎么跟林泽解释自己"善意的谎言"，又想着要不要先发制人骂他怎么大早上就刷朋友圈，不好好去晨练。

　　琢磨了好久，可是到了平时该通话的时间了，林泽却一直没找她。

　　开始许妍还想着他可能今天训练晚了，后来又猜他是不是在等她去哄他。

　　她给他发了条语音消息："有空了找我哦，想你呢。"

　　林泽回复：头有点疼，先睡了，不等你视频了。

　　他从来都是给她发语音，发文字的时候也基本是发英文，发这么一句完整的中文还是第一次。

　　更重要的是……这不是复制了昨天她发给他的嘛！

　　得，确认是在生气呢。

　　许妍一个视频邀请发过去，那边磨磨蹭蹭的，就在她以为他想要拒绝的时候，终于接通了。

　　大小姐能屈能伸，许妍化身"小夹子"，一句话拐八道弯地撒娇："我好想你呀，你都不想我吗？你是不是不爱我了？嘤嘤嘤。"

　　林泽躺在宿舍的床上，戴着蓝牙耳机，后脑勺枕着自己的一只手。他说："没有。"

　　许妍："果然没有想我！"

　　林泽看着她不说话。

　　许妍见他不打算给自己铺台阶，见风使舵地认错："我错了，我不该大半夜出去蹦迪，但是我没喝酒！那个酒瓶是摆拍道具来的，我只喝了可乐。"

林泽还是不说话。

许妍只好继续补充："更不应该骗你，但是我这不是怕你担心生气嘛，你看你，果然生气了。"

林泽："还有呢？"

许妍有些迷茫，还有什么？她想了想："我应该好好复习，不该分心。呃，还是说不该跟男性朋友太亲密？就拍照那会儿坐得近，不信你问巴朵，之前我跟他们保持一米社交距离呢！"

她说了这么多，林泽一直不言语。

许妍已经把自己前天早上空腹吃冰激凌这事都抖搂出来了，忽然意识到："林泽，你是不是诈我呢？"

这根本就是空手套白狼吧！

他什么都不知道，装出一副高深莫测的模样，骗得她自己交代"累累罪行"。

林泽终于笑了一声。他问她："为什么瞒了我这么多……唔，有趣的事情？"

所有和她相关的事情，他都觉得有趣。

许妍只觉得这都是些琐碎的小事，有的甚至还有损她英明神武的形象："你脑子里装点有用的战术啊什么的就够了！不要管那么多！"

林泽："可是我见不到你，我会想你，你多告诉我一些你的事情，我的想象才有依据。"

许妍感觉话题越来越偏，他好像并没有责怪她出去玩什么的，只是想要让她多多"报备"她都干了些什么。

忽然听到他那边有其他人的声音，中文掺杂着英文，林泽还偏了一下头，回了一句："Either is fine.（都可以）""

许妍等他重新看过来，问："你室友在啊？"

林泽："嗯，没关系，他听不懂。"

林泽话音未落，就见他室友叶斯凑近了玩笑般喊了句："I understand! Hi, Xu Yan, he's crazy about you!（我听懂了！嗨，许妍，他爱疯了你）"他甚至记住了许妍的名字。

许妍拘谨地正襟危坐，对着屏幕招招手："嗨，叶队长你好！"

林泽提醒她："我戴了耳机。"所以叶斯是听不到的。

林泽也不打算让她跟室友见面，抱着手机转过身，屏幕背对着室友，把女朋友私藏起来。

许妍感觉不太好意思打扰他的室友休息，看一眼时间，说："明天再跟你说吧，我要去热一杯牛奶，喝完就睡觉了。"

林泽："嗯，晚安。"

许妍的嘴唇凑到屏幕前"啵啵啵"了几声："爱你，拜拜！"

林泽微笑："拜拜。"

许妍下楼，从冰箱里拿出鲜奶倒进马克杯里，放进微波炉，加热两分钟。

等热奶的时候她还在想林泽挺好哄的，她说几句好话他就不再生气了。一扭头看到巴朵偷偷观察她，又装出郁闷的样子。

巴朵："咋样，你俩没事吧？"

许妍："有事！他可生气了，根本不听我解释！你麻烦大了！"

"啊……"巴朵无中生有地用"空气手帕"擦了擦并不存在的眼泪，"我只是犯了天底下所有女人都会犯的错而已，你就不能原谅我这一个美丽的笨女人。"

最后一句是唱出来的。

许妍装不下去了，"扑哧"一声笑了出来。

微波炉"叮"的一声，她拿出热好的牛奶，小口啜饮，顺手给巴朵也热了一杯。

巴朵的这杯奶是脱脂的，只热半分钟，喝的时候一口热奶掺着一口凉奶。许妍对她的喜好了如指掌。

巴朵看她还能给自己热奶，就知道她没在生气了，神情认真地问："真的吵架了？因为什么嘛？说出来让我这个女权卫士抨击他一下。"

"没吵，我也以为他要很生气呢，结果好像没什么事，蹦迪、撒谎、跟男同学玩、不专心学习、晚归……我把所有事都自我反省了一遍，他也没说什么。"许妍喝着奶纳闷，"明明感觉他一开始生气了的，后来不知道为什么，就好了，可能他脾气好吧。"

其实他脾气不怎么好。

林泽当然生气，他那一整天的训练都气场阴森，冲撞起来用了十二分的力气，挥杆毫不留情，练打门练得配对门将都要哭了。

他说不上来自己在生什么气，大概是早上起床习惯性地看一眼有没有她的消息，又看了一眼朋友圈——他的朋友圈浏览权限只开放给了许妍和巴朵，其他人的他都是设置为仅聊天。

所以他一眼就看到了巴朵最新发布的状态，看到了他的女朋友左手揽着巴朵，右肩靠在一个长得不错的男人胳膊上，手里还举着酒瓶。

一整天他都不愿意去想许妍的欺骗，可是"不要想"这件事本身，就是"一直想"。

后来她发来视频，她小心翼翼的语气，让他瞬间就泄了火。

她有什么错呢？她只不过是复习得太累太无聊，想要出去放松一下，和朋友喝喝酒跳跳舞，什么出格的事都没干，说谎也是为了不打扰他的训练。

因为告诉他也没有用，他离得那么远，根本什么都做不了。

林泽就觉得这一切都是自己的问题了。他不能和她生气，不能和她吵架，那只会让她离自己更远。

她爱他在意他，这才是最重要的事。

唯一重要的事。

蹦迪事件之后，许妍为了挽回林泽对自己的信任，养成了事无巨细地和他分享自己一天生活的习惯。其实也没太多事，她大部分时间都在复习。偶尔跟巴朵逛街，买了什么好东西拆箱组装给他看；或者是说说今天的外卖员和商家因为配送超时在群里斗图吵架。

她怕他集训太过无聊，总是用夸张的语气给他讲这些故事。

训练确实很枯燥，林泽很少跟许妍讲基地里的事情，许妍猜想可能也有保密规定之类的，从来也不问。

她只会问一件事："你什么时候放假啊？"

原本计划的两个月集训期已经到了，他是盛夏时节离开，如今秋风起，蝉鸣声都没了。

两个月的集训是为了冬奥会选拔运动员，而这些被选拔出来的运动员接下来要面对的是更长时间的封闭集训。许妍等了这么久，等来这样的结果，虽然有些难过，但也是意料之中。

她以前看到的那些国家运动员的报道，很多都是从小就封闭集训，不怎么回家的。

许妍打起满分精神来鼓励林泽："你不是说会把你们分到各个省队去打比赛找状态吗，那有比赛的时候我还是可以去看的对不对？"

林泽："具体安排我不太清楚，目前来看，应该是要等到12月份的全国锦标赛了。"

许妍："嘻！那也没多久了，三个月而已嘛！正好我还要准备考研，男色误人呢。"

林泽并没有被她的"笑话"逗笑，他觉得有些压抑，对她说："许妍，我很想要一个拥抱。"

"拥抱？"林泽旁边有声音响起，是刚把背心晾到窗边的叶大哥路过，大哥走到林泽背后，给了他一个超级热情的拥抱。

林泽抬手肘击，让他滚开。

叶斯大笑："Hey guys! Cheer up!（开心点伙计们）"

许妍从手机屏幕里第一次看到一闪而过的叶斯，只看到了他的络腮胡和粗壮的手臂肌肉。

她跟林泽比画："他的胳膊比我大腿都粗吧！"

林泽："哦。"

叶斯的身材比林泽要更强壮，而且在林泽看来，叶斯长得很有男人味，所以林泽说了句与之前对话完全无关的内容："他结婚了。"

许妍一脸问号。

林泽："不要看他，他的太太会不高兴。"

许妍无语。

她举起拳头对着镜头梆梆两拳，不想理会这个乱吃飞醋的男人。

但她也没忘记林泽说"想要一个拥抱"的时候，那落寞的小眼神。

所以她从网上定制了一个林泽身高等长的人形抱枕，甚至印着林泽的脸。

后来她抱着这个"人偶"出现在屏幕里的时候，林泽的眼睛里满是难以置信，随后乐不可支地用英文骂了句脏话。

许妍举着人偶的小手对林泽挥了挥："哈喽，这里是小泽，许妍专属陪睡员，初次见面，请多指教！"

许妍："林泽，你想我的时候，我就抱着你哦，我每天都会抱着你睡觉，意念感知一下！"她紧紧抱着人偶，"感受到了吗？"

林泽："嗯。"

感受到了，她很爱他。

南方的冬天好像比北方来得更温和些，许妍在一天一天更换厚衣服的过程中，没留神就进入了十二月份。

这里没有暖气，只有空调，于是许妍不得不二十四小时开着加湿器。

有时候不知道是学习太过专注，还是空气太过干燥，她时不时就会半夜流鼻血。

她不想让林泽担忧，可心里也有些忐忑："这要是按照韩剧的情节发展，我是不是得了不治之症啊？"

林泽让她去医院检查，她一会儿说要考试了不想分心，一会儿又说体检前是不是应该先买份商业保险。

林泽刚到藤市，还在适应高原气候，情绪也随着身体的不适有些焦躁。

他说不动许妍，就找了巴朵，拜托她陪着许妍去医院看看。

结果巴朵劈头盖脸一顿输出："得了吧，啥绝症，她就是熬夜加上火，你也不看看你给她买了多少零食，今天一把干果明天一盒巧克力的，动不动还有燕窝花胶十全大补丸，好人也得给你吃得流鼻血！"

林泽："哦……"

他确实，在这两个月的集训里多了一个新爱好：给许妍网购物资。

因为许妍很少花卡里的钱，他只好主动出击，然后发现了网购的乐趣，每天睡前都要给许妍买点东西，不拘于投喂，还有服饰、箱包、化妆品。甚至还给许妍买了个平衡车，要她在不方便开车的时候代步。

可是许妍现在几乎很少出门，不开车还要出去的情况那就只有拿快递了，快递柜离她家也只有三百多米……

许妍曾经抱怨过："我肚子上都有游泳圈啦！"

林泽触碰不到，但他觉得小动物们在冬天囤积一些脂肪应对寒冷是一件很可爱的事情。

他在巴朵那儿碰了壁，许妍还替巴朵说话："你招她干吗呀，她最近感情不顺，正憋着火没处撒呢。"

林泽对别人的感情生活不感兴趣，但话题聊到这儿了，就顺便问了句："她恋爱了？"

许妍："她好像是处在打算谈恋爱和恋爱已结束这个状态。"

许妍其实也不清楚，只知道有天巴朵去参加了一个达人活动，现场看上了一个男的，回家告诉她自己的春天来了。

彼时明明秋风萧瑟，她穿着黑色丝绒连衣裙踩着红色高跟鞋，说话时每个细胞都在冒暧昧的热气。

后来他们一起去了一个什么采风活动，跑了十天，回来巴朵就说她跟那男的没戏了。

许妍完全站在巴朵战线上，认定是那个男的不太行。

虽然巴朵曾经在只言片语里说起那是个无所不知的天才，但理智的知识并不适用于感性的恋爱。

唉，许妍掺和着人家的感情，也有点想自己的男朋友了。

她原来还想着要去藤市看林泽打比赛，可是由于防疫需求，比赛不对外开放，只有网络直播可以看。

这次换林泽安慰她："你还有半个月就考试了，待在家里哪儿也别去吧。"

许妍点头："所以我不敢去医院啊，那里面什么人都有，万一中招了，我这半年白学了。"

林泽："好，等我放假了陪你去。"

许妍是在复习中途跟林泽视频的，她现在每天要学到十二点。

他们说话的时候，巴朵正巧下楼来切黄瓜片敷脸，听到了这两人无意义又腻歪的对话，翻了个白眼："你的腿是摆设啊？自己去不了医院？非要这个陪那个陪的。"

许妍看着巴朵凶狠地"杀"黄瓜的动作，小声跟林泽解释："她不是针对你哈，她现在在路上看见两只狗亲热都要上去踹一脚。"

林泽："那你提醒她提前打好狂犬疫苗。"

巴朵手起刀落，把黄瓜掐头去尾扔到垃圾桶，骂了句："烂黄瓜。"

许妍看看好友，再看看男友，选择飞快地把视频挂了，以防这两个八竿子打不着的人隔空对骂。

巴朵切完黄瓜，给许妍也端了一碗，许妍选择把它吃了。

巴朵无语。许妍边吃边问巴朵："那男的这么好吗，给我们巴姐都整出相思病了。"

巴朵："好个屁，谁想他了。"

许妍："别的我不知道哈，但是我就觉得，你要是喜欢他你就去找他，没必要为了面子或是什么为难自己，你的心情最重要，你管他怎么想呢，他要是不跟你好了，他爱怎么想就怎么想。"

巴朵把黄瓜片贴满脸，斜着眼睛睨向许妍："看不出来，你也成恋爱大师了。"

许妍："这是以前你跟我说的。"

巴朵："不愧是我。"

许妍猜她是医者难自医，果然情情爱爱这种事，落到自己身上都得犯迷糊。

许妍吃了健康加餐，又刷了会儿题，抱着小泽玩偶和两只林泽送她的怪兽抱枕沉沉入睡。

睡前还收到了林泽给她发的语音消息："替我向巴朵道个歉，我刚才语气太冲了。"

她没说让林泽自己去说，知道他是不想跟巴朵交流太多以免让她误会，也知道他最近心情确实不太好。

毕竟已经封闭训练了五个多月，这是林泽经历过最久的一次集训了，最难熬的是还看不到尽头。

高原的气候虽然让他身体上表示不适应，可心理上其实是有几分雀跃的，起码他一成不变的生活有了变化，起码他走出了那个三点一线的体育学院。

他现在急需打比赛来唤醒自己。

"Relaxbe yourself.（放松点，做你自己）"叶斯经常这样跟林泽说。

从他发现林泽经常无意识地反复整理自己的那些手套并且因为无法配对而生气开始，他就感觉林泽可能有些强迫障碍了，一种焦虑症的表现。

叶斯比林泽大了十岁，跟他生活经历相似，也是从小在温哥华出生长大的归化球员。林泽小时候打球就听过叶斯的名号，是华人圈子里很出名的冰球选手。后来他们一起在北城成为同一个俱乐部的队员，又一起来到体育学院集训成为室友。

叶斯在赛场上是专业性很强的队长，给了国内队员很多的技术指导，也磨合了国内队员和归化球员的配合。

在生活中，他是个很热情开朗的老大哥，对这些二十岁出头的年轻人给予无限鼓励和期许。

林泽钦佩他，也愿意和他聊天。但林泽更愿意和许妍聊天，哪怕聊的内容根本没有实质东西。

可是他那丛生的戾气在见到她的瞬间总能偃旗息鼓，所以许妍虽然感觉到林泽情绪上不如从前沉稳，却没见过他失控发火，只以为他是因为训练而身体疲惫。

全国锦标赛上，这些作为国家队预备役的球员重新被分回原省市队，林泽和叶斯都在北城队。

这样的比赛对他们来说挑战性并不强，赢得比赛是意料之中的事。

许妍每场比赛都看了网络直播，她听解说讲"北冰南展"，讲这是有史以来第一次在长江以南的地区开展全国性的冰球赛事。

她就跟林泽说："可惜现在限制，不然肯定会有很多人去看比赛，说不定以后还会有很多人去那里打卡，不过好在场馆就在那里，以后本地的小孩想学冰球就有地方了。"

这话倒是让林泽想起叶斯和他说的话。

那天，他轻松打赢一场比赛后，没有同队友庆祝，反而有些失落。

他问叶斯："我们这样做有意义吗？我现在甚至怀疑我们回来打冬奥是个错误。"

叶斯告诉他："当然有意义，至少因为中国队参赛，会让更多中国的观众去观看这场比赛。如果未来，有一个中国运动员站上冰球的最高舞台，被问及为什么会打冰球的时候，他说：'因为二十年前，我看了中国队的比赛。'林泽，那就是我们的成功。"

许妍说："我表姐家小孩现在也在学冰球呢，哦，我表姐还是你的颜粉，哈哈哈！"

许妍还说："林泽，你真的很棒耶！"

沉寂在黑暗谷底的人，有时真的只需要一束光，再微弱都能照亮方向。

藤市的比赛持续了半个月，最终林泽所在的北城队夺得了冠军。

之后他们又回归到国家队的集训，在藤市继续进行高原拉练。

而许妍也终于迎来了考研日。

这一周，她每天早晚监测记录体温，注意饮食安全卫生，就怕肠胃炎引起发烧。

巴朵也格外注意许妍的休息和心态，半夜上厕所都是赤脚踮着脚尖走路，一听许妍说没信心之类的话就给她转发好运锦鲤。考试那天更是亲自接送她去考场，像个老妈子一样叮嘱她把所有证件、表格、文具带齐。

许妍排队检录进考场的时候，还在想周围这些看起来稚嫩的面孔是不是都是应届生。

她这半年复习的时候经常感慨自己工作以后记忆力直线下滑，以前临近考试了加班加点抱佛脚都能蒙混过关，现在认认真真背一遍第二天就变成小金鱼忘掉。

正暗自观察的时候，听到隔壁那一列有两个明显是认识的人在打招呼。

女的问："你这是四战了吧？好有毅力！"

男的答："我也不想啊，但我前阵子都晕过去两回了，我去了'精卫所'，大夫说这是我的心病，不考出来我这心脏好不了。"

好家伙。许妍心里惊叹，感觉她也不是那么离谱了。

开飞行模式上交手机之前，许妍收到了林泽的消息，不知道他怎么有机会摸到手机。

他给许妍发："加油，男大学生在向你招手。"

许妍被口水呛到。要不是这条是语音，而他的声音她又熟悉到不行，她简直要怀疑是巴朵偷了他的手机！

她没空回他，把手机装进信封交给老师。

等她考完上午场次，拿回手机的时候，才发现他紧跟着那条语音后面还发来一条："然后你就会发现，他们都不如你的林泽。"

真不要脸！

许妍第一天考完试，并没有想象中的紧张，她照常吃了健康餐食后在客厅复习，到点了跟林泽视频，说自己今天考得挺好的，考完就捂着耳朵跑出考场，没听到身后的同学对答案。

林泽夸她："真聪明。"

许妍想不通这和聪明有什么关系，但他如果硬要夸的话，她就很识趣地接受了。

第二天要考的是专业课，这部分许妍倒是不太担心，她觉得自己这几年也一直在教学生小三门，复习资料也背了好多遍，肯定会比她的政治英语考得好。

她还给林泽讲了今天在考场上遇见的那个四战选手，说他从 600 号出来的，有强迫性焦虑。

她说的时候无心，只是习惯性地把每天见闻分享给他，可是说完了，发现林泽表情有些不自然，平时见到她总扬起的嘴角居然有向下的趋势。

许妍还回想自己刚才语气是不是太戏谑，显得有些无情？她补充道："当然，未经他人苦，也不好劝他想开点，可能我连着几年考不上我也会焦虑。"

林泽："你不会考不上的。"

许妍："你看，说不定就是他的亲人爱人也都这么告诉他的，让他压力更大了，非要考上才行。"

林泽把叶斯常对他说的话转述给许妍："做你自己就好，你想考就考，不想考也不要在别人怎么想。"

许妍对他"嘻嘻"笑，夸张地说他是全天下最好的男朋友。

林泽却摇头："我不好，你想我的时候我不能在你身边。"

许妍："哈哈，我也没有经常想你啊。"

林泽："安慰得很好，记得下次别安慰了。"

许妍还想再看看题，没和他说一会儿就挂了视频，保持着专业状态，一直到考完第二天的专业课。

她提前答完了试卷，但并没有提前交卷，而是托着腮坐在窗边看窗外。

外面一个学生都没有，校园看起来空荡荡的，很冷清。

许妍想起上一次来这里时，她和林泽挽着手，他当时好像在生什么气，一直偏着头看别处，没有看她。她抬头，就能看到他的下颌线。

那时候天还暖和，他穿的还是白 T 恤，头发柔顺地垂着，比她更像是这里的学生。

考试的内容全都飞出了脑子，对林泽的想念却汹涌而至。这种悲伤的感觉甚至让她要掉下眼泪来。

收卷铃声响了，两个老师收试卷，这排的老师从前面开始收，收到许妍的时候和她对视一眼，看她要哭了有些愣，还以为她是没考好，善意地说了句："同学，加油啊。"

社恐人士立刻尴尬地收回了眼泪，火速收拾文具逃离考场。

巴朵正在门口等着许妍。许妍想给她发信息，可校园里开着信号屏蔽仪，联络并不通畅。还好校门口不大，巴朵在人群里又格外明艳，许妍一眼就看到了她。

明明上午来送她的时候还穿的正常的羽绒服，怎么到了下午换了身这么鬼畜的衣服？

许妍摸着巴朵白色皮草外套和身上的紫色旗袍，震惊地问："你不冷吗？"

巴朵把大波浪鬈发一撩："我上午来的时候看到有个妈妈穿了红旗袍，她说这是旗开得胜。"说着，还给许妍比画了一下开衩的高度，"够不够开？"

许妍看到都有路过的学生好奇地打量过来了，丢脸地捂着脸推巴朵快去找车。

附近不好停车，巴朵把车停在对面医院了，两个人一路走一路聊今天考试的情况。

走着走着，听到后面有人在议论："今天考场上有个小姐姐不知道是不是没答完，交卷的时候哭了呢。"

许妍耳朵一愣，不会是说她吧？

又听那人说："老师还安慰她让她加油呢。"

许妍无语。好吧，就是说她。

她看巴朵，巴朵显然也在听后面路人说话，听完了看她。

许妍："不是我！"

巴朵根本没问她，她们走到医院门诊大楼前，排队的人很多。身前排队来医院看病的病人，有老人小孩，也有学生和职工模样的人。身后是呼啸而过的救护车，响着让人心里打颤的警报声。

巴朵忽然说："大家都不容易。"

许妍跟着叹了口气。

回去时换许妍开车，她早一周就预订了景观餐厅，载巴朵去吃烛光晚餐。

她团了圣诞情侣套餐，感谢这段时间以来巴朵对自己的照顾。

巴朵拿着手机找角度拍摄餐具和菜品，又让许妍给她拍人和桌上玫瑰花瓣拼成的圣诞老人图案，打算留着过节的时候发。

许妍一边给她拍，一边吐槽她："我还以为真是为了我的'旗开得胜'呢，结果，就是为了营业！"

巴朵拿回手机挑原图，说道："怎么不是为了你，谁过圣诞非要穿旗袍？"

两人正在斗着嘴，管家打扮的服务生双手端着个古董手提箱来上菜，箱子打开，里面是盆景一样的前菜沙拉。

味道如何不论，网红餐厅的仪式感十足。

巴朵很满意地又拍了许多张照片。

等服务生离开后，背后的场地空出来，巴朵才发现窗边新落座了一对客人，眼熟得很。

许妍还没察觉到巴朵的气场变了，自己吃着那个奶油蛋糕做的"多肉"："朵儿，你吃这个，好吃呢！我还以为徒有其表……"

她说到一半，抬眼看巴朵才觉得不对劲。

精美雕花的银制小叉子在巴朵盘子里被压得变了形。

许妍："姐，你把人叉子捏弯了。"

她说着，手忙脚乱地抢过那把叉子来，试图掰直抢救一下，起码别让老板看出来找她们赔钱。

巴朵还在盯着窗边言笑晏晏的两个人。

准确说是那个穿着针织马甲长连衣裙的女人在笑，坐她对面的西装男只是在听。

但那副认真倾听的样子也够惹巴朵心烦了。

许妍聪明地猜测："那个姓程的？"

巴朵咬牙切齿地说道："狗、男、人。"

许妍后脖子一凉，她虽然不知道巴朵和姓程的具体恩怨，但看巴姐这模样像是要干架，赶紧掏出手机来："少安毋躁啊，你要出手也等我先报个警。"

"出手？呵，当然要出手，老娘不好过，谁也别想好过。"巴朵说着，起身走向窗边那桌。

许妍眼睛都看直了，她从来没见过巴朵把胯扭得这么风情万种，那身高开衩旗袍把巴朵的身段包裹得极其完美，许妍身为同性看了都感觉要流鼻血。

只见巴朵直接走到男人身边，手搭在他肩上，腰快要贴着他的脸，嗲声嗲气地问："宝贝，你怎么在这里啊？"

程柯面无表情地说："相亲。"

巴朵低头，在他脸上亲了一口："别闹了，我和朋友吃饭，晚上回家再哄你哦，乖。"

程柯没有推开她，也没有什么反应，只是抬头看了她一眼，不置可否。

巴朵说完就回到了自己座位上。

许妍在桌子底下为她鼓掌："好恶毒的演技。"

巴朵吐了一口恶气，拿起被许妍掰直的叉子吃了口甜点："能让他这个相亲成功了，我跟王八姓。"

果然，没几分钟，那一桌的女人实在受不了程柯脸上的烈焰红唇印，黑着脸离开了。

巴朵得逞地看向程柯，挑衅地露出个微笑。

程柯只是拿起酒杯里的白色餐巾，慢条斯理地擦掉脸上的口红印，之后把椅背上挂着的大衣挽到手臂里，也离开了。

碍眼的人走了，巴朵身心舒畅地跟许妍一起享用美食。

许妍几次想开口问问他俩的事，都没找到好的切入点。

最后是巴朵主动说："等我走出来了再跟你讲吧，现在不想提他。"

"好的好的。"许妍把套餐里自己那杯葡萄酒也给巴朵，"姐喝酒，我开车。"

她俩美餐一顿后去停车场取车，出了电梯在没什么人的车库里振臂高歌，唱的是《海盗女皇》里的 *I'll Be There*，是她们俩都很喜欢的音乐剧。

她俩一个是刚考完试有些上头，一个是喝了点酒有些微醺，情绪高涨，歌声在回音混响的车库里激荡不已。

走到许妍的车边时，歌还没唱完，就戛然而止。

她的车旁边停了辆林肯，林肯前面站着个男的，是程柯，他正在无聊地单手玩一个奇形怪状的魔方。

程柯看巴朵："不是说今晚要回家哄我吗？走吧。"

然后巴朵就跟着他走了。

许妍没错过巴朵看到程柯时眼里一闪而过的亮光，她觉得巴朵的故事她大概暂时听不到了，因为巴朵明显是还不想走出来。

她一个人开车回家，空荡的房子让她更加思念林泽。平时还能用复习资料打发时间，现在无事可做了，只觉得一分一秒都很煎熬。

终于等到林泽的视频，他还没开口祝贺她考试结束，许妍就眼巴巴地问他："哪天放假呀，定了吗？"

林泽沉默片刻："定了。春节不放假，要留在基地。"

许妍憋了一整晚的眼泪，一下子就流出来了。她不声不响地哭，纸巾放在旁边一张又一张地抽。

林泽看着屏幕里哭得打嗝的许妍，心里也跟着难受。

其实往年集训的时候是允许探亲的，尤其是春节这样的日子。可是今年因为防疫政策，探亲几乎不被允许，即使有申请了审批通过的，也要闭环隔离，研究生复试也就在年后不久，万一耽误了她面试，那是林泽更不愿意见到的。

许妍哭了好久，哭到鼻子都堵了，才吭哧吭哧去找了瓶鸡尾酒饮料，喝着止哭。

"许妍，别哭了。"林泽不知道怎么哄她，只知道说，"别哭了。"

许妍不哭了。她冷静地思考后，问林泽："你们从藤市回体院是坐飞机？"

林泽："嗯，一周后。"

许妍："那我去机场送你。"

林泽："去藤市？"

许妍："对。"

林泽的笑容几乎立刻绽放开来，但随即又被他抑制住："你现在没有事了吗？"

许妍："没事。有事我也去，我要抱着你，哪怕只有一分钟，再见不到你我就要疯了。"

林泽的笑容这次怎么都抑制不住了。

他的心里刚才还被懊恼填满，现在又挤进去了许多快乐，最后混成了一股傻气的冲动："许妍，我能向你求婚吗？"

然后他又想起来他们早已登记过了，于是更加快乐："哦对，你已经是我太太了，这可真是太棒了。"

如果是之前，想去哪里就去哪里，坐飞机去藤市看一眼林泽真的不算什么。

就像当初林泽去哈市录节目，许妍也是说走就走，去那边度了个小假。

可现在实属非常时期。

但是许妍没法再等下去了，她真的好想好想林泽，想要立刻越过手机屏幕，触碰到真实的他。

她查好了飞机的班次，计划了几套方案，最后还是决定速战速决，当天来回，不在藤市逗留过夜了，这样也能减少给林泽带去病毒的风险。

巴朵在外面住了两天才回来，听说许妍要去见林泽，少见的没有骂她"恋爱脑"，甚至还说了句："爱的时候就别纠结，想付出就付出吧。"

可等许妍问巴朵跟姓程的怎么样了，巴朵又不说话了，看来是还不怎么样。

许妍把备考的资料和笔记打包了一大箱，打算挂到二手市场卖掉，不管能不能考上，她都只打算考这一次。她觉得这一次已经复习得很认真了，如果考不上，那么再来一年也是差不多的结果。已经工作过的人，是很难接受自己回到没有收入、伸手要钱的生活的，这半年对她来说已经是极限。

处理完了复习资料，她又琢磨着给林泽带点什么礼物。大件的他不方便拿走，小玩意她送过好多了，他那个背包上挂了一串挂饰，简直像是玩具批发商。

衣服没有必要送，吃的东西也不能随便给，他们在基地都是统一着装、统一吃食的。

许妍想破了脑袋，想出来给他做个平安扣。她在网上买的材料包，用玉石作扣，墨蓝和灰蓝撞色的编绳做结，凭感觉做的手链的长度，祈祷林泽可千万别戴不上。

她跟着视频教程学着编绳，做废了好多条才做出一条满意的。

然后许妍就背着小皮包，带着她的证件和平安扣手链，轻装简行上了飞机。

怕航班有延误，她提前两小时到达藤市机场，之后站内转机，去林泽他们那个航班的登机口等着。

站在机场落地玻璃窗前，许妍看着一架架飞机起飞、降落、滑行。

不知道是因为高海拔，还是因为她今天一路奔波只吃了两口飞机餐，又或者是口罩戴了太久闷得慌，她有些头晕的感觉。

她从包里掏出块薄荷糖，是林泽给她买的，中间有牛奶夹心。

发了不知多久的呆，手机振动，她赶紧拿出来看，是林泽发来的。

他说他们已经过了安检，现在要去 VIP 休息室，问她在哪里。

许妍给他拨回去，告诉他自己的位置："是你们航班的登机口，10号口，旁边有个民族服饰商店。"

"看到了。"

跟手机里声音几乎同步的，是背后有个声音大喊："许妍！"

许妍回头看，就看到穿着红色派克队服的林泽朝她这边跑过来。她不自觉地也跟着跑起来，边跑，边把手臂张开，想要投入他的怀抱。

林泽怕撞到她，先一步停下来，等待她扑进自己的怀里，两只手握着她的腰一拔，抱着她转了个圈。

结果他力度没掌握好，差点扭到腰，转完有些脚步踉跄地后退了几步，然后尴尬地跟许妍说："你这件大衣好像有些重。"

许妍没好意思告诉他，不怪他，实在是经过这半年孜孜不倦地宅家吃喝，她胖了十斤。

但那些都不重要了，许妍又往他怀里拱了拱，感受久违的亲近。

从他俩跑着抱到一起开始，就有不少路人朝这边偷看，好奇这是不是在拍什么节目。

许妍不想被人关注，暂时从他怀里退出来，挽着他的胳膊，去往窗边角落的椅子上坐下。

机场的供暖挺充足的，林泽把外套脱了放在一边的椅子上，许妍也学他，把大衣放到他的外套上。

衣服堆在一起，人也靠在一起，林泽揽着她的肩，跟她耳鬓厮磨。

他们每天都有视频，对彼此的生活一直挺熟悉的，可是因为太久没见面，这么抱着又觉得有些陌生。

林泽低头看她，最先看到了她白色羊毛衫裹出来的小肚子形状，忍不住上手捏了捏，还嘴欠地问："这是什么？"

许妍立马屏息吸气，把肚子收进去。

哦，林泽懂了，这是美少女的自尊。

虽然戴着口罩，但是林泽的笑意直达眼底，让许妍觉得害臊。

她报复性地也捏了他肚子一把，硬邦邦的，一丝赘肉都无，好像比他离开的时候更结实了。她又把手移到他的脸上，手伸进帽子里面摸一摸他的头发。

他的头发在一个月前为了方便打理剃成了寸头，她喊了他好多天"和尚哥"，喊得他再跟她视频的时候都要戴着帽子。

现在她终于能摘下他的帽子，用手心试一试这刺挠的短发了。

明明他头发已经长了不少，她还是故意喊他："挺酷呀，和尚哥。"

林泽想不通，这两个称呼怎么能合到一起叫的。可是在视频里他会觉得羞耻，面对面听她这么叫，他只想笑。应该说，从看到她背影的那一刻起，他的嘴角就没落下来过。

他把头顶着她的手心蹭了蹭，像只温顺的大型犬。

登机口上的 LED 屏显示着登机时间，还有二十分钟。他们还能拥抱二十分钟。

许妍从包里拿出来平安扣，拉过林泽的左手，给他把袖子往上拉了拉，系上手链。

因为不希望叮叮当当的有垂下来的绳结碍事，她编的是类似手镯那种固定长度的，用个盘扣锁死。

还好，她估量得挺准，戴在林泽手上刚好，系上扣还有一指余量。

林泽把手链举到眼前看："这是什么？"

"平安扣。"许妍强调，"和田玉，很贵的，别弄丢了。"

当然不会弄丢，就算那是塑料，林泽都会好好珍藏。

许妍又说："是我亲手编的，能保佑你健康平安的，神秘的'东方力量'。"

她这一说，林泽又忍不住举起来再看一遍，只觉得许妍真是心灵手巧，什么都会做，像那种能工巧匠一样厉害。

许妍的礼物送完了，她问林泽："我有礼物吗？"

她并不期待什么，只是随口一问。

毕竟林泽封闭训练并不方便买东西，而且她现在衣食住行的每个角落都能看到他给她网购的商品。

但林泽很开心地回答："有的！"

他语气有些邀功地去拿外套，手摸进口袋："刚才过安检我是排在第一个的，出了安检我都是跑过来的，就怕它不新鲜了。"

他说着，手掌摊开，手心里一朵红瓣黄蕊的花，还带了一截绿色的枝叶："送你。"

许妍接过去，闻了闻，很浓的香气。

她不识花，问这是什么。

林泽告诉她："是山茶花。拉练场地外面有很多，这是从酒店出来的时候，在大巴停着的那个停车场边摘的。"

他还记得希亚和他说过，见重要的人怎么能不带着花。可惜条件不允许，他总不能把那棵路边的树给薅秃了，所以只摘了他认为最好看的一朵。

许妍看这花的样子，不像长命的，等她带回家里去多半就要蔫了。

索性，她把它最后的叶子也揪了，折短枝节，把自己披散的头发在脑后挽个髻，再把那朵山茶花插进头发里，转头给林泽看："好看吗？"

林泽点头："好看。"

许妍透过玻璃窗的倒影看自己，也觉得好看。再一眼，看到太阳竟然以看得见的速度慢慢下落，远处的吊塔被照得只剩剪影轮廓。

许妍看向登机口，只有十一分钟了。她的欢喜雀跃变成了即将离别的伤感，刚才那种喧闹瞬时间沉默了下去。

林泽不想她这样，故意逗她，要把她的口罩摘下来："你今天是不是也只化了半面妆？"

这是许妍之前跟他说的，反正口罩不离嘴，她现在出门只画眼妆，甚至粉底都只涂到鼻子，下半张脸纯素颜。

许妍配合着把头一歪，真的让他摘下来了口罩。她确实没怎么化妆，只打了个底，倒没夸张到区分出两半脸，毕竟她还是考虑了摘口罩的可能性的。

因为……

"你还不亲我吗？我都吃了三块薄荷糖了。"许妍嘟起嘴巴，问他。

林泽盯着她的嘴唇几秒，把口罩重新给她戴回去："吃，给我留一块。"

许妍有点蒙，她刚才问的是这个吗？

还来不及细说，她已经被他拖着手，快步走向对面了。

宽敞的无障碍洗手间，林泽把两个人的大衣挂到挂钩上，反锁了推拉门，抱着许妍就低头吻下来。

她嘴里还有半颗没化的硬糖，贴着腮边，像是小松鼠的囤货。

他只是吮着她的嘴唇稍稍用力，许妍就觉得自己要被吸走魂魄似的，脚像踩上了棉花，站不稳，想找个支撑点。

他们站在房间的正中央，四周无所依靠，她只能倚着他的手臂。

林泽的手臂勒得更紧了些，让她紧紧贴着自己，想要靠拥抱缓解那种思念的情绪无非是饮鸩止渴，所以他又托着她的后颈和她激烈地亲吻起来。

他亲得好用力，许妍觉得自己的嘴巴都要肿了，但是在那一点点被撕扯的痛感之后，又觉得身上涌过丝丝缕缕的酥麻，恍惚中，她好像被他手上的玉扣冰到了，打着颤回咬了他一口。

薄荷糖被他掳走了，许妍只是被动地任由他亲吻，感受他向自己诉说见不到的日子里，他有多想她。

本就松散的发髻在摇摆中散开，那朵山茶花掉在地上，掉在两人移动的步伐间，被踩碎，揉烂，花汁溢溅，香气却因此散得更远。

许妍低头看了一眼，心疼地说："我的花。"

林泽抓着她又吻过去，用唇舌堵她的嘴："再给你摘。"

这个吻是被林泽的手机铃声打断的。

林泽从裤子口袋里摸出手机看了一眼，又亲了下许妍的脸颊，才接通。

是叶斯打来的，喊他登机。

许妍只听到了最后一句："Say goodbye to your little butterfly.（和你的小蝴蝶说再见吧）"

林泽"嗯"了一声，挂断电话。

许妍抱着他的腰，舍不得，但也不能耽误他。

她松开手，默默拿过自己的大衣套上，比林泽先一步走出洗手间，戴上口罩，低着头向她的航班登机口走去。

林泽在后面大步追上来，直接从身后揽住她，手臂横在她锁骨前，下巴垫着她的肩："怎么连再见都不说一声就跑了，你跑什么？"

许妍停下脚步："我怕我哭了，耽误你登机。"

她看到登机口那里，冰球队的队员和工作人员正在走优先通道登机了。

林泽也看到了，他亲了许妍耳朵一口："不许哭，等我进廊桥了你再走，多看我一会儿。"

他放开她，朝着对面走过去。

许妍的脚就像钉在地上一样，一步都没动。她看着林泽最后一个验票通过登机口，进门之前回头冲她挥了挥手。

许妍还是没忍住哭了。

她不想被他看见，用力摆摆手，就转身朝着不知道什么方向跑起来，一边跑一边流眼泪，跑得眼前一片蒙眬，最后停下来坐在饮水机前面的椅子上平复心情。

林泽给她发了信息：Don't cry.（不要哭）TT

许妍看着这个句末的表情包，破涕为笑。他让她别哭，怎么自己却发个哭的表情，怪可爱的。

口罩被眼泪沾湿了不舒服，许妍去卫生间洗脸洗手，换了个新的口罩，也收拾好了心情，重新出发，去等她的班机。

许妍回到家已经是夜里了，车子就停在机场停车场，她自己开回家的。

巴朵给她留了饭，许妍走之前就提出了回来以后隔离两天看看情况，所以是端着饭回房间吃的。

临近春节，到处都在倡导"就地过年"，巴朵打算响应号召。因为年后她工作档期很满，老家那边对返乡隔离的时限要求又太长，回去一趟太折腾了。

许妍于是也琢磨着留下来，反正她现在离家近得很，一个月前她爸还开车来给她送过小海鲜来着。

巴朵听说她要陪自己过年，立马拒绝："你时间够用，回去陪你爸妈呀！我没关系，我又不是三四岁的小朋友了，不用人陪。"

许妍："就是因为我时间够用，才不必赶春运，我等年后出了成绩，再看看什么时候回家住几天。"

巴朵想到她可能还要复试面试，点点头："那就等等，但是你舞蹈是不是要先排起来了，还有你这个'游泳圈'，赶紧给我减下去！"

许妍在自己房间憋了三天才出门，一出来就被逼着减肥，她欲哭无泪，却只能听命。

她前一晚告诉林泽她要开始健身了，第二天就收到了林泽给她买的Switch 和健身环大冒险的游戏装备。

林泽没玩过这个，但他在队友的手机上看到过测评视频，最近这个游戏好像挺火的："希望运动能让你快乐。"

用闯关做游戏的方式去运动，确实要比单纯地有氧健身快乐一些。

许妍每天早晚慢跑，白天游戏一小时，外加黑咖啡和菜叶子刷油套餐，等到过小年的时候，之前长胖的那十斤肉已经荡然无存。

巴朵却还嫌她瘦得不够多，毕竟复试面试的话要考形体和表演，直观的体形展示时身材会很拉分。

但是这天是过节，巴朵这个严厉的"大家长"还是放松了要求，等许妍从体脂率下来以后，允许她中午吃顿饺子。

饺子很好吃，是手工包制的虾仁生饺子，巴朵买好拿回家煮的，刚出锅热气腾腾，蘸了香醋吃，满口回味。

许妍感觉自己已经八辈子没吃过正经饭了，吃个饺子都给她吃得热泪盈眶。

等到吃完了，许妍才跟她的北方室友说："可是我们的小年是明天，而且也不吃饺子，我们吃汤圆。"

巴朵："你直说你想明天再过一次呗？"

许妍被戳穿，露出个憨厚的笑来。

巴朵对汤圆这种糖油混合物避之不及，本着尊重许妍家乡风俗的态度，第二天又给她买了一个肉汤圆、一个黄米芝麻汤圆，吐槽她："这两个汤圆比你脑袋都要大了。"

哪有那么夸张，许妍来不及跟巴朵斗嘴，先把汤圆吃进肚里，以免巴朵突然改变主意，不让她吃了。在她的生存金字塔里，巴朵可是站在食物链顶端的高级角色。

许妍连吃两天美食，面色都红润了不少，跟林泽视频的时候兴高采烈地问他有没有过节。

林泽点头，告诉她队里组织了联欢活动，他还学会了包饺子："下次包给你吃，我包得最好看。"

许妍说"好"，说完又想到他说的"下次"不知道要到什么时候了，心里一阵酸涩。

林泽没错过她忽闪掩藏的眼神，他不想再说"抱歉"，却也没有更恰当的词语表达他的歉疚。

他心里是有一些自责的，当初他就是觉得自己经常训练，没法时时陪她，才想出和她先结婚再恋爱的法子。

果然，这让他们的感情有保障了许多，但受益人好像仅仅是他，因为这样的关系束缚的还是许妍，原本她可以有更自由的选择的。可以受够了这样漫长的等待就提出分开，可以去找其他的伴侣。

林泽的反思通常到这一步就停下了，因为一旦想象她跟别的男人在一起、对别的男人笑、和别的男人接吻，他就嫉妒得发疯，一秒都不愿意多想，立马转移注意力。

林泽挂断视频之前简单提了句："我春节的时候要录节目，说不定你能在电视上看到我。"

他这么一笔带过，都没跟许妍说清楚是哪个台什么节目，只说自己也还不太清楚，是唱歌的。

再聊这事，许妍便开玩笑："呀，你不是说你唱歌不好听吗？怎么，要假唱？"

林泽也开玩笑："跟路英奇比的话，是不算好听。"

他这话说的，没影响到许妍，倒把自己怄得不轻，因为许妍回道："他唱歌确实好。"

林泽："哦。"

许妍看他是真的在吃醋，他听不得自己说"前男友"一句好话，忽然很想跟他聊聊过去的那段感情。

这晚的对话时间有点长，许妍的叙事逻辑并不太强，往往是想到哪里就说到哪里，都是些细碎的她还能记得的小事，回忆起来好像酸酸甜甜也挺美好的，最难堪的不过是最后的结局。

她讲完了，看林泽脸色还阴沉着，哄他似的："所以你就别吃醋了，我跟他嘴都没亲过一次，也就是暧昧了几年而已。"

没想到林泽更气了："他凭什么不喜欢你？你这么好。"

许妍只当他甜言蜜语，"嘿嘿"笑着接受了他对自己的夸赞。

他却是真的在生气，气许妍的真心没能得到对等的回应，气路英奇恃爱行凶捅了许妍一刀。

气到最后，连自己的气都生起来，气自己怎么没早点来中国，早点和许妍在一起不让她受伤害。

他摸了摸手腕上的平安扣，滑腻的触感让他想起机场的那个拥吻来。

他好想她。

如果一直没见到她，或许终归会渐渐淡却那种感觉。

可他见到了，还触碰到了，妄想只会更加磨人，渴求变得沟壑难填。

他好想她。

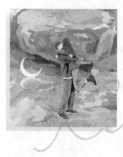

第十章
挑男人眼光不错 ④

　　许妍在除夕前一天才知道林泽说的那个"录个节目"录的是春晚的节目。而且还是从热搜关键词"林泽上春晚"知道的。

　　她觉得离谱，本来以为会是什么综艺节目录个 VCR 放在文艺晚会中间拜年，没想到林泽真的要登上春晚舞台唱歌？

　　她给林泽发消息，抱怨他给的惊喜太夸张，不会真等上了台才告诉她吧。

　　林泽刚去电视台彩排完，回基地路上回复的她："名单今天才最后确认。"

　　他和其他十几位冬奥运动员代表会参与到一首歌唱冬奥的节目里伴唱。但只有他的名字挂在了热搜上。

　　时隔一年，又有好多《超新秀冰球》的名场面被扒了出来，有调侃搞笑的，也有催泪感人的，还有林泽的帅气合集。

　　许妍在热搜里又搜罗了不少帅照，很多是粉丝精修过的，确实比她手机拍的好看。

　　她挑了一张他在冰场上摘头盔的照片设成壁纸，换下了她用了很久的那张在厨房做饭的照片。这是她的男朋友，括号备赛中。

　　除夕这天，许妍原本还想和巴朵出去逛逛街头点熟食回家吃的，没想到下午变天，下了雨夹雪。

　　这雪不如北方的爽利，还没落地就成了水滴，湿漉漉的。许妍在北方读书工作了快十年，早已经熟悉了北方的风雪，对黏糊潮湿的天气有些厌烦。

她跟巴朵把福字和窗花贴好，一起坐在屋里看外面的天，阳台上的椅子已经落了一层雪水，天阴沉沉的，竟让人感觉不到过年的喜悦。

巴朵问她："你在想什么？"

许妍诚实回答："八宝鸭。"

巴朵："……那就吃吧。"

虽然没逛街，饭桌上的美食也满满当当摆了一桌，一半是林泽买的，一半是许妍她爸寄的。

她们把桌子摆在电视正前方，并肩坐着，边吃边看。

春晚还没开始，现在在播放的是后台直击现场，主持人一边讲着各地民俗，一边插播着春晚演员们的采访。

镜头里一闪而过几个穿国家队队服的身影，巴朵比许妍还激动："哎哎哎，那是不是你男朋友！"

许妍居然不太确定，只看身形好像挺像的。

为了寻找林泽，她俩都展开福尔摩斯模式，仔细盯着后台的边边角角看。结果男朋友没找到，前男友倒是发现了一个。

路英奇被主持人拉着到摄像机前跟全国观众拜年，预告自己的节目在什么时段。

巴朵看了看许妍，对她比个大拇指："你挑人眼光还是可以的，都是'国字号'。"

许妍"呃"了一声，她只希望晚会后台足够大，别让林泽碰到路英奇。

但她想多了，后台就那么大，他俩还是碰到了，而且路英奇还主动跟林泽打了个招呼。

路英奇被记者采访完以后，回化妆间的时候路过林泽那个节目的备采间，他看到了一群穿着冬奥队服的运动员，想着跟节目的几个主唱打个招呼，尤其是其中还有个他想合作的大佬。

一只脚踏进屋里，环视一圈才发现主唱都不在，只有运动员们在聊天，甚至有几个还在背歌词。

路英奇看到了林泽，毕竟林泽参加的那个综艺挺出圈的，而且路英奇记得之前在某个晚宴上他们还有过一面之缘。所以他主动跟林泽挥手："嗨，林泽！"

从前那次，林泽当他是许妍和平分手的前任，愿意给他个面子打个招呼。

现在他知道了这男的不是什么好东西，对许妍都是背叛与利用，他就不想给对方脸了。

许妍大度，但他小气。

林泽的风度和教养都丢到地上，他语气不耐地问："你是谁？"

再爱耍大牌的明星在春晚后台都表现得客客气气的，哪怕不熟也要表演个塑料友情，真记不得名字就笑笑客套两句含糊过去好了。哪有火药味这么冲的。

坐在林泽旁边的女乒姐姐打圆场，故作夸张地问林泽："你都不上网的吗？路英奇啊！大明星你都不认识！"

屋里所有人的视线都集中到路英奇身上，有的认识他，有的听说过他的名字，但显然这一屋子人并没有他的粉丝。

路英奇有些尴尬，他只能当作从前没见过似的，自己给自己找台阶下："哈哈，我看过你的节目，我是你的粉丝，你冰球打得真棒！"

林泽一句"谢谢"都没给路英奇，还在跟女乒姐姐聊上个话题："很有名吗？我怎么没听过。"

女乒姐姐："他是那个选秀的，那个组合的第一名呢。"

"哦，是个冠军呢。"林泽轻飘飘的一句话，砸在这满是世界冠军运动员的房间里，格外刺耳。

路英奇感受到了林泽的恶意，想不明白自己什么时候得罪林泽了，但他知道此地不宜久留，干笑着说自己要去彩排了，就转身离开。

还没走出门口，就听到有个运动员跟人讨论，他的节目是在零点前还是零点后："大明星还没我们厉害嘛。"被质疑了事业能力的路英奇遭受一击。

怪他听力太好，又听到了林泽和女乒姐姐的对话。

林泽："不是说现在流行小鲜肉吗？他看起来挺显老啊。"被质疑了年纪的路英奇再遭重创。

他都走出门外一段距离了，还听到个大哥嚷嚷："我觉得他长得还不如咱林泽帅！"

被质疑了颜值的路英奇气得咬牙切齿，他就不该多此一举打这个招呼！

林泽把人气得够呛，自己心里舒坦多了，原来做个刻薄的人这么开心啊。他周围几个刚才搭腔的运动员其实跟他也不熟，也不是故意针对谁，完全是心思比较单纯，被林泽引导着对路英奇"开了几枪"。

倒是女乒姐姐心思活络，趁没人的时候小声问他："你跟路英奇有仇啊？"

林泽："没，就是看他不像好人。"

女乒姐姐笑起来，"哟，你还会看人呢，那你看看我是好人吗？"

林泽不知道她有没有别的意思，但不管有没有，他今天跟她表现得都有些亲近了，怕产生误会，所以及时把话说明白："不行，我女朋友不让我看别的女人。"

女乒姐姐一愣，也没往心里去，毕竟林泽长成这样子，没女朋友才奇怪呢。她主动往旁边让了让："得嘞，我别污染了你的贞节牌坊。"

林泽下意识摸了摸他手上的平安扣，好像他真有那么个牌坊似的。

电视机前，许妍和巴朵已经吃完了年夜饭，一起收拾了残羹剩饭，坐到沙发上看春晚。

许妍拿出了她的"健康零食"，巴朵瞟了一眼，也拿过一包山药脆片吃，许妍于是更加放心大胆地吃了。

迈开腿还能靠自驱力勉强一下，管住嘴她是真没什么自制力啊。

劲歌热舞，欢声笑语的开场。

巴朵抱着手机在看，不时抬眼看看屏幕，又低头忙于社交。

许妍吃了会儿零食，感觉节目有些无聊，也拿起手机来，给她爸打视频。许妈今年没值班，和许爸在家看电视，他们用家乡话聊天，聊的什么巴朵一句都听不懂。

许妍突然变成了普通话，跟她妈说："嘿嘿，一会儿林泽也会上春晚，有个冬奥会的歌。"

自从去年过年许妍跟家里公开了有男朋友之后，这一年的时间里，许妈时不时也会打听一些林泽的情况，许爸虽然不主动问，但也都跟着仔细听，还会上网搜林泽的新闻看。

听许妍说这个话，她爸妈很淡定地表示他们早都知道了，网上有节目单。

许妈："你伯伯、叔叔、大姨家都知道了。"

许妍觉得她妈有点夸张，又想想自己在亲戚里都属于"不孝女"典型了，闭嘴没说什么。

果然，她爸补充了一句："林泽别的条件还可以，可惜是外地的。"

许妍强忍翻白眼的冲动，起码老许没有强拆他俩，不错了。

"哎哎哎，快来了。"巴朵听到主持人的串词，提醒聊天聊得火热的许妍。

许妍匆忙挂断视频，专注地看向电视。

前排四个主唱都是俊男美女，后面一排运动员拿着吉祥物傻气地跟着节奏摇摆。

导播给了林泽一个正脸的特写，被许妍抓拍到了。

巴朵："歌虽然不咋地，弟弟这颜值还是能打的。"

许妍猛猛点头同意。她一生行善积德，找个这么帅的男朋友是她应得的！

年后没多久，考研成绩就出来了，许妍成功进入复试。不过，为了防控需要，今年的面试改成了线上远程考试。

许妍如临大敌。如果现场看她表演，可能还会被她的气势吸引；上镜的话，真的一眼就看到她的大脸，只会觉得这是个胖墩。

巴朵骂她："这会儿知道道急了？你现在去抽脂也来不及了，实在不行到时候把脸上阴影打重些吧。"

许妍觉得这样不保险，拿出最高级别的减肥决心，跟那餐风饮露的仙女似的。

巴朵给她找了个舞蹈教室排练录视频，化妆师也找好了，对上镜的伪素颜妆十分拿手。

许妍看着镜子里两鬓贴着透明胶布硬是把脸拉瘦了的自己，有些心虚："录取完了还要复试看真人的，也别化妆化得太好看吧，到时候怎么办啊？"

巴朵重重地拍在她肩膀上："你先过了这一关再说吧，什么怎么办，减肥啊，还能怎么办！"

许妍不敢说话了，听从巴老师的，一遍遍录像复盘，准备面试。

她把自己跳的拉丁舞选段发给林泽看，好多年没跳了，这是她近来勤学苦练录得最好的一遍。

镜头里的她头发高高盘起，穿着白色的衬衫、黑色的阔腿裤、银色的细高跟鞋。

她的舞步如同她的装束，清纯中又带着撩人的性感。

林泽："Charming！（太迷人了）"

许妍很得意，她的纯情小狗永远为她着迷。

春暖花开的时候，许妍终于在网站上查到了"拟录取"的页面信息，这一年的努力总算没白费。

只是离开学还有半年的时间，她先找了份兼职工作干着，依旧是在影视公司给艺人当声乐老师。

不过重新出发的心情好像和之前都不太一样了。从前，教课时最繁忙的时候，她看见那几个吊车尾的练习生就想重拳出击。现在，她更乐意去发现学员进步的程度，每次接到新的学员时，她会用学员自己的手机录一段初始的音频，过段日子再录个新的做对比，让学员也感受到他们自己有什么不同。

不是人人都要做到最好。这么简单的道理，她却是最近才真正接受。就像她接受了自己没有雄心壮志，没有远大的"梦想"，只想做个安乐的声乐老师，教教课，唱唱歌。

如果说还有什么更强烈的愿望，那大概是希望时间能快进到冬奥会比赛，这样林泽就可以早点结束集训了。

那些一天又一天冗长的思念等待，在经历的时候觉得无比漫长。可回过头来一看，居然已经又过去了这么久。

日子好像被重叠了，今天和昨天的区别大概是晚饭吃了口带鱼红烧肉，鲜得不行。

林泽的头发已经变成了原来的长度，他不想再被许妍笑，宁愿多花两分钟吹干头发，也没再剃寸头。

树上的蝉鸣一阵高过一阵的时候，许妍还没等来自己的入学通知书，就先等到了林泽要随队去俄罗斯打比赛的消息。

虽然都是封闭训练，本来也见不到面，可是隔了五个小时的时差，让每天的视频聊天都变成了麻烦。

许妍不想让林泽有心理负担，这次她没哭，笑嘻嘻地祝贺他终于能打比赛了。

林泽确实也有种要解脱的松快感，他摸了摸快被他摸秃了的平安扣绳，跟许妍说："半年很快就过去了，对吗？"

许妍点头："没错。"

林泽明知故问："你会等我吗？"

许妍欲擒故纵："那要等半年以后你来看看了。"

林泽笑了："你会等我的，你爱我。"

许妍却摇头："现在爱你，过半年可不一定。"

林泽便皱了眉头，一声声叫她的名字："许妍，说你过半年也会爱我，许妍！"

他这样的时候，有些像撒娇。

许妍受不了他，给了他一个明确的暗示："如果你半年后还不来我面前的话，我可能会考虑换个结婚对象了。"

林泽："你要犯重婚罪吗？"

许妍："先离再换。"

"离什么？换什么？"巴朵下楼倒水喝，听到这对话随口一问。

许妍先心虚了，像被捉奸了似的结结巴巴："啊，我，我不是故意瞒你的。"

巴朵看许妍那副躲避的表情，直接略过她，走到水壶边，按了温度键烧水："哦，我早就知道了。"

许妍把视频挂了，不敢置信地问巴朵："你知道了？你什么时候知道的？"

巴朵轻笑一声："你不是挺高调的吗，那时候我就看到了。"

许妍自己露出马脚："啊，你看到报纸了？那你一直都装不知道的吗？呜呜呜呜，我不是故意瞒你的，我就是觉得太离谱了，才恋爱没几天就领证，说了你肯定要骂我……"

巴朵端起水杯喝了一口，转过头温柔地看着许妍："怎么会呢，你是我最好的朋友，你幸福我为你开心。"

许妍冲过去抱住她："你太好了，巴朵朵，我好几次都忍不住想跟你坦白的，但是你都表现得很自然，跟我说彩礼嫁妆什么的，我就以为我隐藏得很好，原来是你在替我维护面子，我真是太蠢了。"

"是啊，你真是太蠢了……"巴朵松开拿杯子的手，凶狠地拧上了许妍的耳朵，声音高了八度，"许大宝！你最好跟我说清楚！什么恋爱几天就领证了！报纸又是什么意思？你居然连我都瞒着！你挺适合干情报工作啊你！"

巴朵根本什么都不知道，完全是看许妍的表情诈她的，没想到她自己竹筒倒豆子，啥都交代了。

既然已经承认了，也没有什么好嘴硬的了，许妍抱着靠枕蹲在沙发上，向板着脸的巴朵把隐婚的细节都招了。

连林泽"求婚"那天看的电影是什么，哪个情节特别好笑，她都复述了一遍。

她俩一直聊到深夜，许妍感觉自己就算跟爸妈坦白都不会这么详细了。

不对，她本来不打算坦白的，想的是等林泽回来了，选个日子假装再去民政局一趟，反正也不是非要给谁展示结婚证的。

坦白局结束，许妍丢掉靠枕，抱着巴朵的手臂求原谅："你能理解我吗？我就是觉得太荒唐了，才不敢跟你们说的，而且那时候我都不确定我们能好多久，万一要离了不是还要再惊动大家一次嘛……"

巴朵："你还挺勇敢的。"

许妍没想到巴朵会这么说，她以为巴朵肯定会骂她"恋爱脑"没救了的，她不确定地问："你是在说反话吗？是讽刺吗？"

巴朵拍了她脑袋瓜一巴掌："但是把我蒙在鼓里还是很可恶！我难道会藏起来你的户口本不让你结婚吗！"

许妍泪眼汪汪地捂着脑袋。

巴朵冷哼一声，扭头回去睡觉了。

接下来的几天，巴朵也一直气鼓鼓的，许妍不想和她最好的朋友有隔阂，一直小心翼翼地"讨好"巴朵，今天给削个苹果，明天给剥个橘子的。

就在许妍不知道还要如何是好的时候，巴朵终于消气了："婚礼必须要我当伴娘，不然我气你一辈子。"

许妍："一定一定！捧花我塞上吸铁石，到时候你手里拿着磁铁，必抢到捧花！"

巴朵："我抢那玩意儿干吗，你以为谁都像你似的这么好命，随便结个婚就能嫁对人啊！"

许妍想到巴朵已经空窗半年多了，既然老男人不中用，她便撺掇巴朵也找个弟弟恋爱看看，还大包大揽地承诺等自己开学了帮她相看。

九月份学校开学，许妍背上双肩包重新踏入校园，有种玩游戏开了新副本的新奇感觉。她同班的同学大多本科不是本校的，年纪也各不相同，不过几乎都要比她小。

她的导师同时也是本科班的班主任，经常上课或是排练的时候带着她，让她做助教，整理出勤情况，顺便批改作业。

所以，相比研究生的同班同学，许妍跟那群大三的学生反倒要更熟一些。

和年轻人在一起，她也会觉得自己就是同龄人，只是偶尔在人群散场后会有点想念林泽。

班里团建或者小组排练完聚餐的时候，喊许妍她都会去。她脸圆圆的，就显得年龄小，有性格开朗的男生问她能不能追她，她掐着指头算一算，拇指和食指、中指捏在一起："我比你大七岁呢，你先问问你妈让不让追我。"

七岁其实也不算什么，艺术院校的恋爱，差七十岁都照样谈。

再有男生来跟她试探，说自己不在意年龄的时候，许妍就说自己有对象了，结果人家就是冲着挖墙脚来的："爱情分什么先来后到，你不跟我试试，怎么知道我不如你男朋友呢？"

许妍笑死，把这话讲给林泽听，气得林泽在俄罗斯摔手套："许妍！不许试！让他滚开！"

外训已经两个月了，国家队以俱乐部名义参加 KHL 联赛，男冰有近五十场比赛要打，以赛代练，强度不小。

而林泽如鱼得水，许妍知道不论输赢，他更想奔跑在赛场上，而不是窝在基地里。

他的精神状态比起半年前好了不止一星半点，所以许妍也敢和他开些更过分的玩笑了："可是我确实没见过别的男人表现如何，还真有点好奇，万一比你好呢？"

林泽抓狂："收起你的好奇心！不可能，不会比我好！"

许妍："你好自负啊。"

林泽跑去浴室给她秀自己的肌肉，他最近有点向队长的身材靠近，看起来更魁梧了一些。他真挚地恳求许妍："看，我有你喜欢的腹肌，我的表现会非常非常好，不要对别的男人好奇。"

许妍逗得差不多了，适可而止："知道了，等你回来给我验收一下成果。"

比起用道德感驱散追求者，巴朵可能还更具有威慑力。

许妍不过是让巴朵来接了她几次，巴朵说谁要和许妍恋爱要先过自己这关。

她可是相当难搞定的，于是冬天还没来临，追求者的热情先被秋风给吹散了。

巴朵听说了这事，去找林泽邀功。

林泽给巴朵转了个超级大红包："谢谢。"

巴朵很满意，跟许妍夸他："你老公不错。"

许妍从来没这么叫过林泽，一开始被巴朵说的时候还会脸红，后来适应了，觉得也挺顺耳。

而远在俄罗斯的林泽，为了给许妍找点事干分散她的注意力，派给她一个新任务："在沪市选个房子吧，选你喜欢的就好。"

他依旧给巴朵发了个红包，托她陪着许妍。

巴朵对许妍是真心实意，但拿起林泽的钱来也毫不手软。她很乐意陪着许妍看房，还找朋友联系了个靠谱的中介，闲下来就和许妍去看房。

那天傍晚她们去看了套新交付的二手房，看完在附近的商场吃饭，正好遇见了许妍的几个同学要去唱歌。

同学邀请许妍一起玩，许妍看向巴朵。巴朵是个社交高手，一点不见外地跟着去了。

班级之间隐约流传过许妍有个住一起的好朋友，但没想到这个好朋友是个大网红。又听巴朵说在陪许妍看房要买房，有个姓杜的男的心眼就活泛起来。

起初，姓杜的经常跟许妍一起吃食堂、去图书馆、聊星座什么的，许妍还单纯地以为他是个"妇女之友"，因为他很会活跃气氛，和他一起还挺开心的。

后来发现他不对劲，许妍就赶紧表明自己有对象了，跟他不可能。结果这姓杜的开诚布公地说喜欢她们两个，想他们仨住在一起。

许妍傻掉了，骂人都忘了怎么骂，对他吐了口唾沫就跑了。

她跑回家跟巴朵说这男的有多离谱，巴朵听了只觉得晦气，让她以后离神经病远一点。

可是有时候躲是躲不过去的，姓杜的在学生办公室兼职的时候，找到了许妍的联络地址，偷偷地寻了过去。

那天正是双十一活动开始预售的第二天，巴朵直播最忙的时候。

十月末的晚上已经很冷了。

巴朵回家的时间有点晚，在楼下见到了这个鬼鬼祟祟的男人。

姓杜的也认出了巴朵，眼睛泛起惊喜的光芒，上前堵住她，不知所云地说了半天。除了跟那天和许妍说的差不多的话之外，还提到了在KTV的时候巴朵跟他眉目传情，所以他才有了愿意和她们俩一起生活的想法。

巴朵觉得吃了苍蝇一样难受，这男的看着还人模狗样的，脑子里装了什么？

她让他"滚"，他却直接上手去抓她手腕。

巴朵刚要尖叫，在楼道里听了半天戏的程柯先走了出来："她叫你'滚'，听不到吗？"

姓杜的："你是谁？少管闲事！"

程柯把手里的烟掐了："她男人。"

姓杜的怀疑地看着这两人，他还是很识时务的，不想引起争端，灰溜溜地跑了。

巴朵看着程柯，跳脚："你就让他这么走了？！"

程柯："哦，不然呢？"

巴朵："揍他一顿啊！"

程柯："不是说跟你在KTV合唱情歌，眉目传情，挺开心的吗？我怕是你的相好，到时候被你反咬一口，我一介外人，没处说理去。"

巴朵不知道他什么时候也变得这么能说会道了，气得拉起他的手背狠咬一口。

程柯被咬了却不生气，还饶有兴致地看了看手上的牙印："你看，你果然下口了。"

巴朵气恼地再次喊了句："滚！"

程柯不再纠缠，让他滚，他就真的滚了，也不解释一句自己为什么会出现在这里，好像只是正好路过而已。

楼下发生的事许妍并不清楚，只听巴朵说让她最近开车去上学，有

226

事就给自己打电话。

又过几天，听同学说姓杜的打篮球时摔了个狗吃屎，门牙磕掉一颗，手指也骨折了，请假回家休养去了。

许妍当笑话说给巴朵听，巴朵摸摸她的脑袋让她别笑那么大声，太缺德。

这事许妍就不告诉林泽了，她心里有个分级制度，会让林泽真的担心的事她都不说。

上学的日子好像长了脚，跑得飞快。

新年伊始，林泽终于结束了外训，打完联赛飞回北城，闭环进入奥运村，为冬奥会做最后的冲刺训练。

许妍再也待不住，学校一放寒假，她就飞去了北城。

下飞机的时候，她心跳得异常快，好像能够感知到，和林泽的距离近了，又近了。

许妍是自己一个人在奥园度过的春节。这是她过得最冷清的一个年，有时候晚上突然睡不着了，在空旷的房子里害怕得不行，只能通宵看小说或是看电视剧，看得眼皮再也睁不开，迷糊着睡过去。

许爸在视频里痛心疾首，埋怨她两年没在家过年，又说她实在想去北城，爸妈也是可以跟着的呀。

许妍才不要她爸妈跟着跑，她敷衍她爸："我又没那么多门票，你们来了也看不了比赛，别折腾了！"更重要的是，冬天疫情反复，她不想让爸妈来。

她就不一样了，终于等到了公开的比赛，最高级别的赛事现场，她要亲眼去看看那个她已经等了一年半的男人，看他怎么散发魅力。

死亡之组的比拼没有什么意外。中国队对美国队 0：8，对德国队 2：3，对加拿大队 0：5，小组赛三战皆墨。

淘汰赛阶段，中国又对上世界排名第一的加拿大队，最终以 2：7 结束了冬奥之旅。

许妍每一场都看了，每一场都把嗓子喊哑。

不论是现场观众还是网络舆论，对这届冬奥会上男冰的表现都表现出极大的宽容。赛前对男冰的预测和祝福他们都完成了，甚至算是超额完成。

"单场不要输 8 球以上，完成！"

"最好能进一两个球，完成！"

许妍想起林泽很久以前跟她说过的一句话，他说一个真正强大的国家，不需要只靠金牌来证明自己。

许妍还记得她小时候看过的田径比赛，那个因为伤痛无法继续完成比赛的运动员落寞的眼神，那个曾经被捧上天的神又是如何被踩在脚下遭人唾弃。

赢得金牌，是振奋人心的，是让人自豪骄傲的。可对待失败的态度，或许更能体现体育精神和国民素质。

许妍很庆幸，林泽是在国家更加强大、民族自信心也更强大的此时此刻去打比赛，他遇到了前所未有的包容的观众。

同时她也非常乐意充当他失意时依靠的臂膀。

不过林泽比她想的要坚强许多。

她在奥运村接他"下班"，林泽推着行李跑向她，把她扛起来扔了个高，听到她咯咯的笑声和尖叫声，又把她放下来，放到他的巨大行李箱上坐着，让行李箱充当她的坐骑，推着她走。

许妍仰着头问："林泽，比赛垫底了，你难过吗？"

林泽说："还行，打之前不就是垫底的嘛，有心理准备了。"

他还说："当你已经站在谷底了，那么前行的路一定是向上的，只是会走得累一点而已。"

许妍两只手在胸前鼓掌："我们林泽是个哲学家呢！"

林泽笑着低头看她："不，我现在要当'妍学家'。"

他要好好研究，分开这么久以后的许妍，和他离开前有没有不同。

她瘦了。这是他最直观的感受。

从回到奥园脱了外套开始，林泽的视线就胶着在许妍身上，他用眼睛做尺，一寸寸丈量她的变化。

林泽等不到坐下来喝口水好好说说话，等不到洗个热水澡换身舒服的家居服，甚至等不到把屋里的地暖调整到合适的温度。

他一秒钟都不想再等，他要抱着她，要吻她，要让她知道自己从心到身有多想她。

许妍背着身都感觉到了他灼热的眼神，像是要把她的毛衣烧出个洞。她才把大衣挂到衣帽架上，就被他从背后抱住，一口咬到她脖子上。

许妍还惦记着自己的生命安全，提醒他："不要啃我的颈动脉窦！会死人！"

林泽："嗯，会死人，我要死了。"

许妍只许州官放火，不许百姓点灯："大过年的，你说什么死啊活啊，啊……"

她没说完，再说不了了。

林泽握着她的腰，把她抱到换鞋凳上站着，这样他就不必低头去吻她。

她的背靠在墙壁上，墙纸上的纹理分明清晰，她却觉得背上又痒又疼，好像被磨破皮了似的。

她才觉得，她一点也不曾适应分别，只有真正拥抱到他的时候，她的心才是雀跃的，她的爱才是活着的。

许妍捏他的耳朵："去屋里。"

林泽"嗯"了一声，两只手抱着她的大腿，把她从鞋凳上"拔"了起来，高高地托举着，越过客厅，朝着楼上走去。

她不安分，还要低头和他亲吻。

林泽看不见路，上楼梯的时候绊了一脚，身体跟着摇摇晃晃，吓得许妍抱紧他的脖子，以为自己会被摔出去。

林泽笑了："我抱着你呢，许妍。"

许妍回头看还有几级台阶要上，又低头埋怨他："是呀，但你没抱稳我！"

林泽还在笑："那我们就一起滚下楼梯了，像两根绕在一起的麻花，咕噜咕噜。"

许妍想象着那场景，觉得有几分搞笑。

她和他一起笑，他看到她笑，便也笑得更开心。

刚才的旖旎气氛轻松了起来，他们不必担心时间不够用。

没有要起飞的航班，也没有催促的队友，只有他们两个，他们有充足的时间慢慢享受亲密时光。

他们到家的时候日头正高，等许妍再醒来的时候却已经星月当空，她闻到了饭菜的香味。

她循着味道下楼，看到饭桌上摆了大盘小盘一桌子。

许妍诧异地瞪大双眼："你做了多久？怎么这么多？"

林泽指着砂锅里的粥："这个是我煲的，烤肉是我做的，其他都是叫的外卖。"

许妍想：就说嘛，他怎么可能突然像去厨师学校进修过一样。

他们面对面坐着，许妍太饿了，喝几口粥，吃两口肉，再啃一大口点心，眼花缭乱，手跟不上嘴。

林泽吃得倒是不着急，又一块肉嚼半天，一直盯着许妍看。

许妍一抬头，不顾形象地打了个嗝。

林泽就笑。

许妍臭屁地问他："干吗不吃饭？虽然我秀色可餐，但是盯着我看是吃不饱的！"

"嗯。"林泽听话地低头吃了几口菜，还是盯着她看。

许妍被看得心热脸也热，绕过桌子坐到了他的身边，头贴着他的胳膊，一边吃东西一边仰头看着他笑。

笑得真甜。

林泽一只手抬起来，揽着她的肩膀，单手吃饭，后来干脆不吃了，变成喂她，她眼神往哪儿瞥，他就拿过来送到她嘴边。

许妍问他："你不饿吗？"

林泽点头："不太饿。"

许妍对他比了个大拇指："你体力真好！"

林泽笑笑："你又知道了？"

许妍把叉烧包吞下去，舔舔嘴角残留的蜜汁："我就是知道！"

她的表情惹得他更加开心，凑过头去亲亲她的发顶："可爱。"

许妍"噫"了一声，把他的头推开："你好好吃饭呀！"

"好。"他坐正了，开始认真吃饭，吃着吃着，又把一只手搭在了她肩上。

许妍不自觉地就靠过去。

像两块果冻胶、橡皮泥，一不留神就黏在一起，分都分不开。

吃完饭，两个人坐在客厅地毯上玩游戏。

明朝版的"大富翁"桌游，先要把纸板搭建成一个个小房子，做成立体式拼图。

铜板、交子还有元宝，许妍一边玩一边给林泽科普历史知识，还要教他各种技能牌怎么组合。看林泽听得认真，她油然而生一股骄傲。然后被林泽赢得血本无归，开局王府千金，结局上街乞讨。

林泽："是这样吗？我卡牌玩得对吗？"

许妍抓过他手里的房契，一把扔到一边，人也扑过去，凶神恶煞地说："不对不对！你作弊了！"

林泽无辜脸："我哪里作弊了？"

许妍："你的脑子作弊了！太聪明了！不符合常理！"

她把他的两只手按在地毯上，让他贴着地面躺着："我是郡主，我说了算，我要把你卖了，发配边疆！"

林泽："不行。"

许妍："你不能顶嘴！听我的！"

林泽还是说："不行，你可以让我当你的保镖，但不能把我发配边疆。"

他仰着面，神色认真地不像是玩游戏："因为我一天都不想再和你分开了。"

终于见到想见的人，精神松懈下来，结果许妍发烧了。她嗓子发炎，喉咙肿痛，低烧不退，躺在床上看起来奄奄一息。

许妍说想喝姜丝可乐，林泽给她烧了一大壶，时不时给她倒一杯。

她又说想吃海参小米粥，林泽大晚上的开车去商场里给她买回来辽参，泡发熬制。

许妍也不想折腾人，她拿手帕捂着嘴咳嗽，咳完了还要看一眼手帕上有没有血，戏精上身一样："你快去客房，别被我过了病气。"

从前他感冒发烧也都不让她靠近，这次他却不打算隔离，硬要守在她身边。

许妍找口罩戴上："我可别是感染了，传染你。"

林泽："你这不像感染了，就算真是，那也是我带回来的病毒传染你的，我更要对你负责了。"

他不和她纠结分不分房睡的问题，把她口罩摘了，换成雾化器的面罩戴上，转身去厨房给她炖梨汤。

晚上许妍让他睡隔壁，他不听，她就找碴儿说自己睡不安稳，要翻身，床太小不够她翻的。

林泽听了，跑向卧室一角的沙发上睡，长手长脚蜷缩成一团，看着怪可怜的。

许妍板着脸看了他好几次，半夜起来上厕所的时候终于忍不住踹醒他，让他上床睡了。

她这感冒缠绵了十多天，林泽除了去宋家看了一趟希亚外，哪儿也没去。他也不需要工作，就在家里陪她养病。

等到许妍的病好得差不多了，她也该开学返校了。

林泽跟着她。

许妍问他："你不需要打比赛了吗？你现在彻底是无业游民了？那你以后怎么办？"

林泽跟北城俱乐部的合约到期，目前没有续约的打算。

林泽："我累了，想休息一段时间。我现在就想跟你待在一起，你烦我了吗？"

许妍当然不是烦他，她是心里没底，总觉得一直异地分隔，突然天天黏在一块，像做梦似的。而且他这样"不干正事"地陪着她，更让人不安。许妍问："你不会是打算回北美去了吧？走之前再和我作最后的温存。"

他们以前聊天的时候，也说过对未来的规划，林泽除了打球外，还想要把中断的学业完成。

那时候许妍就默默担心过，他是不是会回加拿大，毕竟那是他最熟悉的地方，是他打球、学习都如鱼得水的地方。

"不会。"林泽回答她，"我不走。"

许妍只能选择相信他。说实话，她不敢和林泽深究这个问题，想等他做好决定了，告诉她就行。

她像一只鸵鸟，把脑袋埋进沙子里，就当作看不见任何危险来袭——内心深处她觉得这是个会爆雷的话题。

林泽送她去沪市上学，他去办行李托运，许妍在一旁玩手机刷热搜的时候，忽然就吃到了自己的瓜。

热搜是狗仔曝光的一组照片，照片里林泽从奥运村出来，把许妍抱到行李箱上推着，后来两个人又手牵手上了一辆车，看起来特别亲密，实在没什么可否定的关系。

有林泽的粉丝看到牵手照后，从自己的相机里翻出来了照片，是之前看冰球比赛的时候拍到的，旁边坐的正是许妍，虽是无意拍摄，但这么近的距离还是把许妍的半张脸拍得很清晰。

又有观众想起来前年看《超新秀冰球》的录制时，林泽曾经捡起一枚冰球扔给一个女观众，好像也是这一位。

这时候终于有人认出来了，这好像是路英奇那位念念不忘的前任小妍。

虽说娱乐圈里谁的现任是谁的前任这种剧情屡见不鲜，可许妍作为一个平平无奇的素人，能先后跨圈跟不同顶流谈恋爱，还是让一众路人感到震惊。

网友纷纷留言：谁有这个姐的联系方式，能不能让她出个秘籍？

这条娱乐新闻爆出来的时间正好在开学季，许妍用脚趾都能猜到她去了学校以后要被人怎么打趣。

林泽："我陪你上学？"

许妍："你是怕我被围观得不够多？"

林泽耸肩："许妍，不想去上学的话，就不去。"

那可不行，她还要拿奖学金呢。

许妍一脚踢开她成为学霸路上的"绊脚石"，跟林泽说，既然已经把她送到沪市了，就回北城去，别给她找麻烦。

林泽赖在她家不走，保证不添乱。

他是洗完了澡，头发湿漉漉的，浑身上下就一条浴巾围在腰上时跟她说的这话。许妍被男色迷了眼，只顾着惦记他那八块腹肌，稀里糊涂就让他留下来了。

可他根本不像他说的那么老实。

在家里待了没两天，就跑去学校给她送午饭，要么就是晚上接她放学回家。

他开着她的小车一圈圈找地方停，被人拍下来发网上，许妍还没见到他的人，先被同学提醒看到了他的视频。

已经开始准备工作实习的大学生们难得因为排练大戏聚在一起，嚷嚷着要见"姐夫"，要和奥运球员一起吃饭。

许妍说不过他们，只好擅自替林泽答应了下来。

没想到跟林泽说起来的时候，他欣然应允，很乐意跟这群大学生一起玩的样子。

他们去学校后面的串串店吃涮串，林泽没吃过这种店，准确地说，他见都没见过，跟在许妍后面，新奇地往托盘里拿着各种小串。

从前在外面几乎不会吃任何食物的人，现在屈着腿坐在马扎上，吃着嫩肉粉处理过的大肉片，吃得津津有味。

许妍打眼看他，觉得他又可爱又可怜，调了好几种口味的料汁让他蘸。

不只是许妍在看他，桌上的男男女女都在看他，有的看两眼就得了，有的像追星似的一直看，或者假装不经意地偷拍。

林泽有所察觉地看向镜头方向，然后凑到许妍耳边，故意挑拨她吃醋："有人拍我，她是不是喜欢我啊？"

许妍都没看是谁拍他，就吐槽他："别那么自恋，人家可能是想拍你的照片卖钱。"

林泽又看向那个拍他的女生，女生以为他会生气，却见他把手搭在许妍头顶上，比了个"耶"，就像许妍长出一对兔耳朵似的。

拍照的女生捂嘴偷笑，把这张照片拍下来发给许妍，再把手机倒扣在饭桌上，不拍了。

林泽和许妍都不怎么说话，主要听学生们胡侃，侃到了半夜三更，他们还要去酒吧蹦迪，许妍就带着林泽告辞了。

林泽看起来意犹未尽："你怎么不跟他们去呢？"

许妍摇头："一把老骨头了，蹦不动。"

林泽抬手捏她的后颈，稍稍用力把她按到自己脸前，低头跟她对视，压低声音逗她："不算老啊。"

许妍给他胸口一拳。

林泽"咳"了一声，忽然抬了抬下巴，视线看向不远处人群末尾的一个男生："那个，就是想跟我比一下，让你试试再做选择的那个人？"

许妍扭头看去，还真是那个男生，她好奇："你怎么知道的？"

刚才一起吃饭的时候她也没跟那男生说话，更没有什么尴尬冲突的，林泽怎么能看出来呢。

林泽傲娇地冷笑一下，朝着那边走过去。

许妍不知道他想干什么，一把抱住他的腰："那小孩挺好的，我拒绝了他以后也没再骚扰我，你别胡搞瞎搞啊！"

林泽停下，皱眉："你在保护他？"

　　许妍："我在保护你！"

　　林泽："你觉得他会比我厉害？"

　　许妍："什么乱七八糟的，你要干什么啊？都说了他已经对我没意思了。"

　　林泽："他对你没意思了，那我怎么看出来的呢？许妍，你别太天真。"

　　许妍沉默着思考了一下他说的这个问题，但见他又往那边走了几步，抓住他往后拖："你别过去！别冲动！万一人家报警怎么办？"

　　林泽的笑藏不住了，他一本正经地问："报警？为什么？我想上个厕所而已，他为什么要报警？"

　　"啊？"许妍傻眼，再一看，前面确实有洗手间。

　　他故意的！故意逗她！

　　就在他俩蜜里调油、难分难舍的时候，许妍爸爸召唤她回家一趟："你妈要做个小手术，我有点紧张。"

　　从来都是她妈给别人做手术，一听她妈要躺上手术台，许妍心里一个激灵，连夜往家赶。

　　林泽开车，两人直奔医院。

　　许妈妈是甲状腺癌，要切除整个甲状腺，虽然她作为医生一直跟丈夫、女儿解释这是癌症里面最轻的一种，五年存活率非常高，切除以后问题不大。

　　可许文标和许妍还是手拉着手坐在病房哭。

　　许妈妈无语。她指着林泽，提醒这父女二人："让林泽看笑话了。"

　　许文标："那让他走！"

　　手术不算复杂，几天就能出院，许妈妈不想耽误女儿读书，让她快回学校。

　　可是许妍却回不去了。巴朵说，整个沪市都封控了。

　　许妍打死都没有想到事情会发展到这一步。

　　既然全市都封控了，她回不去学校，便在家多陪陪她妈，端茶倒水伺候妈妈的围手术期。

林泽自然也跟着留下来了，他不见外地住进了许妍家里，却被许文标见外地安排在客房睡。

许妈妈还在卧床休养，许妍忙前忙后的，眼里都是妈妈，林泽不好添乱，也没说什么。

可是这么住了五天以后，他逮着机会跟许妍说话，问她要不要跟家里坦白他们的关系："我想和你睡一个房间。"

许妍："你现在还能有床睡就不错了，真跟我爸坦白了，他可能会打断你的狗腿。"

林泽："为什么要打断腿？我不是狗。"

许妍不想跟他解释她爸多么小心眼，反正她上大学那会儿有个追求者，她爸还特意跑学校去跟那个男生吃了顿饭，然后不太满意他刚上学就把心思花在恋爱上，觉得他不够成熟稳重。

她爸说："沉稳才是男人最可贵的品质。"

如果许文标知道林泽都没见几次面就把他女儿拐去领证了，可能会报警把这个"人贩子"抓走。

林泽拉着她的手，还在问："为什么？为什么打我腿？你不是说，今年打算跟亲友说我们结婚？"

许妍是有这个打算，可具体怎么公开还没想好呢，反正不是这样突然一声就交代了，她觉得时机还不成熟。

她踮着脚，搂着他的脖子亲亲他下巴："你乖哦，你就睡客房嘛，那个房间采光最好了，亮堂。"

林泽："我睡觉不喜欢有亮光。"

"咳咳！"身后突然传来许文标的咳嗽声。

许家房子那么大，光过道都有好几条，许文标就非要选择他俩说悄悄话的那个储物间门口走过去，去阳台晒衣服。很难说不是故意的。

他俩看着许爸走过来又走回去，手还拉在一起没松开。

许文标瞅了林泽一眼，喊他："小林，过来帮我择菜。"

"好的。"林泽跟上去。

许妍不放心，也要跟着，却被她爸安排了任务给许妈削苹果吃。

许妍噘噘嘴，抱着盘子和苹果去主卧找她妈了。

平时因为许妈的工作忙，家里有个做饭的阿姨，但是只要许文标没出差在外，家里都是他做饭。他喜欢看女儿吃他做的饭时，露出的那种满足的表情。

所以他觉得林泽也应该是个上得厅堂、下得厨房的"贤夫良父"。

林泽来许家以后做过两次饭，一次是香草罗勒松仁鸡丝空心面，一次是南瓜基底牛排温沙拉。健康是挺健康的，可许文标觉得难吃。

他同理推断，许妍一定也觉得难吃。就算许妍表现得很喜欢，而且都吃光了，他还是觉得她是装的。傻姑娘为了情郎忍气吞声呢！

于是许文标开始指导林泽做饭，做那些许妍从小爱吃的家乡口味。

林泽欣然接受，他也想更好地照顾许妍。

许文标拿鸡蛋面糊包裹着切开的毛蟹放进炸锅，想起许妍儿时的趣事："她上小学的时候，换牙哇，有天吃这个年糕炒蟹的时候，被蟹壳把门牙崩坏了，她又馋，牙都晃了还在吃，结果被年糕把牙粘下来了，那一年说话一直捂着嘴哈哈哈。"

林泽跟着一起露出笑意，想象小许妍捂嘴说话的样子，眼睛弯成了月牙。

许文标自己笑完了，一看林泽高兴的表情，又不高兴了。他的乖宝长大了，却被臭小子几句花言巧语就给哄跑了。

许文标突然清了清嗓子，跟林泽强调自己的态度："你们恋爱啊，结婚啊，都是你们的自由，但是我听说你不打算继续在国家队打球了？我表个态啊，我是不会同意她嫁去国外的。"

嫁到了那么远的地方，万一以后她受了委屈，没有娘家替她撑腰，她过得怎么样，他们当爸妈的都没法知道。

虽说爸妈总会比女儿更早离开，可只要还活着一天，就要好好保护她啊。

林泽理解，点头："好。"

他答应得干脆利落，许文标这才觉得看他顺眼了些。

事实上，给他林泽施压的不只是许妍的爸爸，还有他自己的父亲。

林泽父亲不仅给他买过冰球俱乐部，也为他组建了一个专业的冰球经纪团队。可以说，那不仅仅是他爸，也是他的老板。

林泽很少跟他爸闲聊，每次通话都是正事。

他爸一通越洋电话打过来，直截了当，问他什么时候回去，该准备参加 NHL 新赛季的选秀了。

这也是林泽第一次跟他爸正面沟通自己未来的计划，他说："我要留在中国。"

林爸不理解，分析了一通他的职业规划后，忽然气恼："为什么？是因为希亚还是因为那个女孩？总归是因为女的是吧？别幼稚了，儿子，你会后悔的！"

当初希亚会选择离婚，很大程度上就是因为受不了林爸的大男子主义，爱他的时候觉得那是英雄气概，相处久了才知道他根本只把她当个漂亮摆设。

林泽严肃地跟他爸说："请尊重我的母亲和我的太太。"

林爸嗤笑一声："好，那就带着你的自尊心，滚蛋吧。"

一次不欢而散的对话。

虽然林泽是在阳台上打的电话，但是许妍躺在卧室床上一字不落地都听到了。她那个房间的窗子跟阳台连着，隔音效果并不好。

林泽也不在意被她听到，没躲着她。

这天夜半三更，许妍穿着睡衣蹑手蹑脚地出了卧室，溜进客房，爬到了"客人"的被窝里。

她刚钻过去，林泽就张开手臂，环抱住了她："你再不来，我就要等睡着了。"

许妍纳闷："你怎么知道我要来？"

林泽："我不知道，但我每天都等着。"

许妍觉得这话有些耳熟，一时却想不起来他什么时候说过，只感觉这场景她好像梦到过。

春日已暖，蚕丝被里的温度被两个人烘热。

许妍身子往上拱了拱，用手指找到他的嘴唇，先摸了摸，再亲过去。

林泽在黑暗中看了她一会儿就闭上眼睛，任她主动亲吻，感觉像是有只小梅花鹿在舔自己，瞪着圆溜溜的大眼睛，单纯又勾人。

只是这样贴贴、抱抱、亲亲，许妍就已经感到了满足，呼吸均匀地发出了睡眠的信号。

他从背后侧躺抱着她，她弓着身子屈着腿，他也做同样的姿势，像筷子笼里一对贴合得密不透风的瓷勺，从头到脚都叠在一块。

许妍睡着了，只是心里还装着事，睡一会儿忽然醒了，转个身来面对着林泽。

林泽也睡着了。

这个房间不止白天采光好，连月光好像都比别的房间更亮一些。月光从不遮光的帘子涌进了窗子，爬上了被套，映在他的脸上。

许妍静静地看着林泽。

他说的都是真的吗？他说他不回北美了，说要留在这里。

她一直不敢问，是为了她要留下吗？如果是的话，那样真的值吗？

这不是什么晚饭吃土豆还是吃烧茄子的普通问题，这关系到他的学业、事业，甚至可以说是影响着他的职业生涯。

她不敢，因为连她都觉得自己才是应该被犹豫的那个选项。

她甚至想过，如果林泽要她跟着他去加拿大的话，她会不会去。

从前她是坚定地表达过拒绝的，可现在，如果这样对他更好的话，她好像也可以接受。

但他什么都没问她，什么都没劝她，就说他会留下。

留下来，然后呢？

这里的冰球环境不如北美，薪资待遇不如北美，甚至衣食住行都不比他从小习惯的环境。

他和北城的俱乐部解约了，就这么闲散地陪着她跑东跑西。许妍猜测他也还没想好"然后怎么办"的问题吧。

所以她不敢问，怕自己反而催生出他的决定，怕他"幡然醒悟"留下并非最佳选择。

她偷得一日的好光景，就糊弄着自己跟他再腻乎一天。

许妍不知道自己什么时候抬起手指来描摹他眉眼的，她脑子里根本没有过这个指令，手指完全是自作主张。

林泽被她打扰，皱了皱眉头。许妍连忙把手指移开。

可惜晚了，胳膊摩擦了被褥，身体移动让弹簧床受压，窸窸窣窣和嘎吱嘎吱，都让已经有了清醒念头的林泽睁开了眼。

林泽嗓子发干，坐起来，拍了拍台灯，把床头柜上的一瓶苏打水拧开，半瓶水下去，终于觉得嗓子舒服了。

他倚着床头，像是忘了这是在许妍的家里，垂着眼睛向下看她，手捏着她的下巴，指肚在她脸上蹭了蹭："睡不着？"

许妍怀疑林泽根本就是还没清醒，她抱歉扰了他的清净，拉起被子盖住脖子："睡了睡了。"

"嗯。"林泽把剩下的半瓶水也给喝了，这使得他的眼神更清明了一些。

许妍拍拍旁边的枕头："来呀，我们抱着睡！"

林泽膝行着爬回自己的位置上，把灯关了，这次背对着她睡，希望自己的呼吸声不要吵到她。

他都这样让步了，她却不知好歹，想着他怎么不抱自己了，转而趴在他背后去抱他。

许妍的小腿蹭到了他腿上的汗毛毛，刺刺的、痒痒的，偏叫人好奇地想一再蹭蹭，游戏似的。

林泽伸手，按住她膝盖，有些无奈地问："你就是这样睡觉的？"

许妍赶忙把腿收回去，额头贴着他的背脊："睡了睡了，真的睡了！"

林泽睁着眼，听到她再次沉缓的呼吸，也听到自己渐渐平静的心跳。

她像只八爪鱼，手脚扒拉着他，热滚滚的，又像个小火炉。

林泽发现自己对她的想象和形容总是如此可爱，默默扬起嘴角，手掌包裹着她的手背，扣着她的手闭上眼睛。

这一觉睡到了闹钟响，许妍从床上弹起来，回了片刻神，拿着手机就跑回了自己房间。

林泽看着她赤脚逃窜的背影，迷蒙中感觉她好像钟声敲响就要回家的灰姑娘，却没来得及给他留个水晶鞋作念想。

她跑得急，门都忘了帮他关。

林泽自己下床去关门，却在走到门口的时候，看见了站在斜对面主卧门口的许文标。

许爸正探头看向许妍房间的方向，又转过头来看着林泽，对上他赤着的上半身，没好气地冷哼一声。

冷得林泽睡意全无。

第十一章 ❹
都只与爱情有关

　　许妍对她爸和林泽间的暗潮涌动一无所知，她只觉得她爸越来越矫情了，对着林泽动不动摆脸色，而林泽这家伙逆来顺受的，看着怪可怜。

　　她想，是时候结束这"同居"生活了。

　　只是沪市封禁还没解除。

　　许妍每天都会给巴朵通个视频，问巴朵那边情况如何，怕她断水断粮，也怕她感染了一个人无人照料。

　　巴朵总说有的吃，还说自己都变胖了。

　　直到有一天，许妍跟巴朵视频的时候看见有个男的一闪而过，许妍头皮发麻地尖叫，以为见鬼了。却见巴朵淡定地把镜头转向那个男的："哦，是程柯。"

　　许妍无语，看到程柯把围裙挂到脖子上，手伸到腰后打了个结，扭头问巴朵："你吃几分熟？我觉得七分熟比较好吃。"

　　许妍以为他在煎牛排。

　　不是的。

　　"全熟！"巴朵吐槽他，"煮个方便面还要装。"

　　许妍看乐子，却也不再每天焦虑巴朵的境况了。既然程柯在那儿，那肯定不会让巴朵饿肚子了。起码七分熟的泡面应该管够。

　　这时候她和林泽已经在家住了二十多天，许妍决定"南辕北辙"一番，先跟林泽回北城去。

她跟林泽对口供："你就说你要回去处理工作的事。"

林泽："我没事啊。"

许妍沉默。

林泽："真没事。"

许妍："你吃点溜溜梅吧！"

林泽听不懂，但看着她笑，就跟着一起笑。

他跟许妍解释："你跟你爸妈在一起高兴的话，我没什么事就可以陪你住啊，挺有意思的，你爸还教我做饭、下棋。"

许妍以为他应该不自在的，没想到她爸对他的那些不待见他是一句没往心里去啊。

当然，也有可能是她爸对他的冷嘲热讽他根本听不懂。

不管怎么样，她想走了，家这个地方对她而言就是围城，离开了想回，回去了想走。

许妍问林泽："那我要去北城了，你自己在这儿跟我爸玩吧。"

林泽选择五分钟打包好行李并预订了两人的机票。

好在北城虽然也在管控，但两个人提供了身体检测证明后还是顺利地回到了奥园的家。

这里好像才是真正属于他们俩的私人空间。

许妍跷着脚靠在床上咬吸管喝着水："你不是喜欢在我家跟我爸下棋嘛，快回去吧。"

林泽不明白她为什么一直故意拿这话逗他，他横着躺在床尾，情绪不知怎么表达才好了，干脆咬了一口她的脚丫子。

许妍："你是狗吗？！"

林泽破罐破摔："可能是吧，你爸不还要打断我的狗腿嘛。"

许妍嘎嘎笑，像只大鹅，毫无形象可言。但她随便一瞥林泽，就能看到他眼神里对她的喜爱。

唉，没办法，姐太有魅力，迷死他了吧。

她前一秒还在臭屁的自恋，觉得自己把林泽狠狠拿捏了。下一秒听说希亚邀请她去宋家吃饭，紧张得走路都要同手同脚。

林泽看她这样，就说不想去也可以不去："是她没有提前邀约的，我们可以改时间下次再去。"

"别别。"许妍觉得那样太不礼貌，好像她有多大牌似的。

刚才希亚给林泽打电话，她都听到了，希亚说宋叔叔不在家，还说有必要的话，宋淼也可以不在家。

人家亲妈为了照顾他俩情绪，都快把家里清场了，她哪能不识趣。

林泽却觉得她是在迁就他，歉意地亲亲她："谢谢你。"

许妍根本不懂他在谢什么，满脑子都在对着柜子里有限的几件衣服做搭配，不知道该穿得正式一点还是休闲一点。

她问林泽，他妈喜欢什么风格。

林泽想了想，拿了一件粉色的卫衣和藏蓝色的运动裙给她，自己则换上同款粉卫衣和蓝色运动裤："她应该喜欢看到我爱的人吧。"

林泽说得没错，希亚并不在意许妍的着装风格，从许妍进门开始就一直对她很友善地笑，宋淼甚至送了她一串鲜花手环，说是和妈妈一起刚给她做的。

小孩鬼机灵，问许妍："许老师，我是不是现在要叫你嫂嫂了呀？"

宋淼是没人注意的时候，偷偷问的。

许妍对着希亚时还有些拘谨，对着小孩要自在一些，点点头："叫姐姐也行。"

宋淼坚持叫："嫂嫂！"

许妍第一次听到这个称呼，觉得又怪又好玩，不去纠正她了，陪着她在茶几上玩咕卡。

而林泽，正在厨房跟希亚聊天。

希亚一边跟煮饭阿姨确认着晚餐食材，一边语气随意地告诉林泽："我并不想逼你做任何决定，但是你那个自大的老爸打电话来，质问我是不是哄骗你留下来，老天，他用的是'哄骗'这个词，太夸张了。"

林泽没想到他爸会给希亚打电话，他爸妈十几年不联系，上次联系还是三年前他计划要来中国的时候，他们对他住所和个人资料的一些商量。

林泽替他爸向他妈道歉："是我没跟他沟通好。"

"没关系，宝贝，你永远不必跟妈妈道歉。不过你真的想好了吗？要留下来？"希亚看了眼门外，许妍跟宋淼正玩得专注，"虽然我尊重你的决定，但也想要提醒你一句，不要为爱情做任何妥协，妈妈就是活生生的例子，一切需要你放弃什么重要的事情才能得到的，都不是好的爱情。

"爱是成就，不是亏欠。"

妈妈说的话，林泽认真听进去了。然后他点头："是的，所以我不能自私地让她抛下所有跟我走啊。"

希亚一噎，她这儿子，想不到还是个大情种呢。

晚餐十分丰富，希亚也没有问许妍任何让她尴尬的个人信息和家庭情况，只是顺着她的话头做一些延展，聊聊自己喜欢的音乐剧，教一点种花的小妙招，推荐她回沪市以后可以去吃哪家的招牌蟹面。

吃完饭，希亚还起哄让林泽表演一曲。

许妍惊讶地看林泽，她从来不知道原来他也会弹钢琴。

林泽被母亲和妹妹催促着进了琴房，在钢琴上试了几个音，翻开琴谱看了看，吸了口气，开始弹琴。

他弹的是《致爱丽丝》，不算是特别难的曲子，还弹错了几个音，但许妍还是觉得这场景难得一见，拿手机录了下来。

林泽弹完，抬头看见许妍手里的手机，站起身来要看："许老师是要录下来给我做指导吗？"

许妍笑眯眯地收起手机，不给他："对。"

林泽大手抓过宋淼的胳膊，把她按在琴凳上："宋淼来弹弹最近学的曲子吧，蹭许老师一节课。"

宋淼垮下小脸，她招谁惹谁了啊。

气氛愉快的家庭时光结束，他俩告辞回奥园。

许妍的心情已经和去时完全不同了，她说了好几遍："我喜欢和你妈妈待在一起的感觉！喜欢这种家庭氛围！"

起初林泽只是应一声，后来他忽然对她说："这并不算是我的家庭氛围，我也没经历过几次，我想今天这么开心，是因为你。"

许妍"啊"了一声。

林泽："是和你在一起以后，我才经常感到开心，许妍。"

他亲她的时候她都能处之泰然，他说这种话，她却要狠狠地不好意思了。

许妍手腕上的花环散发出茉莉花香气，充盈着密闭的车厢，更显得浓郁。

林泽等红灯的时候看了一眼她的手环，告诉她为什么希亚会忽然喊他们来吃饭。

许妍的心悬起来，又落到谷底似的："哦，她觉得你回北美去对你的发展更好吗？"

林泽："她没这么说，只是问我打算怎么做。"

许妍看向他。

绿灯亮了，林泽发动车子，眼睛看的是外面的路，话却是说给许妍听："为什么你没问过我呢？"

许妍没说话，没想好怎么说。

林泽好像是笑了笑，说的话有些无奈："是因为完全信任我，不论我做什么决定都会跟着我。还是说，已经做好了准备，如果我选择得不对就随时抛弃我呢？"

"当然不是！"许妍的否认脱口而出。

可要她解释怎么个不是，她又词穷了。她的大脑飞速运转，思考该如何跟他说清楚，她没有想要"抛弃"他，甚至她才是那个担心被"抛弃"的角色才对。

心里想事想得太过专注，都不知道什么时候就到家了。

林泽熄火，先下了车。

许妍看着车窗前他的背影，后知后觉推开门追过去，牵他的袖子。在说正事之前，她先控诉他："为什么没给我开车门？"

平时不管上车下车，他都会给她开门。

林泽低头看她一眼，说了声"抱歉"，他只是心里憋着气，还有为她这半路沉默的心慌。他不想和她吵架，所以在自己忍不住发火之前想找个地方自己静静。

许妍看他又大步流星地向前走了，都没拉她的手，气得在原地停下，跺脚："你这哪里有一点害怕被抛弃的样子！"

林泽步子一顿，转身走回来。

他去拉她，被她甩开："别碰我！我不回了！"附近院子的声控灯都被她喊亮了。

林泽一把将她扛到肩上，快步走向楼后面的家里："这么喊叫，不丢脸吗？"

许妍捶他的后背："丢就丢吧，我老公都要丢了。"

林泽听到这个称呼，心里一颤，她从来都没这么叫过他。他心里烦乱，表情却因为这声"老公"不自觉地愉悦。

林泽单手抱着她大腿，空着的那只手拍了她一巴掌："胡说。"

他把她扛进家门，放下。她脱了鞋子以后跳到鞋凳上，居高临下地看着他："林泽，我们谈谈。"

林泽把她的鞋子放进鞋柜里摆正，仰头看她："好。"

他们这样对视着。许妍忽然扑到他怀里，紧紧搂着他，根本不用谈，她的心思难道不是都写在脸上吗？

她收紧手臂，再也不能和他贴得更紧了，一丝空气都挤不进去。

她要在一切对话发生前先表明立场，用她想了一路的最朴素的话告诉他："你说什么抛弃呢？我怎么会不要你？你这么好，我爱都爱不过来！"

够了。

其实有这句话对林泽来说就够了。可他大概是在她的爱里也变得傲娇，贪心地想要更多保证。

他听了她的话，淡淡地反问："是吗？我以为你又会像在希腊那样，只是随便爱我一下，不想爱了就消失。"

许妍被戳到痛处了。那次确实是她色迷心窍，给人家留下了不负责任的轻浮印象。

不知道怎么解释的时候，亲吻就是最好的逃避方式。许妍手臂攀上他的脖子，啃他嘴巴，让他不要说了，不要再翻旧账，她不想听。

林泽开始还躲避了几下，后来被她缠得厉害，推又不能用力推，索性就跟她亲了起来。

他俩外套都没来得及脱，亲着亲着觉得热，边往里面走，边把外套脱了扔在玄关地上。

乱糟糟的。

气氛忽然就变暖昧了。

在许妍把林泽扑倒在沙发上之前，林泽扣住了她的手，将她推到自己一米线外。

他眼睛有些水润，脖子上也一片红晕，像是喝醉了酒。

只是他不想错过今晚这个开诚布公、坦白心迹的机会。

所以他把勾人的小猫按在了沙发上，自己坐到了茶几对面的地毯上，和她隔着一张茶几对话。

林泽："你想先听我说，还是你先说给我听。"

许妍摇头，她不知道怎么选。

她的"怕"，其实早就从"他会离开"变成"他为她丢了前程"，这是个纠结的命题，不管怎么选，她都觉得难受。

林泽替她做出选择："那就听我说。"

他第一句就表明了态度："我不会再打冰球了，我已经决定了要退役。

"这不关你的事，原本我也没想要一辈子都打冰球，职业运动员的黄金期是有限的，我从六岁开始打比赛，今年二十六了。二十年都在干这一件事，我认为我已经足够尽力，也已经过了我的巅峰状态，正在走下坡路。

"当然，我也可以费力地去维持状态，但我觉得每个人生阶段都有合适的节奏，而我现在最好的选择就是离开赛场，进入我人生的下一个阶段。"

哦，原来他是这么想的。

许妍觉得自己心里的大石头轰然破碎，碎成齑粉，太好了，他再有什么计划都无所谓了，他说是他不想打球了，那样即使他留在中国开个餐馆卖沙拉她都不会觉得有负担。

但她还是老老实实地盘腿坐着，听他继续讲他的计划。

接下来，林泽又把自己打算去沪市读 MEM 的详细学习规划说给她："之前上了半年课，有些课程我觉得挺有意思的，我可以半工半读。"

许妍有点佩服他，也有点羡慕他。她读研都是考虑提升学历后对工作有帮助，而他学习真就是为了兴趣和喜好，完全是自发的。

那么，与"半读"相配合的"半工"，是他要组建一个少儿冰球俱乐部。

林泽才说到这里，忽然发现她像只高高翘着花尾巴的雄鸟，爪子得意忘形地抬起又放下。

林泽忽然有些后悔，他刚才不该沉不住气，一股脑把这些计划都说出来的。他原本还打算让她尝尝"忐忑不安"的滋味，作为她不信任自己的惩罚。

是的，林泽一早就觉得她对自己不够信任，不信任他对她是完全无保留的爱。

可是真的话到嘴边了，他却舍不得说一句谎话，更别说让她难过了。

他的停顿，让许妍忍不住催促："然后呢，开一个少儿俱乐部，然后你要当教练吗？你不是说不想打冰球了吗，怎么还要从事这方面的工作？"

"我不做教练，我会组队，运营。"林泽纠正她的说法，"我只是认为自己不再适合打职业联赛，对冰球这项运动并没有偏见。"

冰球给他带来了很多，也已经成为他生活的一部分，他很难跟冰球彻底划清界限，只能说他的运气比较好，没有浪费多少时间就找到了更适合他的道路。

这还要归功于叶斯的鼓励。

叶斯作为比林泽还大十岁的老将，依旧保持着高昂的竞技状态，甚至续约了北城俱乐部的合同，要在下一届的冬奥会上继续为国家争光。

在体育学院集训的时候，有天林泽跟叶斯提出自己冬奥之后想退役的打算。

叶斯建议他可以再打两年，觉得他的状态是可以稳定住的。

林泽那时摇摆不定，没有给出答案。

后来跟他们关系不错的一个本土球员大王，也感觉林泽情绪有些低沉，就跟他讲了自己学冰球的经历。

他是最为"纯正"的那拨本土球员，没有去外国学过球、打过联赛，从小都是在国内学，在北方的寒天冰地上学会打第一个"出溜滑"。

这些本土球员在外教和归化球员的带领下，是集训期间进步最为迅速的。所以大王从不会觉得被"关"在这里有什么不好，他像一棵被移植到丰沃土壤里的小树苗，铆足了劲吸收营养和水分，让自己更快更壮地成长。

然而参天大树不是一日长成的，尽管大王相对于自身成长显著，但依旧无法与队里那些归化的球员，尤其是非华球员的能力抗衡。

正式比赛依旧是以归化班为主力，本土球员上场时间寥寥，几乎是凑数打酱油的。

大王羡慕林泽："咱俩一样的年纪，你已经打够了，我大赛的上场时间加起来没有你一场多，我打不够。"

大王的话触动了林泽。

叶斯曾经说，他希望未来有孩子因为看了他的比赛，走上冰球的赛场。

可仅仅是走上去没用，怎么走，怎么教他们走得更远，或许这是他可以去尝试的。

中国有句老话，"授人以鱼不如授人以渔"，归化球员离开以后的球队建设，新生代后续力量的补充，这才是更为长久的大计。

林泽不敢保证自己能做成多大贡献，但试试总比不试强，他有这个能力，也有这个财力。

许妍听完了他所有的计划，拍着巴掌露出崇拜的表情："你好厉害啊，你都有这么棒的计划了，为什么不早跟我说呢？害我一直担惊受怕！"

林泽的计划也是最近才成型的，他想把方方面面都考虑好，当然，如果许妍早就问的话，他也会愿意分享他不成熟的想法。

林泽："担惊受怕，你有吗？"

许妍："我当然有！我为了你的事茶饭不思，天天失眠！"

"哦。"林泽转过头看着墙壁，不让自己笑出来，又转过来看她，"这样。"

"你这是什么态度啊！"许妍从沙发上站起来，踩着茶几跳到了林泽身上。

他接了她一把，就被她赖上了，拱着他要他抱，还振振有词地说："我这没了心理压力，突然感觉好空虚，快来，抱紧我。"

她要想哄他开心，总是几句话就能达成目的。

林泽把她抱回沙发，拥挤的坐垫上连转身腾挪的地方都没有，只能窝在一个位置就着一个姿势拥抱，把连日来的不安都让汗水洗刷干净。

许妍的脚后跟不知何时撞到过茶几边缘，磕破了一层皮，而今那道伤口正好就蹭着沙发套的拉锁上，一动就疼，一动就疼。

这种疼在可以忍受的范围内，许妍舍不得这温馨的气氛被破坏，没说。

他们抱在一起亲吻，而后依偎着平复激烈的心跳。许妍感觉神清气爽，手指在林泽的手臂上弹琴，弹的正是他晚上弹的那首《致爱丽丝》。

安静的夜晚，林泽认真感受她手指滑动，终于发现她反复在弹的是自己弹错音的那两个小节。

林泽笑她："许老师，真是个认真负责的好老师。"

许妍停手，仰起头，亲了一口他的下巴，那里好像已经有新冒出头的胡茬。

她说："嗯，我会对你负责的。"

虽然已经是春天，客厅里还是有些凉，林泽把许妍打横抱起来带回楼上。动作的时候又蹭到了她脚上的伤口，这次她喊了疼。

林泽把她放到床上后，开大灯，抓起她脚踝看清了她的伤。

他皱了皱眉，去找医药箱，先给她涂了碘伏，再把已经蹭掉的皮剪断，最后用块纱布把脚包上。

许妍看着他给自己脚踝缠了一圈又一圈的纱布，觉得他太小题大做，一块创可贴就能搞定的事，何至于此。

林泽却先来问她的罪："为什么不说？刚才就疼了是不是？"

许妍："也没特别疼。"

林泽却不依不饶："以后哪里不舒服，有问题，请立刻告诉我。"

他真的想要她完全对他敞开心扉，想要和她相濡以沫，做对最普通最快乐的夫妻。

林泽逗小孩一样，给她脚上绷带系了个蝴蝶结，又用记号笔画了个鬼脸。

他向她保证："许妍，在我这里，你的感受永远是排第一位的。"

沪市的封控持续了两个多月，终于在夏天来临的时候解禁。

许妍已经在奥园上了很长时间的网课，并在隔壁大爷的指导下扦插了一苗圃的仙人掌。

"这样我们就不用担心不在家的时候花干死了！"

林泽看着这些扎人的家伙，夸许妍的主意精妙："看起来还有保家护院的功能。"

许妍怀着不切实际的期望告诉他："这个还能结果呢，听说仙人掌果很好吃，不知道它能不能自己争气点，结点果。"

林泽觉得她有些过分了，这些仙人掌能自己活下去就很不错了。

希亚又邀请过许妍两次，让她去吃下午茶，她是直接给许妍发的消息，没提林泽。

许妍便不知道要不要带林泽，她脑洞大开："万一你妈是想给我开个五百万的支票让我离开她儿子呢？"

林泽："如果是这样，你会接受吗？"

许妍摇头："我不，你给的钱更多，不合算。"

林泽较真了："如果她给你更多，或者我破产了呢？"

许妍摸摸下巴，在他表情要变凝重之前，拍了拍他的肚子："保持好身材，我考虑多养你两年。"

她最后还是带着林泽一起去宋家，希亚其实没什么事，想要找她一起逛逛街做做美容的，但是看她总要拖着个"小尾巴"，便不再经常喊她了。

许妍见希亚不再热络地约她，还有些不安，问林泽自己是不是让他妈不高兴了。林泽了解希亚的性子，他安慰许妍说没关系，反正她们未来也不需要一起住，逢年过节吃个饭就好了。

这听起来是很惬意的婆媳关系，许妍想的却不是自己："你会不会想多跟她见见？"

其实她想说，如果自己和希亚的关系更好一点，希亚会不会更爱林泽一点？这逻辑有些离谱，但许妍总觉得林泽是个小可怜，有那么多陌生人喜欢他爱他，反而是最该亲近的家里人，给他的爱总有隔阂。

林泽板着脸看她，许妍立马领会到他的意思，背着手学他的语气："许妍，在我这里，你的感受才是第一位的！"

她说完，立马"嘻嘻"笑着去挂在林泽胳膊上："我知道了，知道了，这不是第一次做人儿媳妇嘛，下次就有经验了！"

她故意说些逗他玩的话，可他不气也不笑，她就自己觉得没意思，不开无聊玩笑了。

她装没事人了，林泽倒觉得好笑了，他又用捏小猫的姿势捏她脖子，让她抬眼看着他。而他无奈地对她笑："我在想，如果我们的孩子像你这么淘气，我一定拿他没办法。"

许妍："你会打小孩吗？"

林泽："我不会打小孩。"

许妍："你骗人，你以前也说不会打我的！"

林泽："那不算。"

许妍："到时候你打小孩，也会说，打屁股不算！"

他俩为了一个根本还不存在的小东西的教育问题争辩起来，最后林泽投降："你说得对，那么，除了打屁股之外，都不能打，如果小孩告诉我他不喜欢被打屁股，那我也不会打。"

这话太绕了，许妍想了一会儿才想清楚，然后恼怒地去咬他："我也没说过我喜欢被打屁股！"

许妍冷哼一声，这个话题结束，他们一起准备晚饭。

做的是苹果派。

林泽走到她旁边，戳了一指头她涂在饼底的苹果酱，送到嘴里，酸甜的。

许妍骂他："你手脏！别乱碰！"

他明明刚洗的手，一点都不脏。

林泽低头，又蘸了些果酱，这次涂到了她嘴上。

她以为他要来亲她，可他只是涂完就回去择菜了。

许妍不懂他什么意思，自己伸舌头把果酱舔干净，然后又凑到他旁边问他："什么意思？"

林泽："什么意思？"

许妍："是我问你什么意思！"

林泽："我没什么意思。"

许妍抱着手臂："呵，我看你挺有意思。"

他们用博大精深的中文进行了一些没深度的对话，打打闹闹地做一顿饭。

他确实没什么意思，只是招惹了她让她围着自己转而已。

她最有意思。

快放暑假了，许妍没有立刻回沪市，一方面她还在观望最新的政策，另一方面，她在申签打算暑假和林泽回加拿大。

他们落地后，林泽带许妍去的是他爷爷奶奶家，林泽他爸再婚后，林泽更常住的就是这里，他的房间宽敞明亮，一应家居用品都很齐全。

许妍在视频里跟林泽奶奶聊过天，这次来还特意戴了奶奶送她的那个金手镯，嘴也甜，"奶奶好厉害"不离嘴，住了没几天，两只手已经戴满了从林奶奶那儿得来的各种手链镯子。

林泽笑她是"小偷"："把奶奶的家底都掏空了。"

许妍只跟他独处的时候就露出来懒散的样子，瘫在床上不好好坐，跷着脚丫让林泽给她涂指甲油。

林泽捧着她的脚很认真地涂着，涂完一层，吹吹干，再覆盖上一层。

她被他吹得脚心痒，咯咯笑得打滚。

"别乱动。"林泽手里的刷子歪了出去，他赶紧拿纸巾把涂坏的地方擦掉，重新上色。

他跟她说自己要去见他爸的事："你要一起吗？还是说你可以跟爷爷奶奶单独在家。"

许妍想也不想地说："我留在家！爷爷说带我去钓鱼！"

林泽："好，我最近可能要见他几次，俱乐部的事我也需要跟他请教。"

许妍这次多问了一嘴："你去办公的地方见他吗？那你会去家里见他吗？他知道我也在吗？"

林泽："都会去，看他方便。你刚来的时候奶奶就告诉他了，奶奶很喜欢你，忍不住炫耀。"

许妍换一只脚给他涂，点头，不害臊地自夸："确实，我招人喜欢，没办法。"然后想到林泽爸爸知道自己也在，不去拜访是不是失礼的问题，"我还是不想去，我害怕他，而且他也不喜欢我，我以后也不怎么有机会见他吧？我可以不去吧？我现在还只是你的女朋友，我们还没办婚礼呢！对吗……"前面还挺理直气壮，自己越说越觉得不太占理，不自信地反问了。

林泽却点点头："你说得对。"

许妍发现自己好像被林泽惯得越来越随心所欲了，她都不敢想，要是他俩有个小孩，得被林泽宠成什么娇纵性子。

她跟林泽说："那为了不跟你爸见面，我们干脆永远不要办婚礼了，一直假装未婚好了。"

林泽依旧点头："好。"

许妍这话纯属天方夜谭，她爸就不可能同意她"没名没分"地跟林泽在一块。

可是林泽这么爽快地答应，许妍又要挑他的刺："你是不是根本没计划要怎么跟我办婚礼？你对我一点都不上心！"

林泽才刚给她脚趾的大拇趾画了颗粉色的爱心，就被扣了这么一顶罪名，他把指甲油瓶子拧紧放好，跪坐到她身边，撑着身子在她上方："我对你还不上心？"

许妍："对，你不上心！"

林泽被她呛到，侧着头咳嗽，然后笑着歪倒在一边。

许妍踢踢他的腿，脚上的指甲油还没干，红色的底油蹭到了他的裤子上，她的心形图案也被磨坏了。

她倒打一耙："你的裤子蹭坏我指甲了！"

林泽看了一眼，又躺回去："一会儿重新帮你弄。"

这本是午休时间，印象里冰雪覆盖的温哥华却也有炎热的夏季，干燥的空气被阳光晒得滚烫，房间里暖洋洋的。

林泽想到许妍说要跟爷爷去钓鱼，便提起了他的轮船："这一两天船应该就能维护好了，到时我带你去海上捞鱼虾，现烤着吃。"

许妍没忘了他说过的海上烟花，提醒他："还有烟花节！"

林泽当然记得："问过了，今年会办，我们去看。"

那场景自从林泽说过以后她想象过很多次，甚至被大数据琢磨透了她的所思所想，还给她推送过相关视频，她忍住了冲动没点开，想把最好的感受留到现场。

许妍掰着指头跟他说："还要喝香槟，还要在甲板上跳舞！"

林泽："好。"

她的脚一直乱蹬，指甲油在他裤子上越蹭越乱，最后他用腿夹住了她的脚踝，不让她乱动了。

林泽头埋到她颈侧，哄她："许妍，睡一会儿吧，一会儿爷爷奶奶要醒了。"

许妍真就安静下来。

没过多久，她听到他的呼吸声，他居然这样靠着她睡着了。

在异国他乡，完全陌生的房子里，因为身边躺着的是林泽，许妍竟生出来一种自己在这里已经生活了许多年的错觉。

就像很久很久以前，在去往圣托里尼的飞机上第一次见到他，他们就在彼此眼中感受到了同频共振的欢喜。

或许人跟人的缘分真的难以说清。喜欢的人，兜兜转转终会来到你的身边。

刚来温哥华的那个夜晚，许妍睡不着，曾经跟林泽探讨过一个问题，为什么童话里的爱情故事总是结束在王子公主的婚礼上。

"是因为婚后过得一地鸡毛，爱情逐渐消失吗？"

林泽无法解答，他只有他自己的爱情这一个样例："可是我很喜欢和你的一地鸡毛，我憧憬的就是这样简简单单的日常，你符合我对爱情的一切认知。我爱你，许妍，从你吻我的那一刻起，我就只爱你。"

他们不是先婚后爱，他们是因为相爱才走进婚姻，然后在这份忠贞的承诺里，等待彼此，守护爱情。

窗外有只胖嘟嘟的小鸟正在拿尖尖小嘴敲击玻璃，看着有些傻气。

林泽被这声音吵醒，机警地坐起来看了一眼窗户，又躺回去。

这里不比国内安全，他以为自己梦中听见了枪响。

这次他把许妍抱在自己怀里，枕着自己胳膊，闭着眼拍拍她的背，胡乱说着话："睡吧宝贝，别再想了，会带你去看烟花的。"

许妍抿着嘴偷笑。

她相信他们的故事不管多长多久，浪漫或平淡，都只与爱情有关。

许我一吻

番外一

毕业典礼

读书的日子总是叫人沉溺，一晃，又是毕业季。

许妍穿着硕士服跟老师和同学们合照留念，摸着校门口写着校名的大石头，感慨良多：要不要给校长信箱写信提醒一下，把这块石头修复修复，都被摸秃了呢。

拍完照片，她没再进去，站在门口等林泽，他刚坐飞机从北城飞过来，来参加她下午的毕业典礼。

校门口这条路今天特别堵，三个保安大叔站在路边指挥交通，告诉那些开车来的学生亲友把车停到附近的商场。还有很多出租车司机，正不耐烦地频频把头伸出来，对前面挡路的车挥手吆喝。

许妍想，这如果不是在内环，恐怕已经喇叭声震天响了。

许妍给林泽发消息，告诉他路况拥堵，让他提前一个路口下车，走过来。

她才发了没多久，就看到林泽出现在马路对面的拐角。他穿着短袖衬衣，手里拖着个小号的差旅行李箱，站在斑马线上等红灯。

许妍对他挥挥手，他隔着老远对她笑，绿灯一亮，他就拖着行李箱跑了过来。

许妍用手当扇子给他扇风："你跑啥，过马路要看车，不要跑。"

林泽正了正她的硕士帽，把流苏理顺到一边，说："知道了。"

两人手拉手去汇报厅，到厅门口的时候分开，她要去单号座，亲友观礼去双号座区域。

许妍他们班分到的位置很靠前，几乎就在校领导和特邀嘉宾的座位后面。而在一众头发花白甚至头发消失的老艺术家中间，有一个坐姿挺拔且穿着时尚的身影——特聘教师路英奇。

很多学生都在偷偷拍他，有许妍的同学还记得多年前的绯闻，八卦心爆棚地看向许妍，甚至想撺掇她坐到路英奇后排的位置上。

许妍装作听不懂，忽略不计那些话，不予回应。

倒是路英奇忽然回了个头，视线扫过许妍这边，看见她也没什么表情。没一会儿给她发了条信息：一起晚饭？

对话框显示，他俩上次的聊天记录还是过年的时候，他给她发了自己的拜年表情包，她回了个"过年好"。

许妍刚想发"不去"，转念一想，又删掉，退出来给林泽发：路英奇约我晚上吃饭。

林泽秒回：不去。

许妍看着一模一样的两个字，有点想笑，情侣在一起时间久了好像说话方式是会越来越像的，但她还是又劝了他一句：一起呗？

最近林泽在北城的少儿冰球俱乐部已经筹备得差不多了，正是宣传阶段，许妍看他两头跑得都瘦了，有些心疼。

要是能借路英奇的势，替林泽的俱乐部打打广告，也是个不错的机会。

"前男友"送上门了，她虽然宰一刀但还送顿饭，也不算亏待他对吧？

许妍的要求林泽大部分都不会拒绝，所以他对"一起呗"的回复是：好吧。

于是许妍便给路英奇发：晚上巴朵订了餐厅，一起啊。

路英奇：OK！

巴朵确实订了餐厅，她今天本来也想来的，但是有个活动她得去参加，工作没法推掉，只好晚上陪许妍吃饭庆祝。

典礼已经进行到了宣布特聘教师的流程，路英奇上台发言，感谢学校给予的机会，表示会做好定向班毕业生的就业指导工作，不辜负学校和社会的期望。然后他跟定向班的十五个本科生进行了拜师仪式，合照留念。

从路英奇上台开始，就有"长枪短炮"对着他猛拍，许妍感觉自己旁边的几个人都快要把手机戳出个洞来了。她只看了路英奇一眼，就低头玩起了手机，给林泽发消息：没你帅。

林泽：我没问。

许妍：装什么呀，心里指不定怎么烦躁呢。

林泽：我没有。

许妍：那我可就说实话了。

林泽：你说。

许妍：真没你帅。

许妍猜他现在一定很得意，如果她在旁边的话，他说不定还会捏捏她的脸。

本科班的流程走完，轮到研究生。

原本许妍是被老师推荐作学生代表上台发言的，可是她得知路英奇被邀请并且也要上台发言后就拒绝了，她不想再跟他被人误会什么。

人的感情就是这么复杂，她愿意跟他当朋友，也有自己的小心思想要"利用"他，但却不想跟他有任何感情上的纠葛，哪怕是狗仔们臆想出来的纠葛。她只希望从此以后她的名字，永远和林泽绑定，不仅限于大大小小的证件。

不做发言的毕业生代表，也不是什么特别可惜的事。因为这样的履历虽然写进简历里很加分，但她这根"老油条"早就在毕业前争取到了留校任教的资格，可以继续当她的"小妍老师"了。

既然如此，不如就把机会让给更加需要的学生吧。

拨穗环节，许妍和全班一起上台，领了证书跟校长握手、合照。她站在台上，原本灯光太亮，台下的场景是看不分明的。

但林泽却是比灯光还亮眼的存在，他那个不大的行李箱里居然还装了鲜花，此刻他就站在她下台方向的台阶下面，手捧着鲜花等她。

也有其他亲友在给毕业生献花。只是林泽的外形条件突出，让人忍不住多看两眼，再然后，就有人认出了他。

许妍拿着没有内页的证书封壳扑向林泽怀里，接过他送的花，还被他揽着腰亲了一口。

她不太好意思，用花砸了他胸口一下："有人看！"

林泽："嗯，就是要给人看的。"

许妍想，他干脆直接点名路英奇好了。

典礼一直到快傍晚才结束。

路英奇比学生早一些退场，但却被围着拍照签名停留了好久。

许妍换好了衣服，看到他还在大堂里跟学生互动，便跟林泽先走一步去坐地铁。

晚高峰的地铁也够吓人的，可总比堵在高架上蜗牛爬要好一点。

林泽一手拉箱子，一手牵许妍，像个刚下班的男人，来接他同样刚下班的女朋友。

他俩等到一列不那么挤的车次才上车，空座位是不指望了，他们站在车厢连接处，林泽拉着拉环圈出来一小片空地，这样许妍可以倚靠着车厢壁而不必跟其他人贴在一起。

许妍的左手抬起抓着林泽的手臂，右手单手玩手机，去看了看学校毕业典礼的实时广场，果然看到了路英奇的视频和照片刷屏。

顺带着，也看见了自己。是她在台上拨穗的时候，路英奇举着手机拍她的照片。被人拍他的时候一起框了出来。

许妍撇嘴，她都不确定是路英奇真的这么闲还是被人 PS 的。

林泽原本是抬着头看播报字屏的，一低头，看见许妍的表情，就猜到她正在看评论。

"不看了。"他用膝盖碰碰她的腿。

许妍听见了抬头看他，拿起手机给他看："我在看这个，这谁拍的啊，把我拍得那么丑！"

林泽看清了屏幕上的是他亲她的照片，她当时在笑，但又有些嫌弃他肉麻的样子，表情看起来是有点搞笑，双下巴都出来了。

林泽违心地硬夸："挺好看的。"

许妍翻了个白眼，用自己膝盖撞回去："我没有质疑我的美貌，我质疑的是拍照这个人的水准！"

林泽立刻点头："是的。"

列车到站，林泽几乎是揪着许妍在自己胸前，环抱着她在人群里挤下了车。

一出站，连空气都变得宽松起来。

路英奇给许妍打电话，说他才出发。

许妍："没关系，你慢慢来，我们先吃着。"

路英奇："……你倒是客气一下，让我来说这句话。"

许妍又跟他说了几句，挂了电话。

旁边的林泽不知何时把手插进了兜里。他喊许妍："虽然我很高兴你对他的无情，但我好像也不喜欢你跟他那么随性地开玩笑。"

许妍："我没啊。"

林泽："你有。"

许妍："你看，我们上次联系还是过年。"

林泽："我不看。"

他嘴上说着不看，眼睛却飞快地瞄了一眼她的手机，被她捕捉到了。

许妍去挽他的胳膊："你要吃醋也吃点好的好吧，你还不如担心我那些师弟有没有威胁呢，跟个老男人较什么劲。"

林泽："人都会老，我过两年也会变成你口中的老男人。"

许妍有点生气了："今天我毕业，你非要扫兴吗？"

林泽也有点生气了："今天你毕业，你非要和路英奇一起吃饭吗？"

许妍："我是为了跟他吃饭吗？我那不是为了谈谈合作，让他给你俱乐部唱个主题曲做个推广嘛！我为了谁啊？狗咬吕洞宾！"

她说完，把手抽出来，愤愤地走了。

林泽愣了一下，反应过来就立马追了上去。

许妍听着身后的脚步声和行李箱轮子滚动的声音越来越近，心里默数一二三，想着数到十他还不道歉的话，今早就睡书房去吧！

数到五的时候他开口了。但是好像和她想的不一样，他说："汪！"

这太离谱的声音让她不禁停下来，转身看看是不是他发出来的声音。

林泽赶紧去拉她的手，十指相扣，她挣不开。

林泽道歉："我是狗，别生气。"

许妍冷哼一声。

太阳还没完全下山，路灯刚刚亮起，一些斑驳的树影在地上摇摇晃晃。

林泽站在那影子上，说着可怜又可笑的话，让许妍一瞬间就心软了。

他总是这样，一示弱，她就没办法。明明她看到过他工作时的状态，和无辜可怜半毛钱不沾边，强势得很。

她晃了晃和他交握的手，就这么原谅了他。

"你就是狗！"

"嗯，我是，你也是。"

"你找骂？"

"嫁鸡随鸡，嫁狗随狗，是这么说的吧？"

两道追逐打闹的人影被路灯拉长，笑声淹没在过路汽车的引擎声里，今天这座钢铁森林里又多了两只快乐的傻狗。

番外二④

烟花烟火

每年夏天，林泽都要带许妍去温村的海上看烟花大会，今年也不例外。

与往年不同的是，今年许妍毕业了，这个暑假她不再无忧无虑——许老师需要时不时参与到学校的工作中去。所以她有点迟疑，是否要取消今年的烟花之旅。

没想到一贯唯她是从的林泽这次反常的强势，给出的理由也很生硬："不行，我的船要跑跑，不然就要坏掉了。"

许妍疑惑地看着他，只见他扭头走了，嘴里只会念叨那句："不行，要去，每年都去，今年也要去。"

又过几天，他翻找出许妍的签证催她去办续签，还拿"爷爷奶奶想你了"这样的话道德绑架她。

许妍虽然有时候神经大条，可有时候又很敏感机灵，她无心随意地问了句："你不会是想要在船上向我求婚吧？"

她本是带着点戏谑的语气问的，问完却眼尖地看见林泽耳朵红了半边。许妍惊讶地瞪大眼睛："真的啊？你是这么打算的？"

林泽："我没有。"

他对她撒谎的时候语气从来都不自然。许妍越发确定了自己的猜测，说不上来是喜悦还是滑稽地想笑，追着林泽逼问："你都策划了什么？只是看烟花吗？要单膝跪地那样求吗？有大钻戒吗？有别的才艺展示吗？"

她每多问一句，他的耳朵就又红上几分，好像她说的那些都确有其事一般。最后林泽有些羞恼地捂住了她的嘴："够了，许妍，你不想去就不去吧，我也不是一定要去。"

他这样吊人胃口，许妍可不干了，拿着她的证件就要去加急办理："去，当然要去，不能糟蹋了你的一番心意！"

可等他们真的到了温村，林泽却又表现得过分平静了，许妍怀疑自己是不是自作多情了，其实根本就没什么求婚仪式。

说来他俩先领证后恋爱这么多年，双方家里也早都见过面接受了彼此的存在，就连林泽的那个"大魔王"亲爸也没对许妍提出过任何异议，对儿子的婚恋表现出充分的尊重态度。

他们就这样相守在一起，尽管因为学业和工作偶尔要分居两地，但更多时候都是在双向奔赴，是确信无疑的爱意。

许妍也已经习惯了这样的生活方式，好像日子就应该这样细水长流下去，而在那些平凡普通的日子里，林泽时不时制造的小惊喜小浪漫便足以满足她对爱情的全部期待。

可是现在她觉得，总归是少了一点什么的。

一点共同生活的仪式感。

当初许妍要隐婚，要瞒着不给林泽一个身份。现在他终于想给自己正名了，把人哄来了加拿大，却又好像什么都没准备似的。

他那张嘴被上了锁，任由许妍怎么盘问都不透漏分毫，再问就是"我没有想要求婚，你猜错了"。

气得许妍都想一走了之了，看他还怎么演这出独角戏！

当然，也只是想想而已，她百爪挠心地就为了看个现场，怎么可能让女主角缺席。

终于等到烟花大会开幕的日子，傍晚，他俩开船出海，停在观景位置后共进晚餐。

许妍原本还躁动忐忑的心，在坐进船舱的瞬间就被抚平了。她忽然觉得自己很好笑，该紧张的人是求婚的那个才对吧。她甚至恶趣味地想，等林泽求婚的时候，她要先拒绝他，让他也体会一把心慌意乱的感觉！

许妍的脑子里想着狗血无聊的戏码，嘴角不自觉地就翘了起来。

林泽剥好虾肉放到许妍盘子里，看到她得意的表情觉得可爱，一边用湿毛巾擦手，一边戳破她的小心思："你不会在想要拒绝我的求婚来气我吧？"

许妍吓了一跳："我刚才说出来了吗？"

林泽笑出声："知道了，那我就不求了。"

"不行！"许妍脱口而出，带着一丝真心实意的愤怒，"你如果再不求，那我保证，我以后也不要答应！"

林泽还是笑，他站起身，走到许妍身后，弯腰从背后环抱住她的肩膀，下巴垫在她的发顶："是我错了，别生气。"

他抱住她的时候，她的气已经消了大半，但又有些委屈："你干吗啊，到底要不要求婚，这样吊着我有意思吗？我不开心了，我不喜欢这样。"

林泽松开一只手，从自己裤子口袋里掏出来一个蓝色小方盒，单手打开送到许妍面前："谢谢你愿意嫁给我。"

刚才还在说自己生气的女人，看着桌子上的小盒子，尽管是在漆黑的夜色里，也在零星的灯光下看清了盒子里璀璨夺目的钻石戒指。

她不自觉就咧了嘴。

许妍掏出手机，不是要拍照，是打开手机电筒照在戒指上，更仔细地观看这浮夸的鸽子蛋每个切面的光泽。

在人类还保留的各项动物本能里，喜爱亮晶晶的物品一定有一席之地。

许妍已经忍不住拿起戒指自己戴在了无名指上，观赏了一会儿才想起来这是什么场合，又嘟着嘴转头看身后的林泽："就这样？"

"啊。"林泽故意曲解她的意思，"不喜欢这个款式吗？"

许妍期待了那么久的仪式感，到头来只换了个大钻戒，心里又开心又气愤，矛盾的情绪交织，让她也不知道该做什么表情了。

她把戒指摘下来，塞回盒子里，抱着手臂说："对，不喜欢，太小了，不满意。"

林泽"哦"了一声，把戒指盒子扣上，又揣回了口袋里："那我明天带你去店里挑。"

没等许妍发火，林泽笑着退后两步，拉开船舱窗户外面的一盏灯，仿佛是一个信号，许妍听到了窗外传来管弦乐队的声音。

她看了林泽一眼，对上他的笑容，有些恍然，推开他撒腿就跑上甲板去。

船只因为她脚步太重而轻微晃了晃，许妍连忙扶着栏杆，走到空阔的甲板上，转着头四处观望。

在她的右手边，一艘船上坐着一个乐队，正在演奏《小夜曲》；而她左手边的那艘船上，站了两个套着玩偶服的演员，是她喜欢的动漫形象，正在随着音乐翩翩起舞。

这还不是重头戏，在玩偶服演员的背后，有几个西装革履的小伙子正在操作控制无人机舰队，许妍一抬头，就看到了天上飞舞的队列。

那些发光的无人机排成的图案和字样像是像素画，第一幕拼成的是"XU YAN"和一个女人的头像，有点像她。

很快无人机又变换队列，变成了"MARRY ME（嫁给我）"和一束玫瑰花。

许妍捂着嘴，惊奇地看着无人机炫酷的表演，她好像听到了海上不知道哪个方向传来的口哨声和欢呼声，那是路人的祝福。

烟花在远处炸开，和盛大无垠的海上烟花相比，无人机的阵仗便微不足道了，它们整齐划一地退场，留给观众们观赏烟花的空间。

许妍扭头找林泽，他就站在她的身后，在她转身时单膝跪在她面前，从另一个口袋里又拿出一个盒子，这次盒子里有两枚戒指，不似之前那个钻戒夸张，更适合日常佩戴。

他仰着头看她，眼睛里倒映着烟花的光，还是笑，开口却说不出什么话来，叫了两次她的名字："许妍，许妍。"

许妍捂着嘴的那只手一直就没放下来，起初是遮挡震惊，是笑，现在变成了哭。

她点头又点头，不用林泽再说什么，双膝蹲下去，搂着他的脖子和他拥抱："我愿意！我愿意！"

林泽想要把她推开一点，却被她搂得紧紧的。

他失笑："许妍，你这样我没法吻你。"

许妍隔着衣服一口咬在他肩上，郁闷地抱怨："我不要接吻，我现在丑死了，你好烦，我妆都花了。"

林泽拍拍她的背："给我看看。"

许妍趴在他肩上摇头，死活不松开。

她看到他背后的天空被烟花照得透亮，心也似被填得满满当当，即使幻想过很多次这样的情景，即使他们算"先上车后补票"，可她依旧觉得感动满足，哪个女生没有憧憬过浪漫的求婚呢？

她看到隔壁船上的小狐狸人偶对她比了个大大的心，又想到林泽一开始对自己的捉弄，用力拍了他一巴掌，气呼呼地骂："没看出来啊，你还是个影帝！"

林泽默默受了这一招"化骨绵掌"，趁机拉开两人的距离，把戒指戴到许妍手指上。

海上风大，尽管是夏天，她的手也有些凉意。

林泽握着她的手搓了搓替她取暖，管乐队的演奏还在继续，现在已经是热情欢快的曲目。

他邀请她在甲板上跳舞，用身体的律动换取片刻温暖。

两个人相拥在一起，额头抵着额头，林泽问她："喜欢吗？开心吗？"

许妍大言不惭地反问："应该是我要问你，喜欢吧？开心吧？"

"喜欢，开心。"林泽今晚没有停止的傻笑就完全代表着他的心意，"比第一次赢了比赛还要更开心一点。"

他的笑感染了她，一整天的心神不宁此刻终于尘埃落定，他其实远没有看起来那么淡定，甚至刚才在掏戒指盒的时候大脑还宕机了几秒，努力辨别应该要拿哪一个出来。

尽管他们已经在一起很多年，尽管他们早都是合法夫妻，但这一刻对林泽来说依旧是不同的。

当初领证的时候，他"哄骗"她的话术便是由她自己做选择，看跟他在一起是否快乐，在她认为合适的时间公开关系，举行仪式。

她对他求婚的回应，才是她对这段关系的认可，是她承诺愿意继续跟他携手走下去。

许妍把好消息第一时间分享给了巴朵，巴朵等不到她回国，就在视频里跟她商量起婚礼的策划。

好友主动承担了许妍伴娘团的首席执行官，张罗着替她敲定婚礼细节和婚纱备选。

婚礼计划在沪市举行，在婚礼之前，他们还飞了一次圣托里尼拍婚纱照，就在他们定情的那个位置，同样的机位，同样的落日小镇，穿着白衬衣牛仔裤的两人逆着光亲吻，白色头纱泛着金色光边。

林泽登上了他半年没动静的社交平台，放了两张照片，一张是刚拍的婚纱照，另一张是多年前巴朵偷拍的他俩高糊照，他还特意在两张照片的右下角标记了时间。

给人一种他和许妍相爱十年终成眷属的错觉。

大多数网友都在发送祝福，也有个别不识趣的人开着不合时宜的玩笑：路英奇只是你们爱情长跑里的一环吗？

这条评论因为回复太多被顶上了热评，林泽看到了，回都没回就给他删了。

大喜的日子里，他不想看到许妍和别的男人的名字有关联，即使这个男的前不久才给自己新开业的冰球馆唱了主题曲。

婚礼由林泽一手包办，许妍才刚入职，学校里就有各种琐事要她负责，根本无暇顾及婚礼的筹备，基本都是林泽选择好最后方案了直接给她看图，她点头了他就签字。

倒是巴朵最近空闲，有时候林泽拿不定主意时也会问问巴朵，毕竟她对许妍的喜好了解程度比他更甚。

这样几次下来，搞得婚庆公司工作人员都以为巴朵才是新娘子，还纳闷这个漂亮女人怎么对婚礼一点憧憬都没有的样子，回回都是挑剔皱眉。

直到某天许妍休息，跟林泽一起在家里见了来送喜糖请帖样品的婚庆人员，觉得对方看自己的眼神怪怪的，交谈了一番才知道闹了大乌龙。

等人离开了，许妍吃着自己的喜糖聊着自己的八卦，笑嘻嘻地跟林泽推测刚才那个小姐姐脑补了怎样一场渣男劈腿记："她人还怪好的嘞，还想要提醒我你已婚了，也不怕搞黄了你的婚礼他们没钱赚了。"

林泽不置可否，那人要真是有心也该是提醒被错认为"新娘"的巴朵才是，提醒"小三"有什么用。人家分明是开个玩笑逗许妍玩，偏她还单纯地信了。

不过这都是小事，她当个乐子，他也不会去跟她说教，在她面前，他从来不是雷厉风行的林总，只是个爹不疼娘不爱只有许妍收留他的小可怜而已。

学校开学不久就是军训，许妍作为辅导员也要跟队去基地训练，她苦恼着自己要是被晒黑了婚礼上不好看，把一瓶又一瓶的防晒、保湿、修护乳装进行李箱，还出馊主意让林泽最近可以晒黑一点，到时候婚礼上就能衬得她白了。

林泽倒不担心她晒黑，他更担心的是她日日对着班里的男大学生会不会突然就移情别恋，嫌他不够"新鲜"了。

他俩各怀心事，每天睡前的视频时间都比往常还要长，多出来的废话时间里，"我想你""你想我"这些没意义的车轱辘话来回说，反而强化了他们思念的情绪，真有种一日不见，如隔三秋的感觉。

为期半个月的军训结束，林泽亲自去学校接许妍下班，许妍给全班点完名确认人数以后，欢快地扑向车门前站着的林泽。

等靠近了她又立马闪开，自己嫌弃自己："我还没好好洗过澡，你看我现在黑，不一定是晒的，有可能是脏的。"

她虽然这么说，可回了家泡了半小时的泡泡浴后还是垮着张脸从浴缸里爬出来，对着镜子左看看右看看，认命地接受了现实："怎么办！我就是晒黑了！"

林泽知道她担忧的是两天后的婚礼，建议她到时候多涂点粉底遮暇，把全身都涂白。

"也只能这样了……"许妍看着有些懊恼，可随后又抬起自己的胳膊给林泽看，"看！酷不酷！"

她右边的手腕上一行文字很明显，"Lin I O U"那"O"又像是个心形，这突如其来的告白叫林泽以为是她画上去的，可他用拇指指腹抚过那行字，又没感觉到任何凸起和材料。

许妍解释，这是她每天涂防晒前，先用棉签蘸着隔离霜在手腕上画一遍得来的"好效果"。

林泽吓她："说不定以后都变不回去了，一直一直有个印子！"

许妍不以为意地说："有就有呗，就当纯天然无损害文身了，让大家都瞧瞧我对你的宠爱，哦吼吼！"

林泽愉快归愉快，但不想她后面被学生笑话了不高兴，给她买了条好看的玫瑰手链，亮晶晶地戴在手上，有效遮盖了那片未晒黑的区域。

不够白的新娘子依旧是婚礼上让林泽看得失神的美人。

许妍对这场自己不太熟悉细节的婚礼充满期待，看见每个人都想问问人家吃得怎么样，玩得开心吗？

她感觉巴朵应该挺开心的，因为巴朵凭借自己的努力抢到了捧花。

准确来说，是巴朵凭借手腕上的金属制品吸到了带吸铁石的捧花，这还是许妍曾经许诺过她的。巴朵没想到新娘子整场婚礼都没参与策划，这么一个小小的环节却上心准备了。

他们的婚礼盛大而传统，宾客几乎全是许妍家那边的，遵照着老家习俗又有许多流程，繁复到这一场仪式结束，许妍累得倒在婚床上犹如刚跑了个半马一样。

她怀里还抱着个红色的大皮包，等着林泽跟她一起数礼金。

林泽觉得她这副守财奴的样子有些搞笑，却也没有扫兴让她先睡觉，而是拿出来平板电脑新建了个表格，看许妍一个一个拆红包，他来记录宾客的名字和礼金金额："以后要还人情的。"

海上的烟花是绚烂而遥远的，眼前的烟火气却触手可及。

他们感情的时序似乎总是跳帧摇摆，可兜兜转转一直还在围着彼此的齿轮咬合传动，像一台不会停歇的八音盒，简单的音节古老的歌，只要你想起，就再不会忘记。

番外三④

宝贝女儿

林泽和许妍生了一个女儿，在林泽的生日这一天。

原本距离预产期还有一周，许妍开玩笑说宝贝会不会想要给爸爸庆生，提前跑出来。没想到"一语成谶"，许妍夜里玩手机订蛋糕，对着蛋糕图案咽口水，这也想要，那也想吃。

好不容易挑好了一款蜂蜜罐维尼熊样式的可爱蛋糕，才下好单，要去上个厕所睡觉的时候发现自己落了红，慌乱地喊林泽来。

林泽给医生打电话确认了她的状况不需要叫救护车，开车载她去医院。

因为许妍的各项指标正常，医生建议顺产。

办理好住院，两人就开始等待。

许妍刚才做检查的时候还觉得疼，现在躺着却又觉得自己有力量了。她睡不着，心发慌，感觉自己能走路，就跟林泽说要去遛弯，想着这样宫口开得会顺利些。

林泽拉开窗帘给她看夜空中的星星："凌晨两点遛弯？我觉得不太行。"

许妍捧着大肚子："可是我睡不着怎么办？"

VIP的病床虽然宽敞，但也很难睡得下两个成年人。

林泽坐在床边的椅子上，从手机阅读的书架中翻出来一本莎士比亚的英文原版诗集，给她念书。

他声音温柔低沉，许妍听到那些英文词句在脑子里翻译转换，没一会儿就觉得累了，困意来袭。

睡着之前，她指着旁边陪护睡的沙发床，提醒林泽："你也睡吧。"

林泽说"好"，又给她读了一会儿，等她完全睡熟，发出细微的鼾声才停下，把床头的灯关掉。

他没有去睡，也睡不着，去茶水台冲了杯速溶的黑咖啡，转过身来倚着台子注视着床上的人。

她左侧卧着，腿蜷起来，手压在自己脸下，整个人看起来明明很粗壮，却又显得无比脆弱。

林泽看着她，看她皱起的眉头，要过去的时候她的眉头又展平，大概是肚子里的宝宝动弹了让她有些不舒服。

他觉得很神奇，从许妍告诉他怀孕的那一刻起，这种神奇的感觉一直萦绕着他，让他觉得像做梦一样不真实。

林泽从小到大的憧憬里，渴望过父爱母爱，渴望过爱人的爱，但从来没想过要接纳一个孩子。或许有他自身成长经历的影响，他不是很喜欢小孩，总觉得那对于婚姻和家庭来说是一个"拖累"。

后来许妍说打算生个宝宝，他也只是配合她，满足她的愿望而已。

直到许妍怀孕了，他们俩一起布置儿童房，一起去超市采买宝宝用品，一起上课学习婴幼儿养育知识，一起挑选月嫂育儿嫂。

充满期待地去做这些准备工作，让林泽感觉自己正在跟许妍走得更近，他们的关系从爱人进化成了家人，他们两个原本无关的人却将拥有一个有血缘关系的纽带，这太神奇了。

而现在，林泽很快就要和他的新家庭成员见面了，他有预感，这将会是他生命中，除了许妍外，最重要的人。

许妍没睡几个小时，就被更加紧密的宫缩疼醒了。她"哎哟哎哟"地叫，手抠在林泽胳膊上，抓出来了几条血印子。

林泽按铃叫来护士，检查过后给许妍上了氧气，让她缓解一下疼痛。

等她好一些了，林泽去护士台借个指甲刀给她剪指甲，怕她无意识把自己给伤到。

许妍跟林泽说："我给你买了那个生日蛋糕。"

林泽哪里还顾得上什么蛋糕："没事，我不吃了。"

许妍却摇头："不是，我想吃，你帮我给老板打电话，让他改送到医院好不好，最好快点送过来，万一我一会儿要去生孩子了。"

她怀了孕变得更"社恐"了，这种麻烦人的电话她从来不敢打，都是发送指令要林泽帮她。

林泽自然顺着她，打了个电话说明了情况加了钱。

才早上八点多，蛋糕店大概都还没开门，但是老板说两小时内保证让孕妇吃上蛋糕："蛋糕胚已经做好了，一会儿我亲自去给你送。"

老板还是谦虚了，事实上他只用了一个小时就把蛋糕送来了医院。

林泽一路都是用跑的，路上还在想，万一他离开这几分钟，她忽然生了怎么办。

他越想越怕，越跑越快，都来不及跟老板寒暄两句，接过蛋糕就抱着往回跑。

跑回病房时看到许妍就靠在床头坐着，安静地喝水，看见他很开心地招手："哇！爸爸的蛋糕来了！"

林泽攥着绳子的手松开，心跳还在无规则作乱，沉着气把完整的蛋糕搬到床上的折叠桌上，给她拍照。

他要切蛋糕之前，许妍让他先许愿。

林泽心里默念了三遍"母子平安"，再无他求。

蛋糕不敢多吃，许妍挑着把蜂蜜罐罐给吃完了，才又躺下拿着计数软件数宫缩。

初产妇产程长，许妍中午进的待产室，直到夜里才生出来。

一个六斤六两的小胖妞。

林泽全程陪产，等孩子生下来，他脸色比许妍还苍白。

宝宝还有些文件要签，许妍在产房观察休息，林泽先去办手续。

他走在医院的过道上觉得脚步都是虚浮的。等到一家三口在病房里重聚的时候，林泽才有机会认真看一眼他的女儿，小小的人儿，出生时还在号哭，现在却已经微笑着睡着了。

许妍的爸妈是孩子出生第二天才带着月嫂一起来的，月嫂是许妍妈找的，因为许妍提前生产，而月嫂在上一家刚下户，他们等了一天才过来。

一家人都围站在婴儿身边，谁都不敢大声喘气，怕惊扰了小宝宝的安睡。

许文标问林泽给孩子办好出生证明了没，又问："名字最后定的哪个？"

怀孕的时候他们商量了好多名字，说要等生出来看看孩子气质再做决定。

"定好了。"林泽说，"许艾琳。"

原本定的是"林许许"，可林泽陪许妍生了这一趟，只觉得当妈的受尽了苦头，没道理这孩子非要跟爸爸姓。

而且林泽感觉得到，他的岳父大人对于"香火"还挺看重的，甚至开玩笑地提过要不要过继一个堂兄弟家的孩子到名下。既然这样，那不如让宝宝姓许好了。

他把这打算说给许妍，彼时许妍正在跟女儿亲贴，感受到她热乎乎的身子在自己胸口拱动，又听到林泽这番话，只觉得内心一片柔软。

她想也没想，就说："那叫许爱林吧。"

林泽的颧骨高高升起。

夫妻俩又商量了一番名字怎么写，怕太过直白的含义让女儿上学被同学笑，最后定了"艾琳"。毕竟孩子虽然是他们爱情的延续，但不是他们表达爱情的道具。

林泽觉得这名字好极了，每一次叫她，都能想到许妍说多么爱他，才会忍着疼给他生一个宝宝。

果然，许文标也很喜欢这个名字，只是陪林泽去办手续的时候私下偷问他："这一个姓许，是想再生个儿子姓林吗？"

林泽摇头："不生了，就要小琳琳一个。"

许文标的表情于是更加满意，多少年了，看林泽第一次这么顺眼。

他拍拍林泽的肩："女儿好啊，生女儿可有福了。"

这件事上，翁婿二人倒是达成了一致意见。

林泽可太喜欢小琳琳了，宠爱得没边，许妍都怕女儿被他惯坏了，变成娇纵性子。

可是养到五岁了，小琳琳好像也没表现出恶霸气质，反而人见人爱的，机灵得很。

　　林泽的少儿俱乐部在北城已是风生水起，但为了许妍的工作方便，他们把家定居在沪市，如今沪市的少儿冰球俱乐部也办起来了，林泽不必两头跑，有更多时间陪伴家人。

　　没有孩子前，林泽还跟许妍讲自己以后要带孩子上冰，把一身技艺都传下去。

　　有了小琳琳，他的传授计划一拖再拖，总觉得孩子还小，不适合这么激烈的运动。

　　还是许妍先提出来让小琳琳去试一下："难道是她身体条件不适合打冰球，你不好意思说？"

　　林泽："怎么会，看她手长腿长的，多好的身体比例。"

　　等许妍再带女儿去俱乐部找林泽时，自作主张就带着小琳琳上了冰，儿童护具都是现成的，林泽从办公室出来找许妍的时候，就看到这一大一小都在冰上战战兢兢地挪步，看起来真够傻的。

　　他快走两步，换了冰刀上冰，走到许妍旁边替换下她，让她去场边坐着，自己拉着女儿的手带她滑。

　　专业的就是不一样。

　　许妍拿着手机录下来他们两人的有爱瞬间，觉得女儿的身姿都变得飒爽了许多。

　　她这才录了十几分钟，镜头里的小女孩身子一歪摔了个屁股墩，紧接着哭声就从手机里传到整个冰场上。

　　许妍把手机放下，往"案发地点"张望。

　　只见林泽一把抱起小琳琳，心疼地拍着她的背哄她，甚至用冰刀踢了冰面两下："破冰！欺负小琳琳！打它！"

　　许妍无语。她觉得小琳琳这样能学会打冰球都不容易，更别提什么职业球赛了。

　　许妍还想让女儿再跑一会儿，但林泽已经把她抱出来了。

　　当着孩子面，许妍不跟他争，打算晚上跟他讨论讨论孩子的教育问题。

　　现在，她偷听到了他们父女俩的对话。

　　小琳琳在问自己名字的含义："刚才有个哥哥，说他叫成功，因为他属马，马到成功的意思。爸爸，我的名字是什么意思？"

　　林泽跟她说："艾，是一种植物，是美好、漂亮的意思；琳，是一种美玉，也是美好、珍贵的意思。艾琳，就是爸爸妈妈的宝贝。"

琳琳："爸爸你骗人。"

林泽："嗯？爸爸没骗人。"

琳琳指着自己水杯包上的名字刺绣，一字一顿跟林泽说："许艾琳，就是许妍爱林泽，是妈妈爱爸爸的意思！"

林泽挑眉，看向许妍。

许妍摊手，不是她教的，不知道小丫头哪里学来的。

林泽躬身，给她把鞋带系好。

再抬头，发现小琳琳若有所思地盯着那个名牌看，从后往前指："琳、艾、许，爸爸你看，这样就是琳艾许，是爸爸爱妈妈的意思！"说完还要立马狗腿地看一眼许妍，"我也爱妈妈！"

林泽笑了，把小琳琳抱起来扛到肩上，让她骑在他脖子上。

"说得很对。"他再次上冰，架着女儿谨慎又娴熟地在冰面上滑行，听到她快乐的笑声，感觉自己打了那么多年球，摔了那么多次跤，就为了今天给女儿在冰上当个称职的大马。

许妍看着这一幕，把心里要说的话咽了回去：算了，随他去吧。

番外 四④
一吻定情

许妍和室友的毕业旅行已经临近尾声了，她们即将踏上此行最后一站——圣托里尼岛。

这是四个小姐妹在偶像剧里看到过的取景地，一眼难忘，终于有机会去实地打卡。

登上雅典飞圣托里尼的航班，许妍跟其他三人分开坐——她们仨分到了并排的位置上，而她自己坐在过道另一边的双人位。

许妍仔细地看着座位号，找到自己的座位后停下，摘下背包先塞进头上行李架。

她看到她旁边那个临窗位置上坐了个男生，个子挺高的，正戴着耳机扭头看窗外。

只看后脑勺也能看出来是个帅哥。

许妍这一路遇到了不少帅哥，姐妹们开玩笑时也说要艳遇一把，可惜都是有贼心没贼胆，看见帅哥最多笑笑打个招呼，连话都不敢多说。

不知道是不是感觉到了她的注视，靠窗的男生忽然转过头来。

看清楚他长相的那一刻，许妍觉得自己心跳都停了半拍。好帅气的一张脸！

男生看到许妍站在那里，手扶着行李箱的拉杆，以为她搬不动行李，摘下一只耳机歪头问她："需要帮助吗？"

他说的是中文，长的也是亚洲人面孔，许妍陡然生出来一股亲切感，点点头："谢谢你。"

男生便解开安全带，站起来走到她旁边替她把箱子搬上头顶。

他好高，许妍站在他旁边要仰头看他，这样的身高差使得他的帅气又加成了几分。

放好行李，男生要坐回去之前，看看许妍，很友好地问："你要不要坐窗边，今天天气不错。"

天气是真的不错，又是快傍晚时分，飞上天的时候一定能看到很漂亮的云彩。

既然他主动换座位，许妍道了声谢以后就坐过去了，想着一会儿要多拍几张照片发圈。

飞机还没起飞，男生也没有再戴耳机听歌，许妍感谢他的好意，主动跟他聊起天来。

当然，主要也是他这张脸的功劳，让人想要和他聊天。

许妍自报家门："我叫许妍，和同学一起来旅游的。你是中国人吧？也来旅游的？"

男生点点头："你好许妍，我叫林泽。我的爷爷奶奶是中国人，我也是来旅游的。"

以前不管什么场合，一到自我介绍环节，许妍都觉得脚趾抠地，可是今天却丝毫不觉得尴尬。

她就像参加"英语角"活动似的，跟一个华人帅哥你一句我一句地沟通彼此的情况，这种情景下，跟和朋友聊天还不一样，这种情景不好编瞎话，也不觉得要回避什么，不自觉地就透露了好多个人信息。

比如许妍不仅知道了他的外婆是希腊人，他刚从雅典探完亲；还知道了他今年十八周岁，考上了藤校的法律专业。

他们明明是第一次见面，不知道为什么却像是那种多年未见的老友，一见到就有说不完的话。

许妍给他讲自己这半个多月的欧洲行，她去过的好多地方他也去过，甚至在同样的饭店吃过同样难吃的菜品，吐槽起来十分有共鸣。

航程只有半个多小时，许妍听到播报提醒才发现飞机已经降落滑行。她甚至一张照片都还没拍！

林泽看她沮丧地瞪着窗外，真诚地道歉："我应该提醒你的。"

这哪里能赖得着小帅哥呢，许妍连连摆手，等他帮忙把她行李箱搬下来以后还祝他旅途愉快。

她拖着行李去跟室友会合。

林泽先下飞机，出门前往机舱内看了眼，看到她们几个脑袋凑到一起在说悄悄话。

还看到许妍一边很激昂地说些什么，一边比画着大拇指，好像是在说他。

他耳朵有些发烫，奶奶说耳朵烫是因为有人在念叨你。

没想到再次见面来得如此快，他们在酒店前台又碰上了。

这次许妍的三个室友都凑过来围观许妍的"艳遇"，互相交换眼神表示小伙子长得确实不错。

办好入住，许妍在室友的助推下跟林泽打招呼，问他接下来几天的计划。

林泽没有计划，他只是想到处走走。

室友里最为强势的那个女生站出来，她说她叫巴朵，她邀请林泽加入她们的队伍："你自己玩也不一定玩得好，我们可是做了详细攻略，你不如就跟着我们玩，顺便给我们当当翻译。"

巴朵说话的时候，许妍就在旁边安静地看他。他认真听巴朵说完了，又看向许妍，笑着点点头："好呀。"

于是便组成了临时搭子。

虽然说是让林泽跟着她们的计划玩，可林泽这个希腊人的外孙显然要比她们更了解这里的风土人情。

最后还是由他充当了她们的导游。

林泽知晓当地餐厅的特色美食，也知道哪里有出海的船只可以租借，他甚至会开好几种类型的船。

只用了一天时间，姐妹们对许妍这段艳遇的评价就从"才十八岁你也好意思下手"变成了"女大三抱金砖，许大宝冲冲冲"。

她们当着两人的面开些无伤大雅的玩笑，起哄的氛围时常让许妍羞恼，而她偷看林泽表情的时候，总能看到林泽对着她笑。

她想，这可真是个阳光开朗的大男孩啊。

其实她想错了。

这是林泽目前人生中最为低谷的时刻。他上个赛季的表现不太好，虽然靠他擅长的冰球申请到了很好的大学，但专业并不是他感兴趣的，完全是他爸的自作主张。

他的父亲总是这样，霸道不讲道理。

最重要的是，现在对方已经不只是自己的父亲了。

林泽的父亲再婚了，在和母亲离婚八年后，再次走进了婚姻的牢笼。

尽管这些年来他目睹过父亲的历任女朋友，但总归有些不同，这次父亲带回来一个孩子，还有孩子的母亲。

林泽不知道自己是不是要感谢他的父亲，挨到他十八岁成年生日以后才再次组建新家庭。

他不想跟继母和那个哇哇哭闹的小孩待在一个房子里，甚至也不想听爷爷奶奶哄他的那些话，自己跑到雅典来看外公外婆，心血来潮想要去周边逛逛。

没想到就遇见了十分可爱的中国女孩。

第二天，林泽陪她们去火山口泡温泉。

她们都穿的泳装，林泽只穿了泳裤，见到许妍的时候有些不好意思，拿了条白色浴巾围在腰上遮挡。

他听到她的朋友小声议论，说他还是个挺保守的"外国人"。

林泽偷眼看许妍，相比她朋友们穿的热辣比基尼，她的泳衣包裹得算严实了，上身是背心式，下身是短裙，中间露一截腰。

她的腰也不是那种细俏的，但是白白的，晃得他不敢多看。

林泽把浴巾系得更紧了。

他们在温泉店里吃自助晚餐，其他朋友披了个罩衫，连林泽也穿了条短裤，许妍反而很自在地继续穿着那身泳衣，不觉得要遮什么。

自助餐的伙食一般，大家都只吃个半饱，只有许妍坚持把每样餐品都吃了一遍，不信邪地想要找出来哪怕一道好吃的。

最后的结果就是她吃撑了。撑得她两只手支在地上，半倚着榻榻米靠背眼神呆滞，让巴朵给她买健胃消食片。

巴朵嫌弃脸："拜托，我去哪儿给你买那玩意儿？"

林泽："什么是健胃消食片？"

许妍："一种山楂和陈皮做的药。"

林泽犯了难，出去搞了点新鲜覆盆子给她："这个也是药材，酸酸甜甜的，可以吗？"

许妍拿过盒子，抓了两颗覆盆子吃，红色果肉上还沾着水滴，看起来十分可口。

许妍的室友们一个个吃瓜脸在旁边围观，看许妍就这么半盒莓果下肚，也纷纷嚷着要吃，瓜分了剩下的那半盒。

其实本来都没那么想吃的，毕竟这红果子虽然长得好看，可吃进嘴里还是酸味占了大头。但是好朋友们抢着吃，那个气氛给它烘托得又甜了三分。

眼看着纸盒见底，许妍骂她们是强盗，她们吐着舌头做鬼脸，一群幼稚鬼开始玩真心话大冒险的游戏。

她们玩着的时候，忽然，许妍肚子前面桌子遮挡的位置出现了一个拳头。

许妍扭头看她旁边坐着的林泽。

林泽目视前方，没事人一样，拳头翻过来，打开，手掌里是一把覆盆子。他刚才替她抢下来的。

许妍心里一动。她本可以把那些果子都抓走，可不知道怎么想的，她选择了分批地偷吃。

为了不让她们看见，有时候她是转过脸的时候飞快往嘴里塞两粒，有时候她是低头假装看手机、冷不防吃一大口。

这么明显的小动作，当然被室友们抓了包。她们判她一个"玩游戏不专心"的罪名，罚她大冒险跳肚皮舞。

巴朵给她的肚子上用眉笔和口红画了个笑脸，许妍吸一口气再呼出来的时候，她肚子上的小人脸就真的会从面无表情变成咧嘴大笑的样子。

她们放了首动感的 DJ 舞曲，许妍就跟着跳了很性感的桑巴舞步，间或穿插着滑稽的肚皮舞。

大家的视线都集中在许妍的肚子上，林泽却不敢多看。

还好，她们都没注意到他。

这天晚上，林泽失眠了，半梦半醒之间总看到许妍白皙的腰窝和胀鼓鼓的小肚子，一抖一抖的，惹人喜爱。

最后一天傍晚，他在和她们回了酒店以后，忍不住又去敲响了许妍的房门："我发现了一家很好吃的冰激凌店，你要尝尝吗？"

许妍看着门外的男生，他大概是跑过来的，脖子下面的锁骨那片发红。

　　明天她们就要离开了，这段欧洲行就要结束，这个偶遇的男生也许这辈子也见不到了。

　　许妍的心里闪过一丝不舍，把房门带上："走吧！"

　　他说的那家冰激凌店并没有什么特别，起码许妍尝着和她吃过的其他家都差不多，甜的冰的绵的。

　　但是这家店开在伊亚小镇最适合观赏落日的位置，几乎所有人路过了都要驻足在此看上一看。

　　有一对新婚夫妻像是刚拍完结婚照，穿着婚纱西装，拎着大大的手提袋从这里走过。

　　许妍立刻听到了周围有欢呼喝彩的声音，是隔壁咖啡厅门口坐着的客人们在向那对新人送祝福。而那对拍照的新人也停下脚步，对着大家抛送飞吻。

　　每个人都很快乐，这快乐也传染了许妍。

　　她看着站在一旁的林泽，他高大的身材被落日镀了一层金黄色的毛边，让他看起来更像是从童话故事里走出来的王子。

　　许妍问他："你有女朋友吗？"

　　林泽摇头："没有。"

　　许妍点头："那样最好。"

　　没等他问为什么最好，她踮起脚尖，手搭在他的肩上，仰着头凑到他跟前轻轻亲了他一口。

　　亲完就退开了。

　　林泽还有些愣，夕阳的光把人照得看不分明表情，他不确定刚才发生了什么，脑海里炸裂了布满夜空的烟花。

　　等到他能正常思考的时候，看到的是许妍仰头看他的眼睛。

　　她的眼睛亮晶晶的。

　　她在等他的回应。

　　他想。

　　林泽低下头，手箍着她的腰将她往自己身上抱起来一些，吻住了她的唇，尝到了草莓海盐杏仁片的甜味，他预言得没有错，他找到了一家超级好吃的冰激凌店。

那是他人生中第一个吻住的女孩，在他十八岁刚刚懂得爱情的时候。

白月光驻扎进他心里，从此世界上的女性便只有两种：许妍和其他人。

于是不论何时何地，只要她再次对他招手，十八岁的少年永远会一次次从尘封的记忆里苏醒，百转千回，心动如初。

– 全文完 –